Anna Dankowtsewa

So helle Augen

Roman

Aus dem Russischen von Christa Vogel

Diogenes

Titel der 2000 im
Machaon Verlag, Moskau,
erschienenen Originalausgabe:
›Šag v levo‹

Die deutsche Erstausgabe
erschien 2001 im Diogenes Verlag
Umschlagfoto von
Philipp Keel

Veröffentlicht als Diogenes Taschenbuch, 2003

www.diogenes.ch
100/03/43/1
ISBN 3 257 23363 9

1

So, da habt ihr euer Frühstück«, sagte Pjotr Wassiljewitsch Gurko, als er mit einem Tablett in den Händen ins Zimmer kam. Er betrat sozusagen das Allerheiligste seiner Wohnung – den Raum, der von den Tieren bewohnt wurde. »Na, mal sehen, wer da Hunger hat.«

Bei seinem Eintritt erhob sich sofort ein unglaublicher Tumult. Die Meerkatze Dosja kreischte hysterisch auf, wobei sie ihr rosafarbenes Zahnfleisch entblößte. Ihre sorglosen reichen Herrchen feierten irgendwo auf Hawaii Neujahr; Papageien aller Farben und Größen krakeelten und zwitscherten; das schwarzbeinige Mungoweibchen mit dem komplizierten Namen Maria Rosa Pilar, kurz Mascha genannt, begann in seinem Käfig graziös hin und her zu springen; und auch der sonst zu dieser Tageszeit schlafende Lemur Chudja streckte den kleinen Kopf mit den riesigen Ohren und den traurigen schwarzen Augen aus seinem an der Käfigdecke hängenden Beutel heraus.

»Ihr seid ja ganz ausgehungert, ihr kleinen Faulpelze!« sagte Gurko zärtlich, während er das Futter verteilte.

»Kerrrry ist schöööön!« schnarrte Kerry, wobei sie mit der Kralle ein Stückchen Apfel aus Pjotr Gurkos Hand nahm. Das perlgraue Papageienweibchen war die einzige Dauerbewohnerin dieses Zoos.

Alle anderen Tiere, auch die mittelgroße Pythonschlange namens Leopold und die schweigsamen Wasserschildkröten, die mit langgestreckten Hälsen gespannt jede Bewegung des Hausherrn verfolgten, waren nur häufige Gäste dieser ›Pension‹, die in ganz Moskau als Heim für exotische Tiere bekannt war.

Dieses Geschäft betrieb Pjotr Gurko nun schon seit vielen Jahren. Seit der Zeit, als er seine geliebte Moskauer Kripo verlassen hatte, wo er sich immerhin bis zum Rang eines Majors hochgearbeitet hatte. Die Leute, die es sich leisten konnten, zu Hause exotische Tiere zu halten, geizten nicht, wenn es darum ging, ihre Lieblinge während der Urlaubszeit irgendwo unterzubringen, vor allem wenn die Schwiegermütter und Nachbaromas sich strikt weigerten, jeden Morgen ein Krokodil in ihrer Wohnung zu begrüßen, und selbst wenn es nur für ein paar Wochen gewesen wäre. Aber es war weniger das Geld, das Pjotr Gurko an dieser Sache gereizt hatte, als vielmehr die Möglichkeit, endlich seine Liebe zu Tieren auszuleben.

Als Kind hatte Gurko davon geträumt, Zoologe zu werden, an Expeditionen teilzunehmen oder wenigstens in einem Zoo zu arbeiten. Aber dann war alles anders gekommen, und er hatte eine völlig andere Laufbahn eingeschlagen. Doch selbst in den glücklichsten Tagen seiner Arbeit bei der Moskauer Kripo hatte er nie aufgehört, von dem stillen Beruf eines Naturforschers zu träumen.

Mit der Pensionierung eröffnete sich Pjotr Gurko eine ganz neue Welt der Harmonie. Das geschah, wie meistens bei solchen Dingen, völlig zufällig. Ein Bekannter wußte nicht, wo er für die Zeit seines Urlaubs seinen Papagei unterbringen sollte. Es war ein großer weißer Kakadu, der die rührende Angewohnheit hatte, hinter seinem Herrchen her durch die ganze Wohnung zu marschieren. Pjotr Gurko bot seine Hilfe an, der erfreute Besitzer flog auf die Krim, und der Papagei zog bei Gurko ein. Er liebte sein zeitweiliges Herrchen dermaßen, daß er ganze Tage mit erstickter Stimme schluchzte, wenn Gurko aus dem Haus ging.

Gurkos Frau Elisaweta, eine Kinderärztin, fand sich mit dem neuen Hobby ihres Mannes gut zurecht. Sie unterstützte ihn sogar, wenn seine Schützlinge krank wurden, was allerdings äußerst selten vorkam.

Nun stand Pjotr Gurko vor dem Käfig mit dem Lemuren und kraulte mit dem Zeigefinger den flauschigen Bauch des Tierchens. Chudja klammerte sich mit seinen Fingern, die schlank waren wie die eines Pianisten, an Gurkos Hand und dirigierte sie dorthin, wo es ihn am meisten juckte.

»Lisa!« rief Gurko plötzlich mit fremder Stimme, und sofort erschien das besorgte Gesicht seiner Frau. »Chudja hat eine kahle Stelle an der Seite!«

»Hab ich schon gesehen«, antwortete Elisaweta ungerührt. »Das kommt vom Vitaminmangel im Winter. Wir müssen mehr Obst kaufen. Avocados sind auch sehr gut. Und überhaupt wird es Zeit, ihn auf Diät zu setzen. Schau dir bloß an, was der für einen Bauch gekriegt hat…«

Zusammen untersuchten sie die Tiere, und als sie nichts Verdächtiges mehr fanden, machten sie sich ans Säubern der Käfige. Den Abfall warfen sie in einen eigens dafür bereitgestellten Plastikeimer, der sofort weggebracht wurde: Elisaweta ertrug nun mal keinerlei Unordnung in ihrem Haushalt.

Gurko nahm den Eimer und ging aus der Wohnung. Auf dem Treppenabsatz stieß er mit seinem ehemaligen Arbeitskollegen und Lieblingsfeind, Nikolaj Schanin, zusammen, der in Begleitung eines jungen Staatsanwaltes, eines Polizisten und zweier verschlafener Hausmeister, die er als Zeugen mitgenommen hatte, dabei war, die Tür der Nachbarwohnung aufzubrechen.

Gurko blieb stehen und zog die Augenbrauen hoch. Nikolaj sah ihn erst flüchtig an; als er ihn erkannte, riß er die Augen auf.

»Was machst du denn hier?« wunderte er sich und streckte zur Begrüßung die Hand aus.

»Ich wohne hier«, sagte Gurko und ließ den Eimer von der Rechten in die Linke wandern. »Und du? Was machst du hier?«

»Ich arbeite«, antwortete Schanin gewichtig. »Hier, ich habe einen Durchsuchungsbefehl...«

»Einen Hausdurchsuchungsbefehl für diese Wohnung?« Gurko setzte den Eimer ab und kniff die Lippen zusammen. »Mein lieber Freund, da hast du dich wohl in der Adresse geirrt. Diese Wohnung muß nicht durchsucht werden. Hier wohnt Irischka.«

Schanin sah ihn voller Mitgefühl an: »Hast du sie gekannt?«

Die Hausmeister hatten es endlich geschafft, die Tür zu öffnen. Unschlüssig, ob sie Irischkas Wohnung nun betreten sollten oder nicht, standen sie herum.

»Was heißt denn hier: ›Hast du sie gekannt‹?« fragte Gurko aufgebracht. »Ich kenne Irischka vom Kindergarten an...«

»Es gibt sie nicht mehr, deine Irischka«, sagte Schanin rauh. »Sie ist umgebracht worden.«

Gurko öffnete den Mund und schloß ihn dann wieder, ohne etwas zu fragen. Schanin wartete einen Moment, dann zuckte er mit den Schultern und betrat die Wohnung. Die anderen trotteten hinterher.

Pjotr Gurko starrte noch einige Zeit verstört auf die Türklingel rechts neben der Wohnungstür, dann nahm er mechanisch den Eimer wieder auf, ging die Treppe hinunter und leerte den Inhalt sorgfältig in den Müllschacht. Wieder in seiner Wohnung, wusch er den Eimer aus und trug ihn in den Raum mit den Tieren. Gedankenverloren stand er eine Weile neben seiner Frau, die in der Küche das Frühstück zubereitete, lief ziellos durch die Zimmer und ging dann wieder auf den Treppenabsatz hinaus.

Die Tür zu Irischkas Wohnung war nur angelehnt. Gurko stieß sie auf und ging hinein.

»Hier muß schon jemand gewesen sein«, sagte Schanin, ohne sich über Gurkos Auftauchen zu wundern. »Oder sah es bei ihr immer so aus?«

Gurko, dem es fast körperlich weh tat, wenn Schanin in der Vergangenheitsform von Irischka sprach, sagte: »Sie ist ein ordentliches Mädchen.«

»Würde man so nicht denken...«

Die sonst immer aufgeräumte Wohnung sah jetzt schrecklich aus – man sah sofort, daß hier ein Fremder herumgewühlt hatte. Papiere lagen am Boden verstreut, Schreibtischschubladen und Schrankfächer waren herausgerissen worden, ein Stuhl umgeworfen... Dieses Bild hatte Gurko mehr als einmal in anderen Wohnungen gesehen, die von

Einbrechern verwüstet worden waren. Aber Irischkas trautes Heim hätte er sich so nie vorstellen können.

»Und wo… ist sie?« brachte er mit Mühe heraus, wobei er versuchte, nicht auf die weiße Bluse zu sehen, die ordentlich auf einem Bügel im aufgerissenen Schrank hing.

»Im Leichenschauhaus, wo sonst?« antwortete Schanin. »Sie wurde auf dem Kinderspielplatz gefunden, hier bei euch… Hatte sie irgendwelche Verwandte?«

»Es gibt nur eine Tante in Magnitogorsk. Aber sie hatte keinen Kontakt mit ihr. Irischkas Mutter ist vor drei Jahren gestorben, wir waren mit ihr befreundet…« Gurko verstummte, er hatte keine Lust, Schanin in die Details seines Privatlebens einzuweihen.

»Sie ist bestialisch ermordet worden«, teilte Schanin mit und fragte weiter: »Und wie war sie eigentlich?… Na, ich meine, Bekanntschaften und so, irgendwelche zweifelhafte Personen…?«

»Sie hatte keine Bekanntschaften mit zweifelhaften Personen«, unterbrach ihn Gurko barsch. »Sie war ein anständiges Mädchen. Solche gibt es heute gar nicht mehr.«

Kinder hatte Gurko keine. Wer an diesem Umstand schuld war, blieb für die Eheleute ein Rätsel, denn als feinfühlige Menschen hatten sie beschlossen, es nicht herausfinden zu wollen, und waren zu keinerlei Untersuchungen gegangen. Sie liebten einander sehr, und weil sie sich als zwei Hälften eines Ganzen begriffen, wollten sie nicht die Schuld auf einen allein abwälzen. ›Es ist uns nun mal nicht gegeben‹, sagten sie sich und hörten auf, darüber zu sprechen. Einmal, als sie von Retortenbabys hörten, sahen sie einander nur an – und wieder sagten sie nichts: Jetzt war es schon zu spät.

Mit Irischkas Mutter waren sie schon ewig befreundet gewesen. Seit der Zeit, als die Nachbarin einmal mitten in der Nacht zu Elisaweta gekommen war und um Hilfe gebeten hatte. Ihre dreijährige Tochter hatte ein Geldstück verschluckt. Gurko hatte sofort das Auto angelassen, und sie waren alle zusammen ins Filatow-Krankenhaus gerast.

Vera, Irischkas Mutter, stellte sich als äußerst angenehme Person heraus. Ihr Mann, ein Physiker, war ein fröhlicher Mensch, der gern Gesellschaft hatte, und so freundeten sich die Familien miteinander an. Man lief mit und ohne Grund hinüber und herüber, und verbrachte bald alle Feiertage gemeinsam. Die beiden Familien veranstalteten lärmende Picknicks mit Wodka und Schaschliks und feierten alle möglichen rauschenden Feste. Die fröhliche mollige Irischka war der Liebling aller und durfte an allem teilhaben, was sich die Erwachsenen ausdachten. Dieses wunderbare Leben dauerte ein paar Jahre, bis plötzlich – für Elisaweta und Pjotr Gurko ganz unerwartet – Irischkas Vater starb. Es stellte sich heraus, daß er schon ein paar Jahre lang todkrank gewesen war, und Vera hatte es gewußt, hatte aber niemandem ihr Herz ausschütten wollen. Und dann ging auch sie aus dem Leben und ließ die siebzehnjährige Irischka in der großen Dreizimmerwohnung ganz allein zurück.

Irischka war schon zu Lebzeiten der Eltern sehr selbständig gewesen, doch wenn Pjotr Gurko sie ansah, dachte er mehr als einmal, wie schön es doch wäre, wenn sie zu ihm und Elisaweta ziehen würde.

Einmal, nachdem er zuerst mit seiner Frau darüber gesprochen hatte, schlug er es Irischka sogar vor, doch die zeigte unerwartet Charakterstärke und blieb allein wohnen. Doch sie war noch sehr jung, und so sorgte sich Gurko um sie, denn er wußte schließlich nicht nur vom Hörensagen, welche Gefahren einem Mädchen drohten, das ohne elterliche Aufsicht war. Aber alles ging gut. Irischka schloß die Schule mit den besten Noten ab und bat Gurko, ihr einen Job zu besorgen, bis sie wußte, was sie wirklich werden wollte.

Seit dieser Zeit sahen sie sich seltener. Pjotr und Elisaweta genierten sich, der jungen Nachbarin zu oft auf die Pelle zu rücken, obschon sie sich Sorgen machten, wenn Irischka abends mal spät heimkam. Von Zeit zu Zeit kam Irischka bei ihnen hereingeschneit, um ihnen ein paar Neuigkeiten zu erzählen, und eines Tages brachte sie einen sympathischen blonden Burschen mit, der Goscha hieß und Medizinstudent war. Diesem Goscha ging sie nicht sonderlich um den Bart, und Gurko war sicher, daß er noch nie bei Irischka übernachtet hatte.

So lebten sie damals. Elisaweta buk Piroggen, Pjotr trug sie zu Irischka, und beide verloren kein Wort darüber, daß dieses Mädchen ihnen die Tochter ersetzte.

Als Nikolaj Schanin die Durchsuchung abgeschlossen hatte, ging Gurko in seine Wohnung zurück, zog sich seinen Anzug an und ging, ohne seiner Frau ein Wort über den Vorfall zu sagen, in Richtung Kriminalhauptkommissariat.

2

»In unserem Beruf, mein Lieber, ist wie in keinem anderen alles sehr delikat und fein. Wir sind wie diese Piloten da vorn, wir haben nicht das Recht auf den allerkleinsten Fehler...«, sagte Ilja, während er sich abmühte, die Anweisungen der Leuchtschrift zu befolgen, die besagten, daß der Sicherheitsgurt unter allen Umständen anzulegen sei. Sein dicker Bauch erlaubte das jedoch nicht, und schon beim Einsteigen hatte Ilja Monastirskij der Stewardess vorgeschlagen, für besonders beleibte Passagiere anstelle des Sicherheitsgurtes Sicherheitshosenträger einzuführen, ähnlich den Dingern, die er trug, damit seine Hosen nicht herunterrutschten.

»Die kleinste Nachlässigkeit eines Psychoanalytikers, die ihm bei der Arbeit passiert, kann zu unvorhersehbaren Folgen führen... Xenia«, rief er, »hast du nicht noch was zu trinken übrig?«

Xenia reichte ihm ihr Glas mit Mineralwasser, Ilja trank es in einem Zug aus, und keuchend, als hätte er gerade eine schwere Arbeit vollbracht, fuhr er in seiner Tirade fort und wandte sich wieder an seinen Gesprächspartner, einen kleinen, flinken Psychologen aus Kiew mit grauem Kinnbärtchen und großen braunen Augen.

»Na, was rede ich da, das wissen Sie ja selbst, dazu braucht man keine Lehrbücher. – Ein Bekannter von mir, auch Psychoanalytiker, verfiel in eine schreckliche Depression, als eine seiner Patientinnen Selbstmord beging. Und das war nicht etwa passiert, weil die Behandlung nicht geholfen hätte, nein! Mein Freund hatte den großen Fehler begangen, die Probleme seiner Patientin ein wenig zu nah an sich heranzulassen... Ein Psychoanalytiker ist schließlich auch kein Gott, sondern ist, genau wie sein Patient, aus einem Stück Fleisch gemacht, mit Knochen und allem möglichen – Pardon – Mist... Ich meine natürlich die Komplexe. Wobei es sich um einen aufgeklärten Mist handelt, der noch dazu über das Wissen um die verschiedenen Arten des Mistes verfügt... Darum wird der Kontakt zum Patienten für jeden unserer Kollegen zum Spaziergang auf einem schmalen Pfad am Rande des Abgrunds. Wenn der Analytiker auch nur den kleinsten Fehler macht, wenn er beispielsweise den Abstand zum Patienten auch nur um einen Millimeter verringert, indem er anfängt, sich dessen Probleme aufzuladen, oder wenn er auch nur ganz einfaches Mitleid empfindet, also ich will sagen, wenn sich unser Kollege auch nur für einen Moment ablenken läßt, bekommt er sofort die Rechnung serviert. Und statt daß er seinem Patienten hilft, verschlimmert er nur dessen Situation. Und wenn der Patient eine starke Persönlichkeit ist, dann können die Folgen unabsehbar sein.«

Ilja Monastirskij, der schon morgens im Hotel zu trinken angefangen hatte, schwadronierte jetzt, nach dem zum Essen gereichten Wodka, mit größtem Vergnügen vor sich hin, um so mehr, da er mit der Gabe gesegnet war, seine Zuhörer zu faszinieren, selbst wenn er die größten Binsenwahrheiten verkündete. Xenia sah Iljas Nachbarn von der Seite an – der hörte gebannt zu. Xenia kicherte bei der Vorstellung, daß jemand dem nüchternen Ilja derartiges Zeug erzählt hätte. ›Mein Lieber!‹ hätte der ewig düstere, nüchterne Ilja von oben herab gesagt. ›Das sind doch solch elementare

Dinge, daß es geradezu unanständig ist, so was einem ausgewachsenen Analytiker zu erzählen...‹

Nichtsdestoweniger hatte er selbst derartige Gespräche andauernd geführt, während sie sich auf dem einwöchigen Symposium europäischer Analytiker in Weimar aufgehalten hatten. Ilja Monastirskij war Xenias langjähriger Kollege und Freund, ein alter Schürzenjäger, Alkoholiker – und ein ehemals glänzender Psychologe. Zu dem Seminar war er nur aufgrund Xenias Beziehungen eingeladen worden. Jeden Abend, bevor er auf sein Zimmer ging, tauschte er mit Xenia seine Eindrücke über Gespräche mit den Kollegen aus, die er ansonsten selten traf.

»Stell dir vor«, hatte Ilja aufrichtig verwundert gesagt, »nicht nur daß sie eine Brille trägt, die ihre Augen furchterregend vergrößert, sie ist auch noch taub. Xenia, wo hast du je gesehen, daß ein Psychoanalytiker, dessen Hauptaufgabe aus Zuhören besteht, taub ist?! Ich frage sie, ob ihre scheußliche Brille die Sitzung nicht stört. Und weißt du, was diese Idiotin mir antwortet? Sie sagte, glücklicherweise würde sie die Brille gar nicht stören, da sie die schon seit der Kindheit trüge. Es ist ihr nicht einmal in den Sinn gekommen, daß ich nicht sie meine, sondern ihre armen Patienten!«

Xenia, die öfter in der ›großen weiten Welt‹ herumkam und so schon ganze Armeen derartig trauriger Psychologen gesehen hatte, lachte nur und schlug Ilja vor, doch einen Kosmetiksalon für Psychoanalytiker zu eröffnen, in dem man die Analytiker in eine für die Patienten leichter verdauliche äußere Form bringen würde.

Ilja schnaubte und ging in sein Zimmer, um sich bei einem Gläschen Wodka zu entspannen, und Xenia, die derartige Reisen gern vollständig ausschöpfte, machte sich zu einem Stadtrundgang auf.

Überhaupt liebte sie solche Veranstaltungen aus den verschiedensten Gründen. Erstens war sie gern in Gesellschaft ihrer Kollegen. Die meisten ihrer Freunde, sogar die allerengsten, fingen im Kontakt mit ihr früher oder später an, sie als Ärztin zu sehen, und suchten unbewußt bei ihr Hilfe. Wenn Xenia dagegen unter ihresgleichen war, unter Menschen, denen die professionelle Distanziertheit nicht erlaubte, anderen ihre seelischen Probleme aufzuhalsen, konnte sie aufatmen.

Der zweite Grund war äußerst banal. Xenia liebte das Reisen, liebte es, neue Eindrücke zu sammeln, neue Städte und Länder, neue Gesichter zu sehen. Sie wußte, daß das vorweihnachtliche Weimar mit seinen verwinkelten Gäßchen, seinen großen Parkanlagen und dem noch immer spürbaren Geist Goethes in ihrer ›Sammlung‹ einen ganz besonderen Platz einnehmen würde. Durch Weimars Straßen schlendernd, die von einem milchigweißen Nebel erfüllt waren, was, wie man ihr sagte, zu dieser Jahreszeit eine häufige Erscheinung war, wurde sie nicht müde, sich über die wohldurchdachte Planung des Symposiums zu freuen. Einen besseren Ort als Weimar hätte sie sich für einen Psychoanalytikerkongreß gar nicht vorstellen können.

Doch ungeachtet all der schönen Dinge im Ausland – am allermeisten liebte Xenia an den Reisen die Rückkehr nach Hause. Zwar konnte man wirklich nicht sagen, daß sie so sehr Patriotin war, daß sie die Mängel, die es in ihrer Heimat reichlich gab, nicht sehen wollte. Aber schon nach zwei, drei Tagen im Ausland fing Xenia an, ein herzzerreißendes

Heimweh zu entwickeln, und selbst der letzte russischsprechende Säufer schien ihr ein raffinierter Intellektueller zu sein, und eine Speisekarte auf russisch – und war sie noch so voller Fehler – kam ihr wie der Gipfel der Kultur vor.

Und jetzt, als sie die Lichter des Scheremetjewo-Flughafens auf sich zurasen sah, fühlte sie eine unvergleichliche Freude in sich. Ihr Moskauer Leben, das sie sich ganz allein geschaffen hatte, erwartete sie ungeduldig. Xenia spürte, wie sie die Arbeit vermißte, wie sie sich nach der strengen Disziplin sehnte, die sie sich im Laufe vieler Jahre angeeignet hatte und die, als einzige Konstante in ihrem Leben, sie zu dem gemacht hatte, was sie jetzt war: eine selbstsichere Frau, die mit allen Problemen fertig werden konnte, die ihr das Leben bescherte.

Iljas begeisterte Rede, die natürlich sowieso nicht für Xenias Ohren bestimmt war, berührte sie nicht. Sie hatte sich schon immer selbst beobachtet, nicht nur im Umgang mit den Patienten, sondern auch im alltäglichen Leben, das sie nie ganz nah an sich herankommen ließ.

Das Flugzeug landete sanft. Einige Passagiere klatschten. Die Stewardessen verabschiedeten sich lächelnd, und Xenia kniff Ilja zum Abschied in die dicke Flanke und rannte die Gangway hinunter. Ilja sah ihr mit trübem Blick hinterher, wandte sich wieder dem Kiewer zu, ganz offensichtlich bestrebt, ihn in die Zahl seiner Anhänger einzureihen.

Xenia nahm nie viel Gepäck mit, und nachdem sie geschickt an den Zöllnern vorbei durch den ›Nichts-zu-verzollen-Korridor‹ gelaufen war, flog sie auf ihren abseits stehenden Mann zu, der ein Buch las, wobei er andauernd seine Brille zurechtrückte.

»Na da schau her«, sagte sie, als sie den Buchumschlag sah, »da fahre ich kaum für eine Woche weg – und schon liest mein Mann demonstrativ *Hundert Jahre Einsamkeit.*«

Sergej sah vom Buch auf, schaute sie einen Moment an, als würde er sie nicht gleich erkennen, und lächelte: »Anja hat's gelesen und hat mich mit Fragen gelöchert. Und wie sich herausstellte, waren in meinem Kopf alle Romanfiguren von Márquez durcheinandergeraten, vom Oberst bis zu Melkiades.«

Er küßte sie auf den Mund, und dann, den Kragen des weichen Pullovers leicht wegschiebend, auf den Hals.

»Du wirst frieren«, sagte er, als er ihre kurze Jacke sah, und nahm ihr die Reisetasche aus der Hand. »Hier ist es bitter kalt.«

»Um so besser!« freute sich Xenia. »Es ist wunderbar, daß ihr hier richtige sibirische Kälte habt ... In Weimar gab's nur Nebel.«

Sie verließen das Flughafengebäude und gingen zu dem alten, dunkelblauen Shiguli, der auf dem gebührenpflichtigen Parkplatz stand.

»Fährt er noch?« fragte Xenia, als sie die Tür öffnete.

»Läuft wie geschmiert«, sagte Sergej und sah voller Zärtlichkeit auf sein Auto. »Und es wird noch lange fahren.«

»Na, den kannst du selber fahren«, sagte Xenia. Sie erschauerte, denn im Wagen war es kalt. »Du bist ja richtig verliebt in diese alte Rostbeule; mir soll's recht sein. Und ich werde mit unserem neuen fahren ... Ssst, quer durch Moskau – so schnell die Staus es zulassen.«

›Rostbeule‹ oder ›Gartenlaube‹ war das Auto übrigens

von Ilja getauft worden, der fand, außer für ein gemütliches Gespräch tauge ›dieses Ding‹ zu rein gar nichts.

»Der fährt noch gut und gern seine fünf Jahre«, sagte Sergej nach alter Gewohnheit und ließ den Motor an. »Zieh erst mal die Felljacke an, bis es warm wird; sie liegt hinten auf der Rückbank.«

3

Pjotr Gurko hatte den ganzen Tag auf seiner früheren Dienststelle verbracht. Einerseits, weil es ihn überhaupt nicht nach Hause zog: Er wußte genau, daß die Hausmeister die Neuigkeit zwar sicher schon auf allen Höfen verbreitet hatten, aber daß seine Frau vermutlich von all dem noch nichts gehört hatte, denn sie hatte heute nirgendwohin gehen wollen, und mit den Nachbarn hatte sie – außer mit Irischka – keinerlei Kontakt. Außerdem hatte er sie angerufen und ihr gesagt, daß er nicht zum Mittagessen komme. Elisaweta war ganz ruhig gewesen, hatte nur erzählt, daß die Äffin Dosja, die sie ›für einen Moment‹ aus dem Käfig gelassen hatte, in der ganzen Wohnung herumgerannt war und alles mögliche heruntergeworfen hatte. Nämlich ausgerechnet Elisawetas Lieblingsfigur, ein klavierspielendes Adelsfräulein mit Krinoline und Rüschen, dann hatte sie in der Küche die Tüllvorhänge heruntergerissen, das Sofa im Wohnzimmer bepinkelt, und als Antwort auf den strengen Ton der Hausherrin hatte sie ihr ins Gesicht gespuckt. Wofür sie bestraft und an die Leine gelegt wurde.

»Und jetzt«, hatte Elisaweta hinzugefügt, »ist sie in Tränen aufgelöst. Du weißt ja, wie gut sie das kann... Kommst du bald heim?« Gurko, der völlig vergessen hatte, daß seine Frau ihn ja nicht sehen konnte, nickte bloß zur Antwort und legte den Hörer auf.

»Gib mir auch eine Zigarette«, bat er Schanin, aus dessen Büro er anrief.

Schanin schob schweigend das Päckchen rüber, Gurko steckte sich eine an und rauchte mit längst vergessenem Vergnügen.

»Und wir hatten Irotschka zu Silvester einladen wollen«, fiel ihm plötzlich ein.

»Jetzt passiert jede Menge von der Art«, setzte Schanin das unterbrochene Gespräch fort. »Viel mehr als früher. Die Jugendlichen sehen irgendeinen Dreck auf Video – und los geht's... Und wir verstehen nicht mal die Motive. Nach so einem Ding wie *Das Schweigen der Lämmer* kannst du dann ein Drittel der Stadt wegen Kannibalismus festnehmen. – War bloß so ein Beispiel...« Er fegte wütend die auf dem Tisch liegenden Fotos durcheinander. »Und das kommt dann dabei raus!«

Auf den Fotos war Irischka zu sehen. Oder besser gesagt, das, was von ihr übriggeblieben war. Der Mörder hatte, als hätte er sich rückversichern wollen, daß er sie auch wirklich getötet hatte, noch auf sie eingestochen, als sie längst tot war. Heute morgen hatte es Irischka nicht bis zu ihrer Arbeitsstelle geschafft. Ein Mann hatte ihre Leiche entdeckt, als er seinen Hund spazierenführte – es mußte zwei Stunden nach der Tat gewesen sein. Sie hatte in einer merkwürdigen Haltung dagelegen, auf dem Bauch, mit unnatürlich verdrehtem Kopf, das blutverschmierte Gesicht nach oben.

Gurko schaute kurz auf die Fotos und fragte: »Was gedenkst du zu tun?«

»Arbeiten, was sonst«, seufzte Schanin. »Obwohl jetzt schon klar ist, daß das ein ›Hänger‹ bleiben wird.« Die unaufgeklärten Fälle nannten sie ›Hänger‹. Gurko erinnerte sich noch gut an dieses Wort.

Schanin überlegte. »Was war das noch mal mit ihrem Kerl aus der medizinischen Fakultät?«

»Ein ganz normaler junger Mann«, sagte Gurko barsch. »Natürlich kann ich nicht für ihn bürgen, bei jedem kann irgendwann eine Sicherung durchknallen, aber meiner Meinung nach ist er ein netter Kerl. Sieht mir ganz und gar nicht nach einem Verrückten aus.«

»Wie kommst du drauf, daß es ein Verrückter ist?« wunderte sich Schanin. »Er kannte ja sogar ihre Adresse ... Dieser Bursche hat übrigens auch kein Alibi. Hat angeblich im Studentenwohnheim übernachtet. Und es gibt keinen einzigen Zeugen. Sein Zimmernachbar war verreist, und überhaupt sind alle Studenten jetzt, so kurz vor den Feiertagen, weggefahren. Auf meine Frage, warum er selbst nicht weggefahren ist, sagte er, bei ihm zu Hause sei sowieso niemand da. Seine Eltern sind Geologen, hängen irgendwo in Sibirien herum ... Ob sie mit dem Sohn zerstritten sind?«

»Erdrosselt, vergewaltigt, Schädelbasisbruch, vierzehn Messerstiche, ausgeführt mit der Genauigkeit einer Maschine«, zählte Gurko mit tonloser Stimme auf, ohne Schanin zuzuhören. »Nikolaj, ich sage dir, das ist ein Verrückter. Und der läuft da draußen frei rum.«

4

Xenia hatte lange auf den Moment gewartet, in dem sie endlich ein neues Auto kaufen konnten. Den alten Shiguli mochte sie nicht wegen seines völlig unvorhersagbaren und geradezu menschlichen Verhaltens. Das Auto war schnell beleidigt wie ein verwöhntes Kind und eifersüchtig wie eine Ehefrau. Wenn man versuchte, auch nur die kleinste Neuerung anzubringen, beispielsweise einen Keilriemen auswechselte oder neue Zündkerzen einsetzte, so war der Shiguli sofort eingeschnappt und revanchierte sich mit einem seiner üblichen Streiche. Und wenn eine für Xenia besonders wichtige Fahrt bevorstand, ging sie besser, ohne Zeit zu verlieren, zum Taxistand, denn gerade dann wollte das verflixte Auto um keinen Preis anspringen.

Der Gerechtigkeit halber mußte man zugeben, daß die ›Gartenlaube‹ nur Xenia nicht gehorchte. Bei Sergej machte sie keinerlei Zicken, und er vergalt es ihr mit Gleichem: Liebevoll nannte er sie Dunjascha, wienerte sie stundenlang blank und unterhielt sich während der Fahrt mit ihr. Sergej witzelte über Xenia, daß sie zwar Psychologin wäre, aber bis zur Psychologie des Autos anscheinend noch nicht vorgedrungen sei. Worauf Xenia knurrte, daß er wohl absichtlich ein ›Teufelsaggregat‹ eingebaut habe, bloß damit seine Frau öfter zu Hause bliebe.

Von einem neuen Auto wollte Sergej nichts hören, und so nahm Xenia, die allmählich die Geduld verlor, diese schwierige Aufgabe selbst in die Hand. Da es unmöglich war, einfach in ein Geschäft zu gehen und den langersehnten Golf zu kaufen, ließ sie all ihre Beziehungen spielen und trieb ein paar Jungs auf, die ihr für einen lächerlichen Lohn einen fast neuen Volkswagen aus Deutschland überführten. Das war direkt vor ihrer Abreise zum Symposium geschehen, und nachdem Xenia ihre Schulden bezahlt und den Besitzerwechsel hatte registrieren lassen, war ihr nicht einmal mehr Zeit geblieben, sich an ihrem Kauf richtig satt zu sehen. Nun stand die ›Kalesche‹ im Parkhaus, wo sie, wie sich Sergej ausdrückte, in aller Pracht geduldig ihre Herrin erwartete.

Das einzige, was noch zu tun blieb, war die Anmeldung beim Straßenverkehrsamt, eine lästige und vor allem langwierige Angelegenheit, die Xenia beschlossen hatte noch etwas aufzuschieben. Bis zum Neujahrsfest blieben zwei Tage, und es war völlig klar, daß die Angestellten im Straßenverkehrsamt jetzt ganz anderes im Kopf hatten als die Registrierung von Xenias Auto.

Aber Xenia konnte sich das Vergnügen nicht verkneifen, morgens vor der Fahrt zur Universität, wo sie Vorlesungen zur Weiterbildung von Therapeuten hielt, noch schnell ihr neues Auto anzuschauen.

Während Sergejs dunkelblaue Freundin eingeschneit vor dem Hauseingang fror, stand Xenias wunderschöner Golf, wie es sich für ein teures Rassepferd gehörte, ruhig und warm in seiner trockenen Box in dem dreistöckigen Parkhaus.

Im allgemeinen war es nicht Xenias Art, mit unbelebten Gegenständen zu reden, aber da sie vor dem neuen Auto noch leichte Scheu hatte, beschloß sie, mit dem Golf zu sprechen wie ihr Mann mit seiner Dunjascha.

»Hallo«, sagte sie und berührte kokett mit dem Zeigefinger die blitzblanke Windschutzscheibe. »Na, wirst du langsam ungeduldig?« Der Golf schwieg unzufrieden. »Na macht nichts, macht nichts«, brummelte Xenia vor sich hin. »Bald machen wir eine Ausfahrt... Bloß, eine Farbe hast du, mein Lieber...«

Die Farbe war Rot. Xenia konnte Rot nicht ausstehen. Aber da man das Auto fast als ›geschenkten Gaul‹ ansehen konnte, dem man ja bekanntlich nicht ins Maul sieht, wollte sie nicht meckern, vor allem da alles andere an diesem ›Gaul‹ ganz außergewöhnlich schön war.

»Na, jetzt mußt du noch ein Weilchen hier stehen«, sagte sie zum Abschied. »Einstweilen fahre ich mit der U-Bahn... Aber vor den Feiertagen sind sowieso überall nur Staus...«

Als sie aus dem Parkhaus kam, ertappte sie sich dabei, daß sie lächelte.

In Moskau war alles wie immer. In der U-Bahn stießen Menschenmassen der verschiedensten Nationalitäten aufeinander. Dadurch, daß alle Fellmäntel oder pelzgefütterte Winterjacken anhatten, erschienen die Leute doppelt so dick wie sonst. Die Straßen waren tatsächlich voller Staus, offensichtlich wegen des wie jedes Jahr ›unerwarteten‹ Schneefalls, der die Hauptstadt heimgesucht hatte. ›Es ist doch schließlich Winter‹, dachte Xenia. ›Was sollen wir denn sonst in diesen Breiten haben? Vermutlich tropische Regengüsse, jedenfalls scheint sich das die Moskauer Stadtverwaltung so vorzustellen, die jedesmal von den Schneefällen überrascht wird.‹

Xenia hielt ihre Vorlesung in einem Gebäude der journalistischen Fakultät ab, am Manegeplatz, wo der Stau besonders hoffnungslos aussah. Die unglücklichen Autobesitzer, verärgert durch das lange Warten, versuchten sich mit irgend etwas abzulenken: Einer las eine Zeitung, die ihm freundlicherweise jemand hier im Stau weitergereicht hatte, ein anderer hörte Radio, wieder ein anderer stritt sich leidenschaftlich mit seinen Leidensgenossen.

Die abgasgeschwängerte Luft war entsetzlich. Xenia bekam sofort einen allergischen Schnupfen. Sie nieste verächtlich, verfluchte die russische Ökologie und huschte dann schnell in das Universitätsgebäude.

Diese Vorlesungsreihe, die ausschließlich dafür gedacht war, daß Analytiker aus anderen Städten in Moskau Urlaub machen konnten, war sehr simpel, und Xenia konnte die vorgeschriebene akademische Stunde absolvieren, ohne sich groß zu verausgaben. Nebenbei beobachtete sie die Kursteilnehmer. Aus jedem dritten Gesicht schien ihr der alte Freud entgegenzuwinken. Doch waren auch ganz normale Leute dabei, und am Ende der Stunde – wie übrigens immer – entstand so etwas wie eine Diskussion zum Thema ›Braucht man uns Therapeuten überhaupt?‹. Eine junge Frau mit feinen Gesichtszügen aus St. Petersburg stand auf und fragte Xenia, ob sie nicht auch glaube, daß sich in einem Land, wo die Menschen traditionsgemäß ihren Freunden in der Küche bei einer Flasche Wodka ihr Herz ausschütten, die Psychoanalyse als Institution unmöglich etablieren könne.

»Das heißt, also ich meine«, fuhr die junge Frau errötend fort, »daß ein Therapeut bei uns, wo jeder, der Freunde hat, mindestens einmal im Leben aus purer Menschlichkeit selbst den Therapeuten spielt, daß also ein professioneller Therapeut es bei uns schwer hat ... Ich meine, es dürfte schwer sein, von dem Geld zu leben, das dieser Beruf einbringt.«

»Da bin ich aber gar nicht Ihrer Meinung«, sagte Xenia, die in der letzten halben Stunde erfolglos gegen das Gähnen angekämpft hatte und nun wieder wach wurde. »Ich will Ihnen keine Banalitäten erzählen, etwa daß alles von der Qualität abhängt und, wenn Sie Ihre Arbeit gut machen, Sie auch Patienten haben werden, die bereit sind, dafür zu zahlen. Aber andererseits ist das tatsächlich wahr. Ich sage nur, meiner Meinung nach leben wir in einer für uns Analytiker sehr vorteilhaften Zeit. Momentan findet in unserer Gesellschaft ein furchtbarer Vereinsamungsprozeß statt. Die Menschen, die mit dem puren materiellen Überleben beschäftigt sind, verlernen es sehr schnell, auf dem früheren Niveau zu kommunizieren. Wahrscheinlich kann hier jeder von uns sagen, daß er seit der Zeit, da wir nicht mehr in der sogenannten Sowjetgesellschaft leben, mindestens einen seiner engen Freunde verloren hat. Nicht im endgültigen Sinne verloren, durch Tod, sondern in dem Sinne, daß wir nicht mehr miteinander reden wie früher. Die Menschen sind einsamer geworden, aber die Notwendigkeit eines ›Spiegels‹, eines Gegenübers, ist geblieben, denn das ist eines der Grundbedürfnisse des Menschen.«

Ein weiterer Kursteilnehmer mischte sich in die Diskussion, dann noch einer. Schließlich wurde der Streit so hitzig, daß Xenia, als sie zufällig auf die Uhr sah, bemerkte, daß sie nun überall zu spät kommen würde, wo sie heute noch hinmußte.

Ihr auf die Minute durchgeplanter Tagesablauf drohte in sich zusammenzufallen wie ein Kartenhaus, und so verabschiedete sie sich eilig von den immer noch heftig diskutierenden Kursteilnehmern, rannte aus dem Gebäude und zog sich schon im Laufen die Felljacke über.

Wie der Blitz sauste sie durch Moskau, wobei sie im Kopf wie in einem Notizbuch die Dinge und Termine abhakte, die sie erledigt hatte. Sie spürte voller Genugtuung, wie schnell sie sich nach dem verlangsamten Tempo in Weimar wieder an den verrückten Moskauer Rhythmus gewöhnt hatte.

Erst gegen Abend schaffte sie es, bei den Eltern vorbeizuschauen, bei denen Anja schon seit zwei Tagen zu Besuch war. Sie wünschte ihnen rasch schöne Feiertage, breitete die Weimarer Geschenke aus, nahm die Tochter bei der Hand und machte sich auf den Heimweg.

Es war schon gegen zehn Uhr abends. Der halbleere U-Bahn-Wagen rumpelte knarzend durch die dunklen Tunnel. Xenia und Anja saßen dicht nebeneinander, ganz am Ende des Wagens. Die Tochter erzählte mit dem üblichen abfälligen Grinsen von ihrem zweitägigen Aufenthalt bei den Großeltern, wobei sie ab und zu ein paar gehässige Bemerkungen fallenließ. Xenia, müde vom Tag, widersprach ihr matt, sagte, daß man ältere Leute ehren müsse, mit alten Menschen Mitgefühl haben müsse, etwas mehr Geduld aufbringen... Schließlich liebe man sie doch, warum sollte man ihnen da nicht ein paar kleine Fehler verzeihen, und was waren das schon für Fehler, sie waren eben eine andere Generation, mit anderen Werten aufgewachsen ... Die Tochter widersprach ihr heftig, versicherte, daß es nicht an der unterschiedlichen Erziehung läge, sondern am Altersstarrsinn, und wenn sie im Alter einmal so würde, dann wolle sie lieber gar nicht erst so alt werden, sondern jung sterben, um sich nicht den Ruf zu verderben.

Xenia, die im Grunde ihres Herzens mit ihrer Tochter einer Meinung war, wußte nicht mehr weiter und verstummte für einen Moment. Müde suchte sie nach wenigstens einem einzigen Argument. Da überkam sie plötzlich eine leichte Unruhe.

Sie hob den Kopf, und sofort stieß ihr Blick mit dem eines Mannes zusammen, der neben der Tür stand und sie durchdringend ansah. Xenia wandte die Augen ab und zuckte kaum merklich mit den Schultern. Sollte er sie doch anstarren. Er war schließlich nicht der erste Mann, der ihr in der U-Bahn nachsah. Aber in diesem Blick lag etwas Merkwürdiges. Mehr noch: Xenia glaubte, dieses leicht ovale Gesicht mit den ungewöhnlich hellen Augen und den zusammengepreßten Lippen schon einmal irgendwo gesehen zu haben. Sie warf dem Mann einen raschen Blick zu. Der Mann hatte die Nase inzwischen tief in eine Zeitung gesteckt, so konnte Xenia ihn genau betrachten. Er war sehr gut angezogen, ging offensichtlich zu einem teuren Friseur und schien überhaupt der sogenannten gutsituierten Mittelklasse anzugehören.

Jetzt, wo er sie nicht mehr anstarrte, kam Xenia zu dem Schluß, daß sie sich geirrt hatte und diesen Mann noch nie gesehen haben konnte. Sein Profil mit der kurzen, wie abgehackten, geraden Nase war ihr völlig fremd. Trotzdem sah sie, leicht verwirrt durch seinen Blick, noch ein paarmal zu ihm hin. Aber der Mann war so in seine Zeitung vertieft, daß Xenia ihr aufkommendes Mißtrauen ihrer Müdigkeit zuschrieb und beschloß, diesen Vorfall zu vergessen.

5

Ein paar Minuten lang sah Sergej Xenia zu, wie sie sich auszog und ihre Kleider in den Schrank räumte. Er lächelte, als sie sich, auf einem Bein hüpfend, aus der Hose schälte, schlich sich von hinten an und küßte sie auf die Schultern, als sie den Pullover auszog.

Xenia wußte, daß er sie beobachtete, und zog sich extra langsam aus, sie verführte ihn mit weichen, gleichsam müden Bewegungen.

Sergej fuhr mit den Fingerspitzen über ihre Wirbelsäule, seine andere Hand kroch unter das dünne Hemdchen, fand die Brust, berührte die Brustspitzen.

Xenia lachte leise auf. »Direkt hier?«

»Wieso denn nicht«, reagierte er kaum hörbar und zog sie an sich.

Sex mit ihrem Mann war für Xenia so angenehm wie alles in ihrem präzise durchorganisierten Leben. Sie wußte immer genau, was der Sex ihr gab, was Sergej von ihr wollte und sie von ihm. Xenia konnte an zehn Fingern abzählen, wie oft sie während ihres ganzen Ehelebens im Bett in Raserei geraten war, aber sie wußte bis heute nicht recht zu sagen, ob sie sich an diese paar Male mit Vergnügen erinnerte oder nicht. Genauer gesagt, sie war nicht imstande, sich an diese Momente richtig zu erinnern, da sie sich praktisch an nichts außer an das eigene wahnsinnige Verlangen erinnern konnte. Und da Xenia sich selber absolut nicht ausstehen konnte, wenn, mit ihren eigenen Worten gesagt, ›das Gehirn ausgeschaltet war‹, waren ihr diese Momente wohl eher unangenehm.

Sergej, ein sehr sensibler Mensch, hatte schnell herausgefunden, was seiner Frau gefiel und was sie verstimmte. Er hörte auf, auf diesem Gebiet zu experimentieren, und überließ Xenia voll und ganz die Initiative.

Seit dieser Zeit brachte Xenia die Intimität mit ihrem Mann so viel Befriedigung wie die Spaziergänge im Frühling durch die vertrauten Gassen am Arbat – alles war altbekannt, bis zum letzten Ziegelstein, von Zeit zu Zeit erfreute eine ungefährliche Neuerung das Auge, was aber insgesamt den gewohnten Anblick nicht störte.

»Du bist ein bißchen dicker geworden«, sagte Sergej und zündete sich eine Zigarette an.

»Sooo?« Xenia war unangenehm überrascht. »Das habe ich selbst gar nicht gemerkt... Ich brauche wohl mehr Bewegung.«

Sie lagen nackt auf der Bettdecke, im schwachen Schein der Nachttischlampe. Der Zigarettenrauch wanderte in Ringen durch das Zimmer und blieb als Nebelschwade irgendwo zwischen dem Boden und der Decke hängen. Xenia verzog das Gesicht.

»Serjoscha, wie ich das hasse, wenn du im Schlafzimmer rauchst. Besonders im Winter!«

»Marina hat angerufen«, entgegnete er, ohne auf ihre Worte zu reagieren. »Bei denen ist wieder irgendwas passiert.«

»Was denn?« fragte Xenia ruhig.

»Das habe ich nicht verstanden.« Er zuckte mit den Schultern. »Entweder ist Vera verschwunden oder der Hund krank geworden... Ruf sie doch mal an.«

»Mhm. Und wo feiern wir eigentlich Silvester?«

»Entscheide du.« Sergej streckte sich. »Marina hat uns eingeladen, deine und meine Eltern auch, die Goreckijs und Lena, ›das Huhn‹, mit ihrem Mann.«

Xenia dachte nicht lange nach.

»Ich will nirgendwohin gehen. Komm, wir laden sie alle zu uns ein. Außer den Eltern. Zu denen fahren wir am nächsten Tag.«

»Und das viele Geschirr?«

»Machen wir am nächsten Tag, alle zusammen, ein Liedchen auf den Lippen. Wird Anja zu Hause sein?«

»Ja.«

»Dann laden wir alle mit den Kindern ein. Ich backe ihnen eine Torte. Und wir kaufen eine Ananas.«

»Okay.« Sergej gähnte ausgiebig. »Laß uns schlafen, ja?«

Xenia hüllte sich in ihre Decke. »Ja. Aber lüfte noch einmal ordentlich.«

Während sie die kalte Winterluft einatmete, schlief sie ein, kaum daß ihr Mann das Fenster wieder geschlossen hatte. Bevor sie in einen tiefen traumlosen Schlaf fiel, tauchten kurz die Augen des Mannes aus der U-Bahn vor ihr auf. Sie waren übernatürlich hell, mit einem dunklen Rand um die Iris und winzigen Pupillen, die aussahen, als ob sie auf jemanden zielten.

Vor den Feiertagen hatte Xenia nur noch eine Sitzung, und so stand sie am nächsten Tag zusammen mit Sergej, der zur Arbeit fuhr, auf, um schon in Form zu sein, wenn ihre Patientin käme.

Xenia hatte die gestrige Bemerkung ihres Mannes nicht vergessen und zog sich, in der festen Absicht, die überflüssigen Pfunde loszuwerden, einen Trainingsanzug und warme Tennisschuhe an, setzte eine Mütze auf und lief in den noch dunklen Wintermorgen hinaus.

Sergej machte sich im Hof an dem über Nacht eingefrorenen Auto zu schaffen, Xenia winkte ihm zu und bog um die Ecke.

Moskau erwachte gerade erst, auf den Straßen waren nur wenige Autos, und die eisige Morgenluft war fast rein. Als sie bis zu einem kleinen Park am Ende der Straße gelaufen war, blieb Xenia stehen und machte ein paar Gymnastikübungen zum Aufwärmen. Ein schläfriger Junge auf schwachen Beinen, fest in seine dicke Jacke gemummt, ging an ihr vorbei und zog ein genauso schläfriges Bologneserhündchen an der Leine hinter sich her. Das Hündchen sträubte sich halbherzig, der Junge brummelte vor sich hin, und Xenia, die von den Übungen eine angenehme Wärme verspürte, sah ihm lächelnd nach.

Als die beiden irgendwo im Morgennebel zwischen den kahlen Bäumen verschwanden, war Xenia vollkommen allein, und eine Zeitlang hörte sie nur ihren beschleunigten Atem. Plötzlich blieb sie stehen und hielt die Luft an. Sie wartete einen Augenblick und lief dann vorsichtig weiter. Dann hielt sie jäh inne und horchte. Das Geräusch wiederholte sich nicht. ›Sicher knacken die Zweige vor Kälte‹, dachte sie und lief wieder weiter, in die Richtung, in der der Junge verschwunden war.

Sie hatte schon eine ziemliche Strecke zurückgelegt, aber der Junge mit dem Hund war nirgends zu sehen. Dafür hörte Xenia, die nicht gerade zu den Angsthasen gehörte, hinter sich leise Schritte. Xenia spürte einen Eisklotz im

Bauch, drehte sich um hundertachtzig Grad und lief zurück, zum Ausgang des Parks.

Hinter ihr war niemand, aber als sie an drei breiten Tannen vorbeilief, die als finstere Gruppe direkt neben der Allee standen, schien es ihr, als ob sich dort zwischen den Bäumen jemand versteckte. Ohne stehenzubleiben, sah Xenia aus den Augenwinkeln schräg hinüber, bis ihr der Kopf weh tat, konnte aber wieder nichts erkennen, und sie verlangsamte ihre Schritte erst, sowie sie das erste Wohnhaus am Rande des Parks erreicht hatte.

Hier gab es schon Passanten: zum Dienst eilende, grantige Männer, verschlafene Schulkinder und alte Frauen, die zu so früher Zeit weiß Gott wohin hetzten.

Xenia ging die Straße entlang und drehte sich einige Male um. Die Leute, die hinter ihr gingen, sahen normal und absolut unverdächtig aus. Eine Mutter, die einen Kinderwagen mit einem bis an die Nasenspitze eingemummten Kleinkind vor sich herschob, ein wenig entfernt von ihnen das Oberhaupt der Familie, genau wie das Kind in einen Schal gewickelt. Der Mann versuchte die ganze Zeit, die davoneilende Frau einzuholen, blieb aber immer weiter zurück. Ein paar Jugendliche, die in Lederjacken mit Nieten überhaupt nicht dem Winter entsprechend gekleidet waren, eine Oma mit einem Einkaufsnetz, in dem die wohl auf der Straße aufgesammelten leeren Flaschen klirrten.

Als sie zu Hause angelangt war, hatte sich Xenia endgültig beruhigt. Sie ärgerte sich nur ein wenig über das unangenehme nagende Gefühl, das sie im Park beschlichen hatte. ›Was ist nur los mit mir?‹ dachte sie. ›Die lieben Nerven, Madame? Na schön, selbst wenn ich richtig gehört habe.

Darf denn niemand nachts im Park sein? Irgendein Eichhörnchen, ein Hund... oder auch ein Obdachloser. Wieso bin ich nur so erschrocken?... Wahrscheinlich bin ich bloß durch diese eine Weimarer Woche unserer russischen Realität etwas entwöhnt.‹

Das kam der Wahrheit ziemlich nahe. Das Gefühl der Sicherheit, das Xenia empfand, wenn sie in ein westeuropäisches Land fuhr, war ein fast physisches, und sie kehrte nicht sofort zu ihrem Normalzustand zurück, wenn sie wieder ›zu Hause‹ war. Nicht etwa, daß sie dauernd irgendwelche Unannehmlichkeiten erwartete, die ihr ihre Heimat in den letzten Jahren so großzügig bescherte, aber Xenias Normalzustand hätte man als eine permanente Wachsamkeit bezeichnen können. Und obwohl sie sich nach Weimar nicht als verweichlicht empfand, sprach das, was ihr im Park passiert war, für das Gegenteil.

Unzufrieden den Kopf schüttelnd, tippte Xenia den Code in die Box an der Wand und öffnete die schwere Stahltür zum Hof. Diese Tür mußte man unbedingt festhalten, sonst schlug sie mit einem so ohrenbetäubenden Krach zu, daß man es sogar noch im siebten – in Xenias – Stock hörte. Während sie mit Mühe die Tür festhielt, drehte sie sich um und blickte in den schon heller werdenden Hof.

Neben dem Spielplatz mit der Rutschbahn und dem Sandkasten stand, unbeweglich, als trüge sie einen Wettkampf der Erstarrung mit den schwarzen Baumstämmen um den Spielplatz herum aus, die Silhouette eines Mannes. Am ganzen Leibe zitternd, ließ Xenia die hundert Pud schwere Eisentür los. Die schlug donnernd zu, und das Echo schallte über die Treppe in das alte Moskauer Haus hinauf.

6

»Lassen Sie sie ruhig schlafen, und um neun Uhr rufen Sie Ihren Hausarzt an«, sagte der kleine traurige Armenier, der in dieser Nacht schon der dritte Notarzt war.

»Danke«, sagte Gurko, nickte und machte die Tür hinter ihm zu.

Er blieb in der Diele stehen und horchte. In dem Zimmer, wo die Tiere hausten, gab es sogar nachts ein gewisses Spektakel. Eines der Tiere heulte im Halbschlaf auf, ein anderes scharrte, gequält von übermäßigem Appetit in einer Käfigecke in der Hoffnung, doch noch ein fallen gelassenes Stück Futter zu finden, und wieder ein anderes, ein nachtaktives Tier, war gerade aufgewacht und der naiven Meinung, es ginge jetzt auf die Jagd.

Im Schlafzimmer war es ruhig. Gurko ging zu der offenen Tür und sah lange besorgt auf das blasse Gesicht seiner Frau.

Wie sehr er auch das gestrige Gespräch hinausgezögert hatte, es war doch zustande gekommen.

»Hast du Irischka in letzter Zeit gesehen?« fragte Elisaweta am Abend plötzlich, als sie die Reste des Abendessens vom Tisch räumte. Da hatte Pjotr ihr, ohne sie anzusehen, alles erzählt.

Sie hörte ihm schweigend zu, setzte sich nur ganz auf den Rand des Stuhls und hielt die Hände vor den Mund. Gurko sah seine Frau flüchtig an und blickte gleich wieder weg, er konnte nicht in ihre Augen sehen, die plötzlich bodenlos geworden schienen.

»So ist das also ...«, sagte Elisaweta kaum hörbar und stand auf. »So also ist das.«

Sie machte ein paar Schritte auf die Tür zu und fiel plötzlich zu Boden, wobei sie den Stuhl mit umriß und sich daran furchtbar den Kopf stieß.

Gurko lehnte leise die Schlafzimmertür an und ging in die Küche. Er nahm den Stuhl, stellte ihn an den hohen Küchenschrank, stieg ächzend hinauf, tastete lange mit der Hand auf dem Schrank herum und murmelte etwas vor sich hin, bis er endlich die vor Jahren dort versteckte Schachtel Java-Zigaretten aus einheimischer Produktion gefunden hatte.

Er setzte sich an den Tisch, zündete sich eine völlig ausgetrocknete Zigarette an, holte aus dem Küchentischfach einen Bleistift und einen Zettel, versuchte, die schrecklichen letzten Fotos von Irischka zu vergessen, und begann laut zu sprechen:

»Also, was haben wir? Wir haben einen Mord, einen absolut bestialischen perversen Mord, der unsere Gedanken zu einem psychisch unausgeglichenen Subjekt führt, was man im Volksmund einen manischen Triebtäter nennt...« Er verstummte und kritzelte nachdenklich Kamillen und Hahnenfuß auf das Blatt. »Oder zu einem Serientäter, wie man die Burschen am anderen Ufer des großen Teichs nennt...« Er schwieg wieder eine kleine Weile, und es schien so, als sei er völlig in das Blumenzeichnen vertieft. »Die Existenz eines Serientäters setzt das Vorhandensein einer gewissen Serie von Morden voraus, die miteinander durch eine gemeinsame Handschrift verbunden sind... Schön... Wie gut, daß Tanjuscha noch im Archiv arbeitet. Was würde ich wohl ohne sie tun... weiß der Himmel...«

Tatjana Samochina war schon seit zwanzig Jahren keine

›Tanjuscha‹ mehr. Für Außenstehende, versteht sich. Einerseits wegen ihrer Ausmaße: Ihre Silhouette war in den letzten zehn Jahren einem riesigen Ozeandampfer immer ähnlicher geworden, der sich nur mit Mühe durch die zu eng gewordenen Archivgänge bewegte. Auch ihre Stimme erinnerte an das Tuten eines Dampfers – tief und dröhnend.

Aber der Hauptgrund ihrer unantastbaren Autorität und dafür, daß aus ›Tanjuscha‹ eine Tatjana Romanowna geworden war, war ihre professionelle Unersetzlichkeit. Tatjana besaß ein phänomenales Gedächtnis und fühlte sich im Labyrinth des Archivs wie in den eigenen vier Wänden. Gurko stellte sich sogar manchmal vor, daß nicht sie ein nicht wegzudenkender Teil dieses Archivs war, sondern das Archiv – mit allen seinen endlosen Gängen und Seitengäßchen – ein Teil ihres unermeßlichen Organismus.

Ebendeshalb blieb Tatjana Romanowna vierzig Jahre lang im Amte der Archivarin, auch zu Zeiten, als die Karrieren ihrer zahlreichen Vorgesetzten wie Sputniks ihren Höhepunkt erreichten und verglühten – von den Abteilungsleitern angefangen bis hinauf zu den Ministern.

Und jedesmal, wenn Gurko sah, wie Tatjana über den Gang lief, wobei sie majestätisch ihren Körper vor sich hertrug, jedesmal, wenn er ihren tiefen ruhigen Bariton hörte, fand er sein schon verlorenes Vertrauen in die Unerschütterlichkeit des Gesetzes und seiner selbst als dessen Vertreter wieder.

Sie allein konnte alle in dieser Welt existierenden Computersysteme ersetzen, um so mehr, als das ganze Archiv sowieso nicht auf elektronische Datenträger übertragbar war.

Als Gurko ihr Büro betrat, begrüßte sie ihn mit einem so

freundschaftlichen Lächeln, als hätten sie sich gestern zum letztenmal gesehen, und Gurko fühlte sich gleich um Jahre jünger. Aus der Höhe ihres Amtes konnte sich Tatjana erlauben zu ›vergessen‹, daß Gurko pensioniert war und insofern kein Recht mehr auf Zutritt zum Archiv hatte.

»Brauchst du was Altes?« fragte sie, als wäre nichts gewesen, als hätte es all die Jahre, in denen er inzwischen als Pensionär lebte, nicht gegeben.

»Alter Kram, ja«, entgegnete Gurko lächelnd. »Serientäter.«

Tatjana lachte leise auf.

»Schätzchen, bei uns kannst du die Serientäter an den Fingern abzählen«, sagte sie. »Unser Volk bricht alle Regeln, selbst die Serientäter gehen jedesmal anders vor. Außerdem buchten sie jedesmal eine Menge Leute für seine Verbrechen ein, bis sie ihn endlich gefaßt haben. Na das weißt du ja selber, was rede ich denn...«

Gurko wußte es. Er wußte, daß der Leiter, wenn er keine ungelösten Fälle in seinem Ressort haben wollte, den Ermittler antrieb. Daß der Ermittler, wenn er sich nicht die Zeit nahm, im Archiv zu stöbern, nicht einmal erfuhr, daß direkt neben ihm ein ganz ähnliches Verbrechen begangen worden war, und davor noch eins und danach eins, wofür ein unschuldiger Mensch bereits hinter Gittern saß, und noch zehn weitere, bis sie den Serientäter, der sich einige Jahre lang völlig sicher fühlte, endlich buchstäblich vor der Haustür abfingen. Und dann platzte eine Bombe. Der Mörder, der mit einem offenherzigen Geständnis versuchte, seine Haut zu retten, begann in der gerichtlichen Untersuchung, detailliert und methodisch alle seine Verbrechen, die er begangen und deren man andere Menschen beschuldigt hatte, zu schildern.

Gurko legte Tatjana schweigend eine Mappe mit Kopien von Irischkas Materialien vor. Für einige Zeit wurde es völlig still im Büro, nur die Seiten raschelten beim Umblättern.

Schließlich schob Tatjana die Mappe beiseite.

»Und warum denkst du«, fragte sie nachdenklich, »daß er schon ähnliche Verbrechen begangen hat? Vielleicht ist es das erste?«

»Aha«, freute sich Gurko, ohne auf ihre Frage zu antworten. »Das heißt, du glaubst auch, daß er ein Serientäter ist.«

»Hornochsen gibt es viele«, erwiderte Tatjana. »Aber Serientäter? Tschkatillo, Fischer, und der Triebtäter von Witebsk ... Warum glaubst du denn, daß es nicht sein erstes Verbrechen war?«

»Intuition«, erwiderte Gurko kurz. »Siehst du nach? Auch die abgeschlossenen Fälle?«

»Welche Jahrgänge?« erkundigte sich Tatjana geschäftig, während sie ihren schweren Körper vom Stuhl hob.

»Die letzten zehn.«

Sie stieß einen leisen Pfiff aus. »Na, du bist und bleibst immer derselbe, Pjotr ... Und ich weiß noch nicht einmal, womit du dich dafür bei mir revanchieren willst ...«

»Mit Naturalien«, kicherte er dümmlich.

Sie drehte sich um und sah von oben herab auf den ehemaligen Ermittler.

»Du bist ein alter Esel«, sagte sie mit leichtem Mitleid. »Na schön. Ich sehe nach. Aber nur, was dieselbe Handschrift betrifft. Alles andere mußt du selber austüfteln.«

7

»Für mich ist das Fliegen eine Qual«, sagte Katja und berührte nachdenklich den Ohrring an ihrem Ohrläppchen, ein kleines goldenes Herz mit einem grünen Stein in der Mitte. »Ich habe von anderen gehört, die im Traum fliegen, die reden vom Glück des Fliegens und so weiter... Bei mir ist das nicht so. Zum Beispiel träume ich, daß ich immer schneller und schneller mit dem Auto fahre, das Auto läßt sich nicht mehr steuern, verschiedene Teile brechen ab, schließlich bricht alles auseinander, und ich fliege ganz niedrig über der Erde, aber mit ungeheurer Geschwindigkeit, mit dem Lenkrad in der Hand... Dann verschwindet auch das Lenkrad irgendwo, und ich fliege hoch nach oben, und ich fühle mich ganz gräßlich, und ich habe eine Todesangst davor zu fallen. Alles erstirbt in mir vor Grauen...«

»Sind Sie im Traum irgendwann mal gefallen?« fragte Xenia, die aufmerksam zuhörte.

»Was?« fragte ihre Patientin verständnislos nach. Dann schüttelte sie den Kopf. »Nein... Daran kann ich mich nicht erinnern. Anscheinend bin ich nie wirklich gefallen. Oder ich bin's und erinnere mich bloß nicht. Aber das ist nicht wichtig. Die Hauptsache, an die ich mich im Traum erinnere, ist, daß, wenn ich falle, dann ist das der Tod, das Ende.«

»Fängt dieser Alptraum immer auf die gleiche Weise an? Daß Sie im Auto fahren und so weiter?«

»Nicht unbedingt. Es gibt Varianten. Zum Beispiel klettere ich auf einen hohen Berg und habe Angst, wieder runterzusteigen. Eine Zeitlang versuche ich, hinunterzurutschen, hänge voller Grauen über einem Abgrund, dann reiße ich mich aber los und fliege.«

»Aber in dem Fall bedeutet Ihr Flug doch Rettung?«

Katja schüttelte traurig den Kopf.

»Nein. Statt frei runterzufliegen und wenigstens eine Sekunde diese Freiheit des Fallens zu spüren, fliege ich wieder mit einer wahnsinnigen Geschwindigkeit fast parallel zur Erde, sehr hoch, aber wie auf einer Tangente, so daß ich früher oder später auf die Erde prallen muß, und ich weiß, daß mein Fall mit einer so großen Geschwindigkeit eine Explosion bedeutet. Na eben wie ein Flugzeug, das explodiert, wenn es abstürzt.«

Katja war eine außerplanmäßige Patientin. Sie war dreißig Jahre alt, und Ilja, mit dem Xenia vor drei Monaten in Weimar gewesen war, hatte sie ihr mit der Bitte anempfohlen, sich um die Frau eines Freundes zu kümmern.

Das Problem, mit dem sich Katja an die Psychoanalytikerin wandte, war ziemlich banal – sie fürchtete sich bis zu Kolikanfällen vor Schlangen. Das wäre nicht so schlimm gewesen, hätte es sich nur um die Phobie gehandelt, die sie in früher Kindheit erworben hätte. Aber die hatte sich so verschlimmert, daß Katja sich vor jedem beliebigen Gegenstand fürchtete, der sie in irgendeiner Art an dieses Reptil erinnerte. Makkaroni riefen bei ihr zum Beispiel Ekel bis zum Erbrechen hervor, der sich dann allmählich auf alle übrigen Lebensmitel übertragen hatte, die irgendwie länglich waren, von Würsten bis zu Gurken.

Xenia, die mit ihren Dauerpatienten bis zum Hals eingedeckt war, wollte es erst entschieden ablehnen, noch jemanden zu nehmen, aber als sie einmal mit der Frau gesprochen hatte, war sie, für Ilja unerwartet, einverstanden und begann mit ihr eine Analyse.

Und obwohl es nach drei Monaten noch zu früh war, über sichtbare Resultate zu sprechen, war Xenia mit der gemeinsamen Arbeit mit Katja ganz zufrieden. Die durch ihre Neurose zur Verzweiflung getriebene junge Frau ließ sich im Gegensatz zu vielen von Xenias Patienten leicht und vielseitig zu Assoziationen anregen, und Xenia mußte sich praktisch überhaupt nicht anstrengen, sie brauchte nur zuzuhören und Katjas Erzählungen von Zeit zu Zeit in die richtige Bahn zu lenken. Alles andere machte Katja selbst und war selber erstaunt, was für Sachen sie aus der schwarzen Kiste ihres Unterbewußtseins hervorholte, von deren Existenz nicht einmal Xenia etwas ahnen konnte.

»Ich spüre«, sagte Katja, die mit wachsendem Verständnis immer lebendiger wurde, »ich spüre, daß die Angst vor diesen Flügen irgendwie mit meinen ewigen Selbstzweifeln zusammenhängt... Und die sind wiederum mit irgendwas in mir verbunden, was ich mir selber versage...« Ihre Augen wurden ganz rund, und sie fügte flüsternd hinzu: »Vielleicht hat es was mit meiner Mutter zu tun...«

›Wir alle haben etwas mit unseren Müttern zu tun, meine Liebe‹, dachte Xenia und konnte sich ein zufriedenes Lächeln nicht verkneifen. Katja war wirklich toll. »Wir alle lieben und hassen unsere Eltern, träumen davon, daß sie ewig leben, und wünschen ihren Tod herbei, wobei wir uns selber für diesen unerlaubten Wunsch bestrafen.«

Die Tür des winzigen Zimmers, das Xenia in einer Privatklinik auf dem Arbat gemietet hatte, öffnete sich, und Veras von der Kälte gerötetes Gesicht tauchte auf.

Katja zuckte zusammen und wandte sich schweigend ab. Vera riß die Augen auf, machte sofort die Tür zu, aber als sich die Patientin Xenia wieder zuwandte, ging die Tür wieder auf, und Vera begann mit weitaufgerissenen blauen Augen Zeichen zu geben, wobei sie so lebhaft gestikulierte, daß man schon vom Luftzug im Raum auf ihre Anwesenheit schließen konnte.

»Ich höre«, sagte Xenia ruhig, wenn auch mit Anstrengung, zu Katja und zeigte, unsichtbar für Katja, Vera die linke Faust zur Warnung.

»Worüber habe ich jetzt...?« fragte die Patientin verwirrt nach. »Ach ja, von meiner Mutter...«

Sie schwieg lange. Vera hob die Augenbrauen, schloß endlich die Tür, aber als Xenia Katja ansah, verstand sie, daß die Sitzung zu Ende war.

»Ich weiß nicht«, sagte Katja schließlich und sah Xenia hilflos an. »Vielleicht reicht es für heute?«

Es war ganz offensichtlich, daß Veras Erscheinen die Frau verschreckt hatte. Sie hatte es plötzlich eilig, plapperte etwas von Vorbereitungen für die Geburtstagsfeier ihrer Mutter und rannte, nachdem sie ihren Pelzmantel über die Schultern geworfen hatte, geradezu aus dem Zimmer. Xenia, die aus Erfahrung wußte, mit wie vielem man wieder von vorn anfangen mußte, um den heutigen Grad von Offenheit zu erreichen, empfing die auf der Schwelle erscheinende Vera mit eisigem Blick.

»Xenia, Xenjuscha!« murmelte die eiligst und schuldbewußt. »Was machst du zu Silvester? Mischa und ich wollten euch und Marina auf Mischas Datscha einladen... Weißt du, der Frost da draußen, Tannen sind da... und alles...«

Sie verstummte allmählich und wich vor dem strengen Blick der Freundin bis zur Tür zurück.

»Sergej hat mir gesagt«, begann Xenia drohend, »daß du verschwunden bist...«

»Unsinn«, warf Vera schnell ein.

»Es wäre schön gewesen, wenn du überhaupt nicht erschienen wärst! Wie oft habe ich dir gesagt, du sollst die Adresse dieser Klinik vergessen?« Xenia schrie fast. »Was soll ich denn machen, umziehen? Oder ein kodiertes Schloß einbauen?«

»Na wieso denn?« Vera riß die Augen weit auf. »Habe ich sie jetzt verschreckt? Wird sie sich jetzt genieren, über Sex zu reden?«

»Ach, du bist einfach blöd!« sagte Xenia plötzlich ganz ruhig.

»Stimmt«, sagte Vera und nickte. »An Dummheit mangelt es nicht. Und verschwunden bin ich überhaupt nicht... Hat Marina wieder mal Staub aufgewirbelt? – Ich wohne bei Mischa auf der Datscha.«

»Und wer ist Mischa?« fragte Xenia und erhob sich müde vom Stuhl. Vera anzuschreien war sinnlos, sie würde sowieso machen, was sie wollte.

»Mischa«, antwortete Vera stolz und ließ sich in ihrer türkischen Jacke der Länge nach auf das Patientensofa fallen. »Mischa, der ist mein Süßer. Er ist Künstler. Schön wie der Gott der Liebe!«

»Künstler...«, brummte Xenia. »Na schön, der vorherige, der Kameramann, hat wenigstens ein bißchen Geld verdient, aber ein Künstler?«

Vera starrte ihre Freundin wütend an.

»Worauf spielst du an?« fragte sie argwöhnisch.

Xenia seufzte.

»Ich spiele darauf an, daß dein Geld sehr bald alle ist und ihr nichts zu essen haben werdet. Nicht wahr?«

Vera schwieg.

»Oder willst du mir erzählen, daß er ein berühmter Modeschöpfer ist und einen Haufen Geld verdient?«

»Nein, keinen Haufen, aber –«, wollte Vera zu lügen beginnen, aber Xenia unterbrach sie gleich.

»Okay. Ich kenne doch deine Vorlieben. Erstaunlich, daß er so was wie eine Datscha hat...«

»Du bist richtig rachsüchtig, liebste Xenia... Die Datscha gehört nicht ihm, sondern seiner früheren Frau. Die ist nach Amerika ausgewandert...« Vera schwieg einen Augenblick, dann fügte sie, nun schon völlig sauer, hinzu: »Und eine Datscha kannst du diese Bruchbude auch nicht nennen. Ein Zimmer mit einem Ofen und einem Brunnen auf dem Hof.« Plötzlich wurde sie wieder lebhaft. »Aber die Luft! Xenia! Kommt ihr Silvester zu uns? Die reine Exotik!«

»Nein, verschone mich.« Xenia legte ihr dickes Notizbuch, die Brille und den Stift in ihre Tasche. »Ich brauche keine Exotik. Aus dem Alter bin ich raus. Weißt du, von dieser ganzen Romantik habe ich vor zwanzig Jahren schon genug bekommen...« Sie zog ihre Lammfelljacke an, sah sich nach der verloren auf dem Sofa sitzenden Vera um und fragte: »Kommst du mit mir Mittag essen?«

»Ich habe in diesem Jahr beschlossen, Silvester bei mir zu Hause zu feiern«, sagte Xenia, als sie mit großem Appetit ein ›Kiewer Kotelett‹ verschlang. »Und dir wünsche ich das auch. Komm zu mir, Marina lade ich auch ein und noch irgend jemanden. Wir trinken was zusammen, gucken fern. Und dann hauen wir uns alle in die Falle. Und zwar in ein richtiges Bett. Wie Menschen und nicht wie Studenten auf kaltem Bretterboden.«

Sie saßen in einem kleinen, verglasten Café auf der Mala-Bronnaja-Straße, an dem frierende Passanten vorbeieilten. Xenia war oft hier, da sie zu Recht fand, daß sie hier die besten Pelmeni und ›Kiewer Koteletts‹ in der Stadt machten.

»Und Mischa?« fragte Vera beleidigt und steckte sich einen Löffel mit einem der riesigen dampfenden Pelmeni in den Mund. Sie verbrühte sich die Zunge, zischte wie ein Gasbrenner und schluckte ihn hinunter. »Ich werde ihn doch zu Neujahr nicht allein lassen.«

»Ist er Alkoholiker?« fragte Xenia interessiert.

»Na, nicht mehr als wir alle.« Vera zuckte mit den Schultern.

»Kaum zu glauben.«

»Du bist gemein.«

»Na schön.« Xenia lehnte sich zurück. »Bring deinen Mischa mit, aber...«

Plötzlich verstummte sie, und Vera erschrak, als sie sah, wie sich Xenias Pupillen weiteten.

»Du bist wie eine Katze«, flüsterte Vera und sah nach hinten, dahin, wo Xenia unverwandt hinstarrte. »Wie eine Katze, die einen Hund gesehen hat... Was hast du? Xenia, Liebe!«

»Hm?« Xenia riß sich mit Mühe vom Fenster los und sah ihre Freundin an.

»Was du da gesehen hast, frage ich.«

»Ich habe mich getäuscht«, antwortete Xenia, die ihren

Worten selbst nicht glaubte, und wiederholte zur eigenen Beruhigung. »Ich habe mich sicher bloß getäuscht.«

8

»Da, in der Ecke«, sagte Tatjana und wies kurz auf einen Aktenhaufen, als Gurko ins Archiv hereinschaute. »Die letzten zwanzig Jahre.«

Es war ganz offensichtlich, daß Tatjana heute nicht in Stimmung war. In so einer Situation, das wußte Gurko vom Hörensagen, war es sogar gefährlich, nach dem Grund ihrer finsteren Stimmung zu fragen.

Er nickte, ging zu dem Berg Akten, die Tatjana für ihn zusammengesucht hatte, und stieß innerlich einen leisen Pfiff aus. Ein hartes Stück Arbeit lag vor ihm. Aus der riesigen Menge ähnlicher Verbrechen mußte er nun die auswählen, die außerdem möglichst viele gleiche Merkmale aufwiesen.

Gurko seufzte schwer und machte sich daran, die Fälle durchzusehen, die bereits im Computer festgehalten waren, die also in den letzten zehn Jahren passiert waren.

An einem starken Luftzug spürte er, daß Tatjana sich ihm näherte.

»Hier, das sind die ›Hänger‹«, bedeutete sie ihm mit der Hand. »Das die abgeschlossenen Fälle.«

»Danke dir, Tanjuscha.« Gurko sah sie an. »Bis über den Tod hinaus bin ich dir dankbar.«

Tatjana sah ihn keck an. »Na was hast du denn gedacht?« erwiderte sie. »Aber ich habe nur die mit der gleichen Handschrift herausgesucht. Er hat schon zwanzigmal zugeschlagen oder fünfundzwanzigmal, mit dem Messer oder einem Schraubenzieher – guck selber nach. Eins kann ich dir sagen, so was findest du nicht noch mal in den Akten der letzten zwanzig Jahre in unserem Archiv... Na egal, ich nehme an, du willst jetzt loslegen, oder?« Sie schwieg einen Moment, dann sah sie Gurko an und fragte: »Wie ist es denn so im Ruhestand? Hast du Sehnsucht nach der Arbeit?«

»Ach nein.« Gurko zuckte mit den Schultern. »Es kommt darauf an, womit man sich beschäftigt.«

»Es wird ja gemunkelt, daß du Krokodile züchtest...«

»Nein«, sagte Gurko lachend. »Keine Krokodile, sondern Nilpferde... Hör mal, wo kann ich mich mit den ganzen Schätzen denn hinsetzen?«

»Du kannst dich ruhig hier ausbreiten.« Tatjana zeichnete mit der Hand einen weiten Kreis. »Hier in meinem Büro. Ich geh raus. Setz dich auf meinen Stuhl, und fang an zu ackern.«

›Zu ackern‹ gab es da wirklich was. Gurko vertiefte sich in die Papiere. Protokolle der Verhöre, Untersuchungen und Besichtigungen der Tatorte, medizinische Gutachten und Expertisen von Zahnexperten, Fotos der verstümmelten Opfer und Fotos der Verbrecher, die verhaftet und entsprechend den Gesetzen verurteilt worden waren, Listen der Zeugen der Anklage und der Verteidigung... Gurko war immer für seine Fähigkeit, mit Dokumenten umzugehen, berühmt gewesen, und jetzt konnte er dank seines Talents für Papierkram innerhalb weniger Sekunden ein furchtbar langweiliges Protokoll mit den Augen überfliegen und sofort das finden, was für ihn wichtig war.

Tatjana erschien von Zeit zu Zeit in ihrem Büro, setzte sich an den Tisch, klapperte leise auf der Tastatur des Computers, suchte was in irgendwelchen Papieren und verschwand wieder, von der Seite auf den ruhig hinter dem breiten Schreibtisch sitzenden Gurko schielend.

Während er leise vor sich hin grummelte, blätterte Pjotr schnell die Aktenordner durch und teilte sie in zwei ordentliche Haufen, schrieb was in ein dickes kariertes Heft, das er dabeihatte, und lehnte sich, verärgert ächzend, auf seinem Drehstuhl zurück, um sich dann, ohne die Tasse mit dem inzwischen kalt gewordenen Tee zu beachten, die Tatjana ihm hingestellt hatte, wieder über den Tisch zu beugen.

Nach einigen Stunden erhob er sich, fragte bei der Herrin des Büros, ob er telefonieren dürfe, und rief zu Hause an. Nachdem er leise mit seiner Frau gesprochen hatte, kehrte er wieder an den Tisch zurück, sammelte die Akten ein, die er nicht mehr brauchte, und trug sie in mehreren Gängen zurück in die Ecke. Auf dem Tisch blieb nur ein kleiner Berg. Dann setzte er sich wieder auf den Stuhl und drehte sich, während er nachdenklich am Bleistift kaute, nach rechts, nach links, nach rechts und wieder nach links. Der Stuhl knarrte kaum hörbar, und dieses leise Geräusch störte ihn nicht in seiner Konzentration, sondern half ihm eher.

Vor ihm auf dem Tisch lagen noch vier Aktendeckel. Gurko arbeitete die Informationen durch, die in allen Fällen enthalten waren, und wählte nur die aus, wo die Art und Weise der Morde, so wie sie in diesen Akten beschrieben war, absolut identisch erschien.

In drei Fällen waren die Verbrecher gefunden und verurteilt worden. Ein Fall war ein ungelöster ›Hänger‹. In zwei von den drei abgeschlossenen Fällen hatten die Verbrecher die ihnen zugeschriebenen Taten geleugnet. In einem von ihnen hatte der Mörder, ein offensichtlicher Psychopath, ein Geständnis abgelegt, gleich noch für einige ähnliche Morde mit, wobei an keinem der von ihm angegebenen Orte (außer dem, an dem sie ihn der Anklage nach verhaftet hatten) je eine Leiche entdeckt wurde.

Gurko wunderte es überhaupt nicht, daß man die Verbrecher gefunden hatte. Jeden beliebigen anderen Untersuchungsrichter hätte die Tatsache, daß die Verbrechen, die die gleiche Handschrift trugen, zeitlich so weit auseinanderlagen, verwirrt. Der erste Mord war 1979 geschehen. Der nächste erst fünf Jahre später. Dann gab es eine lange Unterbrechung von neun Jahren, und dann kam einer nach dem anderen mit einem Abstand von einem halben Jahr. Für einen Serientäter zu große Abstände. Da Gurko aber die Abneigung der Verwaltungsoberen gegen ›Hänger‹ kannte, wunderte er sich nicht im mindesten darüber, daß die Ermittler sich bei der Suche keine besondere Mühe gegeben und den erstbesten Verdächtigen verhaftet hatten. Die Leitung befahl, die Akte zu schließen – das hieß, man durfte nicht mehr weitersuchen.

Auf der anderen Seite konnte man diese Morde mit nichts, außer der gleichen Handschrift und möglicherweise dem Geschlecht der Opfer, in einen Zusammenhang bringen. Wie sehr sich Gurko auch bemühte, wenigstens eine kleine Gemeinsamkeit zu finden, es gelang ihm nicht. Das Alter der Opfer schwankte zwischen achtzehn und fünfunddreißig, die Orte, an denen die Verbrechen begangen worden waren, waren ganz verschieden, und selbst die Berufe der Frauen waren verschieden. Ihre Vornamen waren auch nicht dieselben.

Gurko seufzte und schlug wieder die erste Akte auf. Das erste Opfer war eine Psychologiestudentin im vierten Studienjahr. Man hatte sie zu Hause in ihrer Badewanne erschlagen. Der Mörder hatte ihr, wie auch in allen folgenden Fällen (auch in Irischkas Fall), viele Messerstiche beigebracht, besonders im Gesichtsbereich, und sie danach mit einem Kabel erwürgt. Das Gericht verurteilte den Nachbarn der Studentin, der nach den Aussagen der Zeugen das Mädchen einige Jahre lang verfolgt und versucht hatte, sie zu einem »gemeinsamen Leben zu bewegen«.

Gurko schob die Akte beiseite und nahm sich die zweite vor. Das Opfer war eine Frau von dreißig Jahren, eine Ärztin, Psychologin in einer Drogenklinik. Den Körper hatte man auf dem Dachboden ihres Hauses gefunden. Die ›Handschrift‹ des Tathergangs war identisch.

Eine Psychologiestudentin und eine Psychologin. Gurko kaute an dem schon völlig zerfaserten Bleistiftende herum. Nur zwischen diesen beiden Fällen gab es eine Parallele. Beide hatten etwas mit Psychologie zu tun. Wie auch Irischka, die dank Gurkos Protektion als Schreibkraft im Serbskij-Institut gearbeitet hatte. Das heißt, drei von fünf Opfern hatten ein mehr oder weniger gemeinsames Merkmal.

Gurko schlug noch eine Akte auf. Das Opfer war eine junge Frau von achtundzwanzig Jahren, von Beruf Näherin. Die letzten zwei Jahre vor ihrem Tod hatte sie nirgends gearbeitet, lebte, wie es in der Amtssprache hieß, ›auf Kosten ihres Mannes‹, eines Seefahrtkapitäns. Sie hatte nie irgendeine Beziehung zur Psychologie oder zur Psychiatrie gehabt. Ermordet wurde sie im Park, wo sie gewöhnlich mit ihrem Hund spazierenging. Viele Messerstiche, besonders im Gesichtsbereich, dann erwürgt.

Und das fünfte, oder genauer das vierte, Opfer war eine Mathematiklehrerin an einer renommierten Schule. Wiederum keinerlei Beziehung zur Psychologie. Und wieder dieselbe Art des Mordes. In diesem Fall wurde der Täter nicht gefunden, und der Fall blieb in der Verwaltung als nicht aufgeklärt...

»An den Fall erinnere ich mich«, erklang plötzlich Tatjanas gewaltige Stimme direkt neben Gurkos Ohr. Sie beugte sich zu ihm und sah ihm über die Schulter. »Das war ein Aufruhr damals! Und trotzdem konnten sie den Fall nicht aufklären. Ihr Mann war sehr berühmt. Die Kripo hat dann jemanden unter Verdacht festgenommen, aber der Mann des Opfers hat vor Gericht bewiesen, daß es die Tat eines Serienmörders sein mußte. Alle Anzeichen dafür waren vorhanden.«

»Hat er denn bei den Sicherheitsorganen gearbeitet?« fragte Gurko.

»Nicht ganz, er war nur Berater. Das war Salmanow. Du hast sicher von ihm gehört.«

Gurko hob langsam den Kopf.

»Salmanow?« fragte er leise nach.

»Salmanow.« Tatjana zuckte mit ihren stattlichen Schultern. »Hast du denn nichts von dem gehört?«

»Doch«, antwortete Gurko und machte sich eine Notiz in seinem Merkheft. »Und wie! Ich danke dir, Tanjuscha«, sagte er zum x-ten Mal.

»Nichts zu danken«, erwiderte sie. »Bleibst du noch?«

»Ja.«

Als sie rausgegangen war, kratzte sich Gurko wütend den Nacken. Salmanow war in Moskau der bekannteste Psychiater, und daß vier von fünf Opfern eine Beziehung zu diesem Gebiet der Medizin hatten, konnte nicht nur ein Zufall sein.

Übrig blieb nur die Hausfrau, und Gurko begann wieder die Seiten dieses Falles durchzublättern. Er war absolut davon überzeugt, daß er diesen kleinen Faden finden würde, der den Fall der Frau mit den übrigen Opfern verbände.

9

»Er ist ein Genie«, plapperte Vera, als sie gemeinsam mit Xenia von der U-Bahn zu Xenias Haus ging. »Du würdest staunen, was er für tolle Sachen macht!«

»Ist er Maler?« fragte Xenia zerstreut.

»Nein, er macht Holzkellen.«

»Moment mal, was für Kellen? Du hast doch gesagt, daß er Künstler ist.«

»Nun ja. Er bemalt diese Holzkellen und klebt so alles mögliche drauf. Du kannst dir nicht vorstellen, wie toll das ist! – Wieso schaust du dich denn die ganze Zeit um?«

»Und was macht er mit den Kellen?«

»Er verkauft sie.«

»Und wer kauft die?«

»Na, die Ausländer. Zwischen zehn und fünfzehn Dollar das Stück. Die sind ganz verrückt nach so ’nem Kram.«

»Vera, du lügst doch die ganze Zeit! Was für Ausländer?« Xenia blieb abrupt stehen und sah in dem Moment den Mann, dessen Gesicht sie in der Menge der Passanten vor dem Café gesehen hatte.

»Na gut, ich lüge«, erklärte Vera friedfertig. »Aber nicht ganz und gar. Man muß diese Ausländer nur aufspüren.«

Der Mann, den Xenia am Abend zuvor in der U-Bahn gesehen und der am Morgen im Hof ihres Hauses gestanden hatte, tat jetzt so, als ob er die Schaufenster eines Möbelgeschäftes betrachtete, und stand leicht vornübergebeugt einige Meter von ihr entfernt.

»Was soll das ...?« murmelte Xenia, und eine Sekunde lang wünschte sie, es wäre alles nur Einbildung.

»Was hast du, bist du beleidigt?« sagte Vera erschrocken. »Liebste Xenia, das sind doch nur Dummheiten... Ich verstehe alles ganz richtig...«

»Warte mal.« Xenia, die ihr Gesicht Vera zugewandt hatte, betrachtete verstohlen ihren Verfolger.

»Wohin schaust du denn?« Vera folgte Xenias Blick. »Kennst du den?«

Der Mann drehte sich langsam um und sah Xenia offen an. Schneeflocken fielen auf sein Gesicht, und Xenia konnte seine Miene nicht erkennen. Er erstarrte, als wenn er nicht wüßte, wie er reagieren sollte. Vorbeihetzende Passanten rempelten ihn an.

»Bleib hier stehen«, sagte Xenia plötzlich zu Vera und lief entschlossen auf ihren Verfolger zu.

Als der sah, daß sie auf ihn zukam, machte er unwillkürlich eine Bewegung, als wollte er davonlaufen, aber dann blieb er stehen und drehte sich schief lächelnd zu ihr um.

»Was wollen Sie von mir?« schrie Xenia, als sie ein paar Schritte vor ihm stand.

Eine dicke Frau mit einer Tasche rutschte aus, blieb stehen und starrte die beiden neugierig an.

»Warum verfolgen Sie mich?« rief Xenia noch lauter, und es blieben noch einige Passanten interessiert stehen.

Verlegen lächelnd, machte der Mann ein paar Schritte auf Xenia zu.

»Ich wollte –«, begann er, aber Xenia unterbrach ihn.

»Wenn Sie nicht aufhören, mich zu verfolgen, hole ich die Polizei!«

Im Nu war Vera da.

»Er verfolgt dich, ja?!« fragte sie und schrie: »He, hau ab, du Perversling! ... Mach schon, los, bevor sie dich hier aufmischen!«

Die Menge der Neugierigen wurde lebhaft, die dicke Frau erklärte mit großem Vergnügen einem dazukommenden alten Mann mit einem Stock: »Dieser Typ da verfolgt sie, verstehen Sie? ... Die Männer sind völlig verrückt geworden. Am hellichten Tag!«

»Und was hat er gemacht?« fragte der alte Mann und legte die Hand an sein Ohr.

»Er ver-folgt sie!« buchstabierte die dicke Frau laut. »Sicher ein Verrückter!«

Alle starrten neugierig auf den Mann.

»Xenia Pawlowna«, sagte der plötzlich, immer noch verlegen lächelnd. »Ich muß mit Ihnen sprechen.«

Vera klappte der Unterkiefer runter.

»Ich kenne Sie nicht«, erwiderte Xenia scharf und betrachtete aufmerksam sein Gesicht.

»Dafür kenne ich Sie«, erwiderte er.

»Xenia, wer ist denn das?« fragte Vera.

Die Menge verlor das Interesse und zerstreute sich allmählich. Nur der alte schwerhörige Mann, der sowieso nicht verstand, was hier vor sich ging, sah neugierig mal Xenia, mal den Unbekannten an.

»Wer sind Sie?« fragte Xenia.

»Ich möchte gern Ihr Patient werden.«

»Wow!« staunte Vera. »Xenia, du wirst berühmt.«

»Woher kennen Sie meinen Namen?« Xenia durchforschte sein Gesicht, versuchte sich zu erinnern, wo sie diese kurze Nase und diese seltsam hellen Augen schon einmal gesehen haben könnte.

»Ich habe von Ihnen gehört, Sie sollen eine gute Psychoanalytikerin sein«, antwortete er ausweichend. »So eine brauche ich unbedingt.«

»Passen Sie auf.« Xenia verlor die Geduld. »Ich hole mir keine Patienten von der Straße. Außerdem nehme ich zur Zeit überhaupt keine neuen Patienten mehr an...«

Der Mann wollte etwas sagen, aber sie fuhr fort: »...und ich warne Sie: Wenn Sie mich weiter verfolgen, dann melde ich das der Polizei. Haben Sie mich verstanden?«

»Ja.« Er setzte eine schuldbewußte Miene auf. »Ich wollte Sie nicht erschrecken...«

»Na, dann ist es ja gut.« Xenia drehte sich abrupt um, warf Vera über die Schulter zu: »Komm, wir gehen!« und lief los.

10

»Wie viele Tiere Sie haben!« sagte die Dame tadelnd und betrachtete furchtsam die Pythonschlange. »Wie vertragen sie sich nur in so einem kleinen Raum?«

Sie betrachtete mißbilligend die verschiedenen Käfige, mit denen das kleine Zimmer vollgestellt war, und drückte ihren Zögling, einen blauen indonesischen Hasen, der wie ein Wollknäuel aussah, vorsichtig an die Brust. Der steckte seinen Kopf unter ihre Achselhöhle und erstarrte da vor Schreck.

»Da, hier tun wir dich hin«, sagte Gurko und stellte den Käfig ab. »Na, geben Sie ihn her... Wie heißt er?«

»Puschok«, erwiderte die Frau und reichte das Knäuel dem vorübergehenden Herrchen. »Wird Ihre Schlange ihn nicht fressen?«

»Die Scheiben sind aus gepanzertem Glas«, log Gurko gewohnheitsmäßig. »Und Leopold ist sehr faul. Für ihn ist es bequemer, dazuliegen und zu warten, bis ich ihm das Abendbrot bringe. Außerdem haben wir jetzt Winter, und er ist überhaupt sehr schlapp und schläft die meiste Zeit. Sie brauchen nichts zu befürchten.«

»Ich weiß, ich weiß!« freute sich die Dame. »Ich weiß. Schlangen schlafen im Winter. Ich hatte mal zwei kleine Nattern, die in einem Glas lebten, auf dem Kühlschrank. Ich war immer sehr besorgt, weil sie sich nicht bewegten, aber man hat mir gesagt, daß sie in einen Tiefschlaf verfallen... Und dann standen sie da und standen... Und dann fingen sie furchtbar an zu stinken. Da ist mein Bekannter, ein Tierarzt, gekommen und hat gesagt, daß sie aus irgendeinem Grund gestorben sind. Und ich mußte sie in die Toilette kippen…«

Gurko verzog das Gesicht, aber er schwieg.

»Puschok mag sehr gerne Äpfel«, gurrte die Dame weiter und sah beunruhigt, wie Gurko den Hasen bei den langen flauschigen Ohren packte. »Und vergessen Sie nicht, ihm Wasser zu geben… Ja, darf man denn das, so an den Ohren?«

»Darf man«, versicherte ihr Gurko. »Das mögen sie sogar.«

»Ja?« fragte die Dame verblüfft. »Ich habe ihn immer nur so genommen, unter den Beinen…«

Der in den Käfig einquartierte Hase schüttelte sich und steckte seine Schnauze in das Schüsselchen mit Früchten und Gemüse. Er zog ein Kohlblatt heraus und fraß es laut knackend. Die Dame war gerührt.

»Es schmeckt ihm«, plapperte sie und wischte sich mit dem Zipfel eines Taschentuchs die Augenwinkel. »Mein Häschen…«

Schließlich wandte sie sich der Tür zu, begleitet von dem finsteren Blick der Meerkatze Dosja, die wie jedesmal, wenn ein Besucher kam, an die Leine gelegt worden war.

»Es wird gutgehen, nicht wahr?« fragte die Dame noch einmal, als sie schon in der Tür stand.

»Ja, natürlich«, antwortete Gurko fast grob und schloß die Tür.

Er kam wieder ins Zimmer und band Dosja los. Unzufrieden grummelnd, hopste sie zum Käfig mit dem neuen Mieter und drehte sich zu Gurko um.

»Möchtest du ihn anfassen?« sagte der lachend, machte den Käfig auf und zog den Hasen heraus.

Dosja kreischte erfreut und berührte mit einem ihrer dünnen Finger das flauschige Fell des Tieres. Dann begann sie schon mutiger nach etwas zu suchen, sanft grummelnd und von Zeit zu Zeit vor Begeisterung aufjaulend. Der vor Angst erstarrte Puschok beruhigte sich in Gurkos Händen und streckte seinen weichen Bauch vor.

»Petja!« hörte Gurko die leise Stimme seiner Frau.

»Gleich!« rief er und setzte seinen neuen Mieter in den Käfig. Zu Dosja sagte er streng: »Mach hier keinen Unsinn!«

Als er in das Schlafzimmer seiner Frau kam, saß Elisaweta auf dem Bett und zog sich mit Mühe dicke Wollsocken an. Sie hatte schon einen Rock und eine Strickjacke an.

»Wieso bist du denn aufgestanden!« empörte sich Gurko. »Der Arzt hat es dir verboten!«

»In sechs Stunden ist Neujahr«, erwiderte sie. »Ich muß doch was kochen.«

»Aber ich mach das doch alles«, nörgelte Gurko, obwohl er einsah, daß es keinen Sinn hatte, mit seiner Frau zu streiten. »Ich habe den Weihnachtsbaum geschmückt, die Wohnung saubergemacht, Sekt gekauft ... Sag, was wir noch brauchen, ich koche es.« Er ging ganz dicht an sie heran und versperrte ihr den Weg.

»Ich kann nicht liegen, Petja ...« Sie blickte plötzlich zu ihm hoch, ihre Augen waren voller Tränen. »Ich denke die ganze Zeit an sie ... Besser beschäftige ich mich ein bißchen in der Küche, dann wird mir leichter.«

Er trat zur Seite, um ihr Platz zu machen. Elisaweta verließ das Schlafzimmer und ging in die Küche. Auf dem Weg dahin stellte sie den Fernseher an, und die Wohnung war sofort mit weihnachtlicher Musik erfüllt. Gurko trottete ihr hinterher.

»Kümmer dich um die Tiere«, rief sie ihm über die Schulter zu. »Ich habe eine Überraschung für dich.«

Gurko kehrte gehorsam in das Zimmer der Tiere zurück und setzte sich dort auf einen alten, durchgesessenen Stuhl. Dosja, die damit beschäftigt war, durch das Metallnetz hindurch nach dem schwarzbeinigen Mungo zu angeln, ließ sofort alles fahren und kletterte auf Gurkos Knie. Die eifersüchtige Kerri schrie protestierend aus ihrem Käfig: »Kerri ist gescheit!«

»Gescheit, gescheit!« bestätigte Gurko und nickte traurig. »Nur ich bin ein alter Dummkopf.« Er streichelte Dosja zerstreut über den kleinen Kopf und wiederholte: »Ein alter Dummkopf, zu nichts zu gebrauchen...«

Wie sehr sich Gurko auch im Fall der Hausfrau den Kopf zerbrochen hatte, er hatte nichts in dem Material gefunden. Er hatte alle Stellen überprüft, wo sie früher gearbeitet hatte, er war sogar ins Seefahrtsministerium gefahren und hatte versucht, über den Mann eine Verbindung zur Psychologie oder Psychiatrie herzustellen. Alles umsonst. Das Opfer hatte nie in der Nähe von Psychologen gearbeitet, sie hatte überhaupt keine Beziehung zur Medizin, arbeitete irgendwo im Militärhandel, und selbst unter ihren Verwandten war kein einziger Psychiater, ja nicht einmal ein Patient.

Das einzige, was diesen Fall mit den anderen verband, war die Art des Mordes, aber das reichte nicht. Und doch fühlte Gurko, daß alle diese Morde das Werk eines einzigen Menschen waren, aber was half ihm seine ganze Intuition, solange er sie nicht mit Tatsachen erhärten konnte?

Gurko saß lange unbeweglich da, in tiefes Grübeln versunken. Dann kam er wieder zu sich, machte die Stehlampe aus und sah traurig aus dem dunklen Fenster. Der Himmel über Moskau war gelb von den vielen Lichtern, von der Straße her drangen der Lärm der Autos und Feiertagsgeräusche, die einer großen Stadt eigen sind. Bremsen quietschten durchdringend, dann folgte das metallische Geräusch eines Aufpralls. Eine Autotür wurde zugeschlagen, und lautes Schimpfen drang an Gurkos Ohren. Er stand auf und griff nach der auf seinen Knien dösenden Meerkatze. Die aufwachende Dosja schlang genau wie ein Mensch ihre Arme um seinen Hals und machte die Augen wieder zu.

Auf der verschneiten Straße stand, mit der Motorhaube an einem Betonpfosten klebend, ein alter Moskwitsch. Um ihn herum rannte schimpfend ein barhäuptiger Mann in einer leichten Jacke. Nicht weit von dem Auto stand eine Frau auf dem Bürgersteig und antwortete dem Mann, so gut sie konnte, während sie gleichzeitig einen großen rötlichen Collie streichelte, der sich verängstigt an ihre Beine schmiegte.

Die Fensterluke war offen, und Gurko hörte fast alle Liebenswürdigkeiten, die sich beide Teilnehmer der Szene an den Kopf warfen.

»Blöde Kuh, verdammt noch mal«, schrie der Mann und besah sich voller Verzweiflung sein kaputtes Auto. »Blöde Kuh, du und dein dämlicher Hund!«

»Du bist selber blöd!« parierte die Frau und fügte noch ein paar Flüche hinzu, so daß es Gurko, der Flüche nicht ausstehen konnte, in der Seele weh tat. »Wärst du doch hier in deinem lahmen Karren verreckt!«

»Lahmer Karren?« Der Mann war schwer beleidigt, ließ sein Auto stehen und ging drohend auf die Frau zu. »Wenn der Wagen nicht, wie du sagst, ein ›lahmer Karren‹ wäre, dann wäre von deinem Köter nicht mal das Fell übriggeblieben! Sag lieber danke, daß ich an den Pfosten gefahren bin, du stumpfsinniges Weib!«

»Köööter?« Die Frau war offensichtlich angetrunken und machte keine Anstalten, klein beizugeben. Im Gegenteil, sie ging auf den unglücklichen Fahrer zu und fuchtelte mit den Fäusten vor ihm herum. »Na warte, dir werd ich's zeigen!«

Der Collie begann hysterisch zu bellen.

Der Besitzer des Moskwitsch blieb stehen und schrie: »Mit Hunden geht man im Park spazieren! Ich rufe gleich die Polizei, dann kannst du Strafe zahlen, du blöde Gans!«

»Und wo hast du in unserer Gegend einen Park gesehen?!« entrüstete sich die Frau plötzlich ganz zu Recht. »Wo du noch dazu mit Hunden spazierengehen kannst? Wir können ja nicht mal mit den Kindern irgendwohin gehen!«

Gurko legte die Stirn in Falten und machte die Fensterluke zu. Der Mann tat ihm leid. Sicher hatte er seinen alten Wagen wie seine eigene Tochter gehegt und gepflegt. Nach der bescheidenen Kleidung zu schließen, hatte er nicht besonders viel Geld, und jetzt würde der arme Kerl alle Rubel zusammenkratzen müssen und von Polizeistation zu Polizeistation laufen... Andererseits ist ein Hund kein Mensch. Du kannst ihm nicht mit Worten erklären, daß es sich nicht nur nicht gehört, auf die Fahrbahn zu laufen, sondern daß es auch noch gefährlich ist. Und Parks gab es in Gurkos Wohngegend tatsächlich kaum welche...

Ein Gedanke huschte vorüber, verschwand wieder im Unterbewußtsein, ließ aber ein unangenehmes nagendes Gefühl zurück. Gurko erstarrte neben dem Fenster und versuchte, den Gedanken wiederzufinden, dann schüttelte er den Kopf, setzte Dosja auf den Stuhl und verließ das Zimmer.

Elisaweta machte sich am bereits gedeckten Feiertagstisch zu schaffen. Neben den obligatorischen Gerichten für solche Feiertage, wie einem goldbraunen knusprigen Hühnchen, einem das Auge erfreuenden gemischten Gemüsesalat, Weißkohlsalat mit roten Moosbeeren-Augen und winzigen Delikateßgürkchen, bemerkte Gurko den Salat, der in den letzten Jahren sein Lieblingsgericht geworden war – ein Avocadosalat mit Zwiebeln, Pfeffer und Sonnenblumenöl zubereitet.

»Ach du!« sagte Gurko strahlend und rieb sich die Hände. »Wie du mich verwöhnst!«

»Auf der Straße unten war ein Unfall«, verkündete Lisa, als sie sich an den Tisch setzte.

»Ich hab es gesehen.«

»Ich hab gedacht...« Elisaweta schwieg lange und schob ihrem Mann sorgfältig Salat auf den Teller. »Könnten wir uns nicht einen Hund anschaffen? So einen ganz kleinen, einfach fürs Herz, hm?«

»Nun ja.« Gurko begann, die Salate hinunterzuschlingen. »Und wo willst du mit ihm spazierengehen? Auf der Straße?«

»Wieso auf der Straße?« Offensichtlich hatte Elisaweta in den paar Minuten, in der sie das Geschehen unten beobachtet hatte, bereits alles bedacht. »Hier neben uns ist doch das

Krankenhaus. Ein wunderbarer Park. Alles ist offen. Ich habe schon ein paarmal gesehen, wie da verschiedene Damen mit ihren Hunden spazierengehen...«

Gurko hörte auf zu kauen und starrte seine Frau an.

»Was ist?« fragte sie, erstaunt über seine Reaktion. »Bist du dagegen?«

»Was hast du gesagt?« fragte Gurko nach, der nur mit Mühe den zu einem Kloß gewordenen Happen hinunterschluckte. »Im Park des Krankenhauses?«

Elisaweta war verwirrt.

»Meinst du, daß das unmoralisch ist?«

»Was bin ich für ein Idiot!« rief Gurko und sprang plötzlich auf. Elisaweta ließ vor Schreck die Gabel fallen. »Was bin ich für ein alter Esel!«

Elisaweta sah ihren Mann entsetzt an. »Petja...«, begann sie vorsichtig.

»Sie ist mit ihrem Hund im Park spazierengegangen!« schrie Gurko mit weitaufgerissenen Augen. »Das ist es! Im Park der Nervenklinik!«

11

Die Neujahrspelmeni beschlossen sie alle gemeinsam zu fabrizieren. Als erste kam Marina mit ihrer Tochter Alexandra und dem dreijährigen Nikita. Anja wollte ihre Freundin entführen, um mit ihr über ihre Mädchenprobleme zu tuscheln, aber beide wurden unverzüglich an den Tisch gesetzt, auf dem im Mehlstaub die Klümpchen des ausgerollten Teigs weiß schimmerten und eine riesige Schüssel mit

Gehacktem stand. Nikita, den man versucht hatte, schlafen zu legen, wies alle Anschläge auf seine Freiheit siegreich ab und setzte sich an den Tisch, um Pelmeni zu kneten. Eine Zeitlang sah er mit vor Anspannung offenem Mund zu, wie die anderen das machten, dann nahm er sich resolut ein Stückchen Teig und begann es mit herausgestreckter Zunge zu bearbeiten, wobei er allerdings vergaß, es mit Gehacktem zu füllen.

»Und wo ist Sergej?« fragte Marina, die mit zwei Fingern geschickt das Fleisch in die Teigtasche bugsierte.

»Er arbeitet noch«, antwortete Xenia und legte die schon fertigen Pelmeni auf ein Holzbrett. »Er hat versprochen, früher zu kommen.«

»Das verstehen die Männer«, seufzte Marina. »Sicherlich machen sie da Remmidemmi, und wir ackern hier. Obwohl, was rede ich denn da! Dein Mann ist wirklich ein Engel in Person.«

»Und was ist mit deinem?«

»Meiner... Welchen meinst du eigentlich?«

»Deinen früheren Mann.«

»Meiner auch.« Marina war offensichtlich nicht in Stimmung. »Meiner ist auch ein Engel.« Sie schwieg und fügte völlig unerwartet hinzu: »Sie sind alle Schufte.«

»Was hast du?« wunderte sich Xenia. Solche Aussprüche waren gewöhnlich nicht Marinas Art. Sie redete genau wie Vera nach einer unglücklichen Affäre.

»Ich weiß selber nicht.« Marina schielte zu den Mädchen, die, eifrig über die Pelmeni gebeugt, die Ohren spitzten. »Es will nicht zusammenkleben.«

»Arbeitest du gerade?«

»Ich schreibe. Ein russisches Volksmärchen.«

Xenia kicherte.

»Ein Volksmärchen?«

»Hm. Mit phantastischen Elementen. Weißt du, ich hatte so eine gute Idee... Ich habe mich mit Literatur über die slawischen Mythen eingedeckt, mit allen möglichen Lexika, Sprichwörtern, Witzen und Zaubersprüchen. Es war wunderbar. Dann habe ich es bei denen abgegeben, und die sagen mir, arbeite das um, das ist zu schwer, Kinder verstehen das nicht. Was heißt: Kinder verstehen das nicht?! Meine Alexandra hat das Märchen in einer Nacht verschlungen! Ich weiß nicht, an was für Kinder die denken... An debile oder was?«

Xenia sah Alexandra an. Die nickte.

»Ich habe es auch gelesen«, verkündete Anja. »Ein tolles Märchen, nichts dagegen zu sagen.«

An der Tür klingelte es.

»Walera kommt!« quietschte Nikita, rutschte vom Stuhl herunter und stürmte in die Diele.

Anja lief ihm nach.

»Walera?« Xenia sah Marina erstaunt an.

»Aber nicht doch«, winkte die ab. »Ich habe niemanden eingeladen. Das ist so eine neue Marotte von ihm. Er nennt alle Männer Walera.«

»Wie kommt er darauf?« erkundigte sich Xenia. »Hast du einen neuen Liebhaber?«

Marina zuckte nur mit den Schultern.

»Nein, ich habe niemanden, der so heißt. Ich wundere mich selber. Kinder sind schon komisch. Ich habe keine Ahnung, wo er diesen Namen aufgeschnappt hat...«

»Hallo *girls*«, sagte die vor Kälte gerötete Vera, als sie in die Küche stürmte. »Ich bitte um Erbarmen. Das ist Mischa.«

Hinter ihrem Rücken schob sich Nikita herein, drehte sich um und rief gönnerhaft: »Walera, komm rein!«

Als Xenia den Gast sah, seufzte sie und begrüßte ihn zurückhaltend. Der fröhliche baumlange Mischa war genau die Art von Mann, die Xenia, wie man so sagt, ums Verrekken nicht ausstehen konnte. Obwohl der neue Liebhaber ihrer Freundin eine neue Jacke anhatte (offensichtlich aus Veras alten Beständen), verströmte er eine Art von sozialer Verkommenheit. Ein schmales, aber schon von ›ungesunder Lebensweise‹ gezeichnetes Gesicht, lange spärliche Haare, die hinten zu einem schlampigen Pferdeschwanz zusammengebunden waren, das lächerliche Aussehen eines Menschen, der die ›materiellen Güter‹ verachtet – alle diese Züge waren Xenia schon in ihrer Studentenzeit auf die Nerven gegangen, als die Mehrheit ihrer Freundinnen ganz verrückt nach diesen langhaarigen Typen war, die die Philosophie der Hippies verfochten.

Mischa setzte sich an den Tisch, stellte eine Flasche Wodka direkt in das Mehl und reihte sich in die Pelmenikleber ein. Dabei redete er ununterbrochen. Er erzählte irgendwelche Geschichten, Marina hört ihm wohlwollend lächelnd zu, Vera lachte laut, und die Mädchen konnten ihre begeisterten Blicke nicht von dem Gast abwenden. Einzig Xenia sah den Gast von Zeit zu Zeit mißbilligend an, dessen Existenz allein schon genügte, wie sie argwöhnte, ihre gesamte Vorstellung von einem ›richtigen‹ Leben zu erschüttern. Obwohl er nichts Besonderes über sich erzählte, empfand ihn Xenia als ein absolut überflüssiges und fremdartiges ›Element‹. Selbst die bloße Anwesenheit eines solchen Menschen in ihrer Wohnung reizte sie unglaublich. Deshalb war sie fast froh, als es draußen wieder klingelte und Lena mit ihrer üblichen säuerlichen Miene in die Küche trat.

Lena war auch so eine Figur. Während Vera und Marina Xenias echte Freundinnen noch von der Schulbank her waren, war Lena, mit der Xenia in einer Psychologiegruppe auf der Uni gewesen war und mit der sie keine zehn Worte gewechselt hatte, vor zwei Jahren plötzlich aus der Versenkung aufgetaucht und hatte wohl beschlossen, nun Xenias Busenfreundin zu werden. Dabei verhielt sie sich so geschickt, daß Xenia, der man normalerweise keinen x-beliebigen Menschen unterschieben konnte, die Kontrolle verlor und mit Entsetzen spürte, wie sie immer mehr in diese für sie völlig sinnlose Verbindung hineingezogen wurde.

Die erste Zeit wehrte sich Xenia noch gegen diese Beziehung, aber jedesmal, wenn sie diesen Teufelskreis durchbrechen wollte, war Lena in eine neue Katastrophe geraten und bat tränenüberströmt um Hilfe. Schließlich fand sich Xenia mit der ihr zugeschriebenen Rolle einer Beschützerin ab, erkämpfte sich aber das Recht, die neu aufgetauchte Freundin nur dann zu treffen, wenn ihr das selber paßte.

Lena war wirklich der Meinung, daß sie Xenia mehr liebte als ihre eigenen Kinder, und bot in jedem beliebigen Fall selbstaufopfernd ihre Hilfe an. Zu Xenias Ehre muß gesagt werden, daß sie diese in den zwei Jahren ihrer Beziehung nicht ein einziges Mal in Anspruch genommen hatte, hauptsächlich aus Egoismus, um sich in Zukunft vor wie auch immer gearteten Verpflichtungen zu schützen, und da sie sich im Verhältnis zu Lena nicht verpflichtet fühlte, konnte sie erträglich mit ihr umgehen. Deshalb lächelte sie nur geduldig, als Lena sie noch auf der Schwelle mit feuchtkalten Lippen abküßte.

Ihr riesiger Mann, der jeden Raum ausfüllte, sobald er ihn betrat, war ein selten ruhiger und gutmütiger Mensch. Er verhielt sich liebenswürdig-nachsichtig seiner Frau gegenüber, und durch seine Anwesenheit versöhnte er Xenia ein bißchen mit der Freundin. Er begrüßte die Gastgeberin herzlich, schüttelte Mischa kräftig die Hand, flüsterte Vera ein Kompliment ins Ohr, woraufhin die errötend zu kichern anfing, und setzte sich neben Marina, für deren künstlerische Erfolge er sich interessierte.

Die Kinder nutzten es aus, daß niemand sie beachtete, und liefen in ihr Zimmer, von wo aus ab und zu ein Kreischen und Quieken zu hören war, die Männer tranken einen Wodka zum Aufwärmen und redeten fröhlich über ihre eigenen Dinge, die Frauen deckten eilig den Tisch, nur Xenia sah von Zeit zu Zeit auf die Uhr und war sichtlich nervös.

»Es ist schon zehn vor zwölf«, verkündete Vera, und Xenia winkte ärgerlich ab und sagte: »Der Teufel soll ihn holen! Wir fangen an!«

In dem Moment klingelte es an der Tür.

»Na endlich!« murmelte Xenia, ging zur Tür und öffnete.

Dann schrie sie auf und schlug die Tür gleich wieder zu.

»Was hast du denn?« wunderte sich die hinter ihr stehende Vera. »Das ist doch Väterchen Frost!«

Sie öffnete die Tür erneut, und Xenia sah einen roten Mantel, einen falschen weißen Bart und eine aufgeklebte rote Nase, hinter der die vertrauten braunen Augen aufblitzten. Breit lächelnd zwinkerte Väterchen Frost und schüttelte seinen großen roten Sack.

»Haben Sie Väterchen Frost bestellt?« fragte Sergejs Stimme laut schallend, und Xenia, der das Herz vor Schrekken immer noch bis zum Halse schlug, nahm den Sack und zog ihn in die Wohnung.

»Du hättest mich vorwarnen sollen«, sagte sie.

»Aber warum bist du denn so erschrocken?« wollte ihr Mann sagen, aber das Geschrei der Kinder, die ihn sofort von allen Seiten umringten, unterbrach ihn.

»Väterchen Frost!« schrie Nikita und hüpfte auf der Stelle wie ein Kautschukball.

»Väterchen Frost!« wiederholte Alexandra, und selbst die immer zurückhaltende Anja hatte glücklich glänzende Augen.

»Jetzt werde ich gleich die Geschenke verteilen!« ließ sich Sergej auf das Spiel ein und machte eine ganze Vorstellung daraus, die unmöglichsten Geschenke aus dem Sack zu ziehen – von Barbiepuppen bis zu riesigen Schokoladenhasen in glänzender bunter Verpackung.

»Die Uhr schlägt!« rief Marina und kam in die Diele gerannt. »Schnell raus hier! Sonst werdet ihr das ganze Jahr lang im Korridor stehen!«

Alle stürmten ins Zimmer, wo der gealterte Hippie Mischa allen, den Tisch mit einbezogen, im Kampf mit der Flasche ausgiebig Sekt eingeschenkt hatte. Alle griffen nach den Gläsern, Sergej schob den Bart auf die Stirn, und der enttäuschte Nikita verkündete allen beleidigt, daß das überhaupt nicht Väterchen Frost sei, sondern der absolut langweilige Walera.

»Das ist nicht Walera«, korrigierte ihn Anja, die ihren Vater verliebt ansah. »Das ist mein Papa. Papi, machen wir ein Feuerwerk?«

Alle warfen sich was über und rasten hinaus, um beim Feuerwerk mitzumachen. Sergej hatte den Bart endgültig abgenommen, die Ärmel des Weihnachtsmannmantels hochgekrempelt und machte sich in der Mitte des Hofs zu schaffen. Dann flogen unter seinen Händen funkelnde Sterne auf, hoch auf dem Baum kreiste wie wahnsinnig ein Schwärmer, die Kinder schrien unaufhörlich, von allen Seiten hörte man Knallen, Hurraschreie und Gelächter. Vera, die eifersüchtig die sich leise über japanische Poesie unterhaltenden Marina und Mischa beobachtet hatte, vergaß nicht, mit Lenas Mann zu flirten, der sie lässig um die Taille faßte und ihr etwas Nettes ins Ohr flüsterte. Irgendein junger Mann, der vorbeikam, sah Xenia ins Gesicht und pfiff bewundernd. Anja sprang um ihren Vater herum und schrie: »Mehr, mehr!« Alexandra sah begeistert in den mit bunten Lichtern überfluteten Neujahrshimmel, und Nikita hatte Mischa am Ärmel gepackt und murmelte vor sich hin: »Walera, Walera!«

In diesem ganzen Durcheinander fragte Lena, die neben Xenia stand, plötzlich sehr bestimmt: »Xenia, könntest du nicht noch einen Patienten annehmen?« Und als sie sah, daß Xenia sie gar nicht zu Ende anhörte, sondern sofort verneinend den Kopf schüttelte, beeilte sie sich hinzuzufügen: »Warte, sag nicht nein, ich bitte dich, das ist unheimlich wichtig, ein Mensch, der sozusagen auf der Kippe steht, ich bitte dich doch so selten um so etwas, bitte...«

»Ich kann nicht«, erwiderte Xenia hart. »Hör auf, mich zu löchern. Ich habe schon so viele Patienten, sie sind in meinem Stundenplan so eng beieinander wie in einer Sardinendose.«

»Du darfst es mir nicht abschlagen«, sagte Lena leise, und ihre Augen blitzten. »Ich habe versprochen, diesem Menschen zu helfen.«

»Versprochen?« Xenia wurde wütend. »Wenn du es versprochen hast – dann hilf du ihm doch! Wozu brauchst du mich denn?«

»Ich schaff das nicht«, jammerte Lena. »Ich bin doch schon so lange aus dem Geschäft raus... bitte. Rede doch wenigstens ein einziges Mal mit ihm... Wenn es uninteressant ist, sagst du ab, okay?«

Xenia schwieg und sah zu, wie Sergej im Schnee kniend sehr konzentriert irgendwas vorbereitete. Plötzlich sprang er zur Seite, riß die Kinder mit sich, und nach einer Sekunde flog eine derartig große Säule bunter Funken in die Luft, daß Xenia schwankte.

»Was ist, Xenia?« nervte Lena weiter, und Xenia, die sich nicht den Abend verderben lassen wollte, unterbrach sie.

»Hör auf zu jammern. Ich werde mit ihm reden. Ein einziges Mal, aber nicht mehr. In Ordnung?«

12

»Trifon Spiridonjewitsch. Trifon Spiridonjewitsch«, wiederholte Xenia halblaut, als sie sich zwischen den Autos, bescheidenen Shigulis, Moskwitschs und gewichtigen Mercedessen, auf dem Parkplatz vor der Verkehrspolizei durchschlug. »Trifon Spi ... Verdammt noch mal, was für ein Name!«

Als sie das Polizeigebäude betrat, stieß sie sofort auf eine lange Schlange von Menschen. Wie in einem Labyrinth lief sie lange an ihr vorbei, wobei sie mal nach rechts, mal nach links abbog, von Zeit zu Zeit stehenblieb, um die Nummern über den Büros zu sehen. Wie zu erwarten war, drängte sich die Schlange, an der sie vorbeigelaufen war, zum Zimmer Nummer zwei, wohin sie auch mußte.

»Hallo, Mädchen, wo wollen Sie denn hin?« schrie ein rotgesichtiger bulliger Kerl in einer Lederjacke Xenia an. »Die Schlange ist hier!«

»Was?« fragte Xenia und drehte sich zu ihm um. Sie erstarrte mit offenem Mund.

»Die Schlange ist hier, sage ich«, erklärte der Bullige finster und versperrte mit seinem kräftigen Körper die Tür. »Na los, verschwinde!«

Xenia sah ihn einen Augenblick wie blöde an, dann griff sie fluchend in ihre Tasche.

»Die ist übergeschnappt«, erklärte der Bullige dem hinter ihm stehenden Mann, der ein verwittertes, ausgemergeltes Gesicht hatte.

Xenia zog einen Zettel aus der Tasche, faltete ihn auseinander, las ihn und strahlte.

»Trifon Spiridonjewitsch!« verkündete sie dem völlig verdutzten Kerl. »Haben Sie verstanden?« Sie griff nach dem Rand seiner Jacke und zog ihn sanft zur Seite. Der Bursche wich unwillig zurück. Xenia machte schnell die Tür auf, schlüpfte hindurch und rief, bevor sie irgend jemand dort gesehen hatte, laut: »Ich muß zu Trifon Spiridonjewitsch!«

Der kleine, glatzköpfige Trifon Spiridonjewitsch erwies sich als gewöhnlicher Polizeizauberer, und nach zwanzig Minuten hatte er alle Probleme mit Xenias Golf gelöst. Die Warteschlange drehte sich nur neidisch nach Xenia um, als diese, entweder allein oder in Begleitung des Inspektors, der die Autos begutachtete, von Tür zu Tür der verschiedenen Abteilungen wanderte.

»Übergeschnappt mag sie ja sein«, kommentierte ihre Gänge der ausgemergelte Mann, »aber ihr Geschäft versteht sie. Wir Idioten stehen hier tagelang rum, und das Weib – ruck, zuck – und alles ist fertig!«

Xenia würdigte den Neidhammel nicht einmal eines Blickes und fuhr nach einer halben Stunde in ihrem eigenen Auto mit neuen Nummernschildern und einer Registrationsnummer auf der Frontscheibe durch Moskau.

»Das ist toll!« lobte Xenia sich selber. »Ruck, zuck – und das Spiel ist gewonnen! Ein guter Tag. Kann man nichts sagen!«

Den Tip mit Trifon Spiridonjewitsch hatte ihr Lena ›geschenkt‹, die nach Xenias Einverständnis, sich mit dem neuen Patienten zu treffen, nicht wußte, wie sie ihre Dankbarkeit erweisen sollte. Xenia, die zum ersten Mal Lenas Dienste in Anspruch genommen hatte, war über das Ergebnis leicht verwundert. Sie hatte immer gedacht, daß Lena ein ahnungsloses Huhn wäre, das keinen blassen Dunst hat, wie man einen Kampf mit der Bürokratie bestand. Das war auch tatsächlich so, nur daß Trifon Spiridonjewitsch zufällig der liebevolle Opa eines der Erstkläßler aus Lenas Schulklasse war und sogar rundweg ablehnte, von Xenia die Dankbarkeitsflasche Kognak anzunehmen.

Alles lief fabelhaft. Der Tag, den Xenia voll dafür eingeplant hatte, in Warteschlangen in stickigen Polizeikorridoren zu stehen, hatte gerade erst begonnen. Vor ihr lag eine Unmenge freier Zeit, die Xenia nach Lust und Laune verbringen konnte. Zum Beispiel mit einem Restaurantbesuch, oder sie könnte irgend jemanden treffen... Oder einfach in der Stadt rumfahren und mit Vergnügen auf das gleichmäßige Surren *ihres* Autos lauschen. Oder sie konnte nach Hause fahren und sich ausschlafen, dann ein Bad nehmen, sich einen starken Kaffee kochen, ein wenig Kognak dazukippen, ein Blatt Papier in die Hand nehmen, einfach dasitzen, nachdenken...

Xenia wendete den Golf an einer Ampel so jäh, daß die neuen Reifen quietschten, und raste nach Hause. Sie stellte das Auto am Eingang zum Hof ab und fuhr in den sechsten Stock. Ohne sich auszuziehen, stürzte sie zur Stereoanlage, und nachdem sie die richtige CD gefunden hatte, legte sie sie ein, drückte auf den Knopf, und die Wohnung wurde von den Klängen einer spanischen Gitarre erfüllt.

Xenia hatte beschlossen, den ersten Teil ihres Plans – das Schlafen – auszulassen, zog sich, zur Musik tanzend, um und tanzte in Richtung Küche.

Nachdem sie die Kaffeemaschine angestellt hatte, legte

sie die Beine hoch, dachte ein wenig nach, angelte sich aus Sergejs Zigarettenschachtel eine Zigarette und zündete sie an.

»Eine darf ich«, sagte sie entschieden zu sich. »Solange niemand zu Hause ist.«

Die Kaffeemaschine gluckerte gemütlich, Xenia richtete sich ein wenig auf und sah aus dem Fenster. Der rote Volkswagen stand unten, seine Motorhaube glänzte im matten Schein der Wintersonne.

»Nein, ich hätte doch irgendwohin fahren sollen«, bedauerte Xenia. »Du bist doch nicht zum Anschauen da?«

Das blaue Telefon, das in der Küche stand, zirpte wie eine Grille. Xenia hatte extra einen Apparat mit diesem Klang gewählt, um bei Anrufen nicht vor Schreck hochzufahren.

»Es ist niemand zu Hause«, sagte Xenia zu dem Telefon. »Und es sollte auch keiner dasein.«

Das Telefon zirpte weiter.

»Laß das«, sagte sie streng zu ihm. »Ich habe doch schon gesagt: Es ist niemand zu Hause. Es hat keinen Sinn, es so oft klingeln zu lassen.«

Das Telefon verstummte. Xenia sah wieder aus dem Fenster. Das Telefon klingelte erneut.

»So ein hartnäckiger Esel«, sagte Xenia und nahm den Hörer ab. »Hallo.«

»Xenia Pawlowna?« fragte eine unbekannte Männerstimme.

»Ja bitte?«

»Ich komme von Lena. Ich bin der neue Patient ... Hallo?«

»Ja, ich höre«, sagte Xenia mit ersterbender Stimme.

»Sie hat mir gesagt, daß Sie sich bereit erklärt haben, mit mir zu reden.«

Wie konnte sie das nur vergessen? Xenia runzelte sogar vor Ärger die Stirn. Unsere Fehler holen uns eben immer dann ein, wenn wir sie vergessen haben.

»Xenia Pawlowna?« fragte die Stimme beunruhigt. »Xenia Pawlowna…«

»Ja, ich höre.« Xenia seufzte. »Ja. Ich habe tatsächlich einem Treffen zugesagt.«

›Lieber schnell hinter sich bringen‹, dachte sie, ›und dann nicht weiter daran denken.‹

»Könnten Sie mir einen Termin geben?«

›Ich habe lediglich versprochen, einmal mit ihm zu sprechen‹, dachte sie und sagte: »Jetzt gleich.«

»Was?« Der Mann schien seinem Glück nicht zu trauen.

»Können Sie jetzt gleich?«

»Ich?«

»Ja, ja – Sie.«

»Ich kann. Natürlich kann ich!«

»Kennen Sie die Adresse meines Büros?«

»Ja.«

»Dann …« Xenia sah auf die Wanduhr. »Um elf Uhr dreißig also.«

»In einer halben Stunde?«

»In einer halben Stunde. Bis dann.«

Sie knallte den Hörer auf den Apparat und blickte bedauernd auf die kleine Pfütze Kaffee auf dem Küchentisch.

13

Um in das Wohnheim des medizinischen Instituts zu gelangen, mußte Gurko seinen alten Kripoausweis bemühen. Während die gräßliche Pförtnerin durch dicke Brillengläser das Büchlein studierte, verlor er fast die Nerven. Die Alte wälzte das Dokument hin und her und versuchte, irgendeinen Fehler in ihm zu entdecken.

»Was soll ich denn mit Ihrem Ausweis!« schrie sie zuerst verärgert, als Gurko das dunkelrote Dokument aus seiner Tasche zog. »Jetzt verkaufen die doch so was an jeder Ecke!«

Nichtsdestoweniger nahm sie das Dokument und quälte Gurko damit, daß sie das Büchlein zur Tischlampe trug, mit dem Zeigefinger darüberstrich und lautlos die Lippen bewegte.

Natürlich durfte man als Pensionär ein solches Dokument nicht mehr besitzen, die Kaderabteilung zog diese Büchlein normalerweise ein, stempelte ein riesiges ›Ungültig‹ darauf und gab sie ins Archiv, wo sie nach einiger Zeit vernichtet wurden. Aber Gurko war es gelungen, mit ein paar Tricks, das Dokument vor der Leitung zu verstecken. Und es hatte ihm danach einige Male ganz gute Dienste geleistet.

Zwar stand ganz in der Ecke, halb vom Stempel verdeckt, das Datum von vor zehn Jahren, aber Gurko war noch nie einem Gegenüber begegnet, das das entdeckt hätte.

In dem Maße, in dem sich die Portiersfrau von der Echtheit des Dokuments überzeugte, veränderte sich ihr Gesichtsausdruck von einem mißtrauisch-gereizten zu einem servil-lächelnden. Als sie schließlich beschlossen hatte, daß der Kripomann echt war, strahlte sie und ließ in einem Lächeln ihre fast bis auf Stummel abgefaulten Zähne sehen.

»Entschuldigen Sie bitte, Herr Chef«, nuschelte sie. »Ihr habt eure Regeln und wir unsere... Denn wenn was passiert, schleift ihr einen durch die Abteilungen. Und wozu sollen wir Alten durch die Polizei geschleift werden?... Wir sind so schon mies dran...«

Gurko hörte sich ihre Klagelieder nicht weiter an, nahm seinen Ausweis und ging schnell in den ersten Stock des Studentenheims. Der schmale Korridor, der vom trüben Licht zweier an der Decke klebender staubiger Lampen erhellt wurde, roch nach verbrannten Kartoffeln. Gurko lief zu der sperrangelweit offenen Küchentür, die in eine geräumige Küche führte, in der zwei junge Burschen am Herd mit einer erbarmungslos qualmenden Pfanne herumhantierten.

»Wenigstens aus Anstand könntest du einmal ein bißchen Öl dazugeben!« schrie, hysterisch hustend und den Rauch mit einem Handtuch vertreibend, ein junger Mann in Turnhemd und mit nassen Haaren, der in seiner Stämmigkeit einem gediegenen Hocker glich.

»Wir essen das nicht mit Öl!« antwortete der andere, ein kleiner Magerer, bissig.

»Und mit was eßt ihr das?«

»Mit Speck!«

»Hallo, Jungs!« rief Gurko, und die zukünftigen Doktoren drehten sich zu ihm um. »Wo finde ich Goscha?«

»Was für einen Goscha?« fragte der Untersetzte, während er auf Gurko zukam und ihn mit vor Rauch tränenden Augen ansah.

»So ein großer, schlanker...«

»Und sein Nachname?«

Gurko zuckte mit den Schultern.

»Was willst du von ihm?« fragte der junge Mann argwöhnisch. »Wie bist du überhaupt hier hereingekommen, Opa? Unsere Pförtnerin ist ein Tier, die läßt niemanden so einfach herein... Bist du etwa von der Polizei?«

An seinem Ton merkte Gurko sofort, daß es unklug gewesen wäre, die Wahrheit zu sagen.

»Aber nein«, log er und versuchte sich fieberhaft daran zu erinnern, woher Goscha stammte. »Wir sind zusammen im Zug gefahren, und er hat ein Buch da vergessen...« Da fiel ihm ein, daß Goscha aus Petersburg war. »In dem Zug aus Petersburg... Er hat noch erzählt, daß er Medizin studiert, so habe ich mich entschlossen...«

»Aha.« Das Gesicht des jungen Mannes verfinsterte sich, und er wandte sich an seinen Freund. »Das ist Kusnezow. Dessen Mädchen sie ermordet haben ...« Er sah wieder Gurko an. »Geh den Gang runter bis ganz zum Ende. Die letzte Tür rechts. Ich fürchte nur, daß ihm der Sinn nicht nach Büchern steht. Er lebt hier sozusagen unter Arrest.«

»Danke.« Gurko beeilte sich, aus der Küche zu kommen, da er Angst vor neuen Fragen hatte.

Als er die Tür gefunden hatte, klopfte er an. Niemand meldete sich. Da machte er leise die Tür auf und sah ins Zimmer. Das Zimmer mit zwei Betten, einem Schreibtisch und einem großen breiten Fenster wirkte unerwartet gemütlich. Sorgfältig gemachte Betten, ein kleiner Fernseher neben dem Nachttisch, Poster an den Wänden, irgend jemandes flauschige Felljacke auf dem Boden. Am Schreibtisch, der am Fenster stand, saß Goscha. Vor ihm lagen offene Bücher und Hefte, aber er sah, den hellhaarigen Kopf auf die Hände gestützt, aus dem Fenster.

Gurko blieb auf der Türschwelle stehen und hüstelte.

Goscha wandte langsam den Kopf und sah ihn an. Er war stark abgemagert seit der Zeit, als Gurko ihn das letzte Mal gesehen hatte. Die blauen Augen waren dunkler geworden und eingefallen, sie ließen die Backenknochen stark hervortreten. Die bleichen Lippen hatte er fest zusammengepreßt.

»Grüß dich«, sagte Gurko und trat von einem Bein aufs andere.

»Guten Tag«, erwiderte Goscha gleichgültig, und es war nicht zu erkennen, ob er den Gast erkannte oder nicht.

»Ich bin Pjotr Wassiljewitsch Gurko, der Nachbar von Irischka«, erinnerte ihn Gurko.

»Ich weiß«, sagte Goscha.

»Darf ich reinkommen?« Gurko machte einen Schritt ins Zimmer und sah den jungen Mann fragend an.

Goscha nickte.

Gurko setzte sich auf den einzigen freien Stuhl, legte die Hände auf die Knie und sah Goscha an. Der schaute wieder konzentriert aus dem Fenster.

»Wie geht es dir?« fragte Gurko.

Goscha sah ihn aufmerksam an.

»Weiß ich nicht«, sagte er schließlich leise. »Und Ihnen?«

»Lisa geht es schlecht«, antwortete Gurko ausweichend. »Und ich...« Er hüstelte wieder und fügte hinzu. »Ich will den Kerl finden.«

»Das heißt, Sie halten mich nicht für den Mörder?«

»Nein, das tue ich nicht.«

Sie schwiegen.

»Lernst du?« Gurko zeigte auf die Bücher.

»Zwischenprüfung.« Goscha zuckte mit den Schultern. Er guckte auf ein offenes Heft. »Es geht nichts in meinen Schädel rein.«

»Du könntest doch zu deinen Eltern fahren...«, begann Gurko und stockte gleich: Sicher hatten sie dem Jungen den Paß abgenommen.

»Vor dir selber läufst du nicht davon«, erwiderte Goscha ganz wie ein Alter und blickte Gurko vorwurfsvoll an. »Sind Sie gekommen, um mich zu bemitleiden?«

»Morgen ist die Beerdigung. Kommst du?«

»Nein. Ich will sie so nicht sehen.«

»Wann habt ihr euch denn das letzte Mal gesehen?«

»Am Donnerstag. Am Tag davor. Tagsüber. Wir wollten uns abends treffen, aber sie hatte eine eilige Arbeit.«

»Ich wußte gar nicht, daß sie sich was zu arbeiten mit nach Hause genommen hat... Hast du einen von denen, für die sie getippt hat, gesehen?«

Goscha überlegte.

»Ich weiß nicht.« Er zuckte mit den Schultern. »Ich hab gesehen, wie sie sich mit jemandem getroffen hat... Wir fuhren zusammen irgendwohin, und da hat sie auf dem Weg... Hat die Arbeit geholt, und wir sind weiter ... Ich weiß nicht.«

»Wie kam das? Hat sie eine Anzeige aufgegeben?«

»Was für eine Anzeige?«

»Na so wie ›Übernehme Schreibarbeiten zu Hause‹ oder so was.«

»Aber nein. An ihrer Arbeitsstelle hatte sie genug Auftraggeber. Da schreiben doch alle, verschiedene Dissertationen, Artikel...« Er sah Gurko an. »Sie denken, daß *er* von da ist?«

»Ich weiß nicht. Ich möchte es einfach überprüfen... Das heißt, du sagst, sie hat nur Arbeit von ihren Leuten da angenommen?«

»Ja. Das weiß ich genau. Einer hat es dem andern gesagt, der einem dritten...«

»Und die Studenten?«

»Studenten?«

»Na deine Kommilitonen? Seminar-, Diplomarbeiten?«

Goscha überlegte.

»Kaum. Das wüßte ich. Außer mit mir hat sie mit niemandem im Institut verkehrt.«

Gurko stand auf, knöpfte sich den Mantel zu.

»Na schön...«

Goscha sah ihn plötzlich mit so viel Schmerz in den Augen an, daß Gurko zu ihm ging und ihm die Hand auf die Schulter legte. »Sie haben keine Beweise«, sagte er.

»Reden Sie vom Gefängnis?« fragte Goscha gleichgültig. »Daran denke ich irgendwie gar nicht. Ich träume von Irischka.«

14

»Xenia Pawlowna!« rief die Leiterin der stomatologischen Abteilung, die auf derselben Etage wie Xenias Büro lag. Die Chefin führte eine ältere Frau mit Leidensmiene am Arm. »Haben Sie heute etwa Sprechstunde?«

»Eigentlich schon«, erwiderte Xenia, während sie ihre Jacke aufknöpfte. »Ein außerplanmäßiger Patient.«

»Oje!« Die Chefin schlug sich erschrocken auf den Mund. »Und ich habe ihm gesagt, daß Sie heute nicht da sind.«

»Wem?« Xenia blieb stehen.

»Na dem Patienten. Er kam vor etwa zwanzig Minuten, da habe ich ihn wieder hinauskomplimentiert.«

»Ja?« Xenia freute sich geradezu.

Die ältere Frau, die geduldig auf die Ärztin gewartet hatte, hielt es nicht länger aus und murmelte etwas Unverständliches. Die Chefin besann sich plötzlich.

»Kommen Sie, kommen Sie... Entschuldigen Sie, Xenia Pawlowna.«

»Macht nichts. Ich wollte sowieso in meinem Büro vorbeisehen.«

›Na gut‹, dachte sie bei sich und steckte den Schlüssel in ihre Tür. ›Na prima... Wenn er weg ist, ist er weg. Vielleicht kommt er nicht wieder. Und ich kann endlich in Ruhe einen Kaffee trinken...‹

Sie versuchte, den Schlüssel im Schloß zu drehen, bis sie plötzlich begriff, daß die Tür schon offen war.

»Merkwürdig«, murmelte Xenia und betrat ihr Büro. Dann schrie sie leise auf.

Auf der Patientencouch saß mit dem Rücken zur Tür ein Mann. Ohne abzuwarten, daß er sich umdrehte, sprang Xenia wieder zur Tür.

»Xenia Pawlowna!« hörte sie von hinten. »Ich habe Sie angerufen.«

Xenia machte für alle Fälle die Tür sperrangelweit auf

und sagte laut, so daß es auf dem ganzen Flur zu hören war: »Wie sind Sie hier hereingekommen?«

Der Mann lachte leise und stand auf.

»Man wollte mich fortjagen, aber ich habe die Putzfrau überredet, daß sie mir die Tür aufmacht.«

Er trat einige Schritte auf sie zu, und sie erkannte ihn plötzlich.

»Sie?!«

Er hob schuldbewußt die Hände.

»Sie haben mir doch gesagt, daß Sie ohne Empfehlung niemanden nehmen...«

Sie wurde plötzlich wütend.

»Trotzdem werde ich Sie nicht annehmen«, preßte sie, sich mit Mühe beherrschend, heraus. »Bitte, verlassen Sie mein Büro.«

»Sie glauben, daß ich Sie verfolge?« fragte er leise.

»Und was glauben Sie?«

»Daß Sie der einzige Mensch sind, der mir helfen kann.«

Er ging leicht vornübergebeugt an ihr vorbei aus dem Büro und schloß leise die Tür hinter sich. Xenia blieb eine Sekunde stehen, starrte auf die Stelle, wo gerade noch der seltsame Patient gestanden hatte, dann riß sie die Tür auf und rief: »Kommen Sie zurück!« Sie zog ihre Jacke aus und hängte sie sorgfältig auf einen Bügel.

Hinter sich hörte sie seine Schritte, drehte sich aber nicht um, sondern machte nur eine einladende Geste und sagte: »Kommen Sie herein.«

Er kam herein und setzte sich auf den Rand der Couch.

Xenia setzte sich auf ihren Stuhl, nahm ein Formular und blickte ihn an.

»Ein paar kleine Formalitäten«, sagte sie ganz ruhig. »Wollen Sie nicht den Mantel ausziehen?«

»Warum haben Sie Ihre Entscheidung geändert?« fragte er, während er sie unentwegt mit seinen hellen Augen anstarrte.

Xenia überlegte einen Augenblick, dann sagte sie lächelnd: »Wissen Sie, was? Ich werde Ihnen diese Frage am Schluß der Sitzung beantworten, okay?«

»Dann findet also eine statt?«

»Sie hat schon angefangen.« Sie wartete, bis er den Mantel ausgezogen und sich wieder auf das Sofa gesetzt hatte. »Setzen Sie sich, wie es Ihnen bequem ist. Sie können auch die Beine hochlegen... Okay. Und jetzt sagen Sie mir bitte Ihren Namen, Ihr Geburtsdatum und Ihren Beruf.«

Er setzte sich umständlich hin, betrachtete verlegen seine Schuhe auf dem Sofa, dann sah er sie an.

»Oleg Kowtun. Geburtsjahr – 1956. Jurist.«

Xenia füllte das Formular aus und legte es beiseite. Sie nahm das Diktaphon und fragte: »Haben Sie was dagegen? Normalerweise nehme ich die Sitzungen auf.«

Kowtun zuckte mit den Schultern.

»Mir ist das ganz gleich.«

»Na schön.« Xenia betrachtete einen Moment ihren neuen Patienten.

»Warum glauben Sie, daß Sie einen Psychotherapeuten brauchen?«

Nach einem kurzen Schweigen sagte er:

»Ich habe Probleme mit Frauen.«

»Was verstehen Sie unter ›Probleme‹?«

Wieder machte er eine Pause. Xenia wollte schon eine andere, möglichst direkte Frage nach etwas Neutralerem stellen, als der Patient mit zuckenden Lippen, so daß selbst die Narbe im Mundwinkel zu zittern begann, antwortete: »Ich kann mit ihnen keinen Sex haben.« Und er fügte lächelnd hinzu: »Physische Kontraindikationen habe ich nicht. Das habe ich überprüft.«

»Gefallen Ihnen Frauen nicht?«

»Sie meinen meine sexuelle Orientierung?... Die ist ganz traditionell. Männer und kleine Jungs ziehen mich nicht an. Kleine Mädchen im übrigen auch nicht. Außerdem bin ich auch kein Nekrophiler und kein Sodomist, und alle Assoziationen, die mir beim Wort ›Esel‹ einfallen, hängen mit Widerspenstigkeit zusammen.«

Xenia sah den Patienten aufmerksam an.

»Sie haben sich nicht schlecht auf unsere Begegnung vorbereitet«, sagte sie und lächelte. »Man könnte sagen, die Hälfte meiner Arbeit haben Sie mir schon abgenommen...«

Kowtun wurde ernst.

»Ich hatte viel Zeit«, sagte er sanft. »Ich habe die gesamte Literatur zu diesem Thema gelesen, habe mich mit allen existierenden Tests überprüft.« Er lächelte, neigte den Kopf und sprach fast kokett weiter: »So daß, wenn Sie einen Test mit mir machen wollen, ich das ablehne. Ich kann nicht mehr.«

Beide schwiegen und betrachteten sich wohlwollend. Xenia konnte sein Gesicht jetzt gut sehen, die kurze, gerade Nase. Wieder hatte sie das Gefühl wie damals in der Metro, daß sie diese Züge schon irgendwo gesehen hatte.

»Schön«, sagte sie. »Und wie werden Sie mit diesen Problemen fertig?«

Er blickte ihr weiter direkt in die Augen und begann zu blinzeln.

»Überhaupt nicht.« Dann zuckte er mit den Schultern und wiederholte mit gesenkten Augen: »Überhaupt nicht.«

Sein auf der Couch hingestreckter Körper spannte sich ein wenig an, sein Kinn schob sich unwillkürlich nach vorn, und seine Brauen zogen sich leicht zusammen.

Sowohl die Worte ›überhaupt nicht‹ wie die Körperhaltung des Patienten drückten etwas von dem Widerstand aus, dem Unwillen, über das schmerzhafte Thema zu sprechen, und Xenia beschloß, ihn abzulenken.

»Wollen Sie von Ihrer Kindheit erzählen?« fragte sie.

»Was genau?« erwiderte der Patient höchst bereitwillig.

»Alles, was Ihnen einfällt.«

Er schwieg eine Zeitlang, dann lachte er plötzlich auf.

»Wissen Sie«, sagte er, »meine Mama hat mich als Kind ›Dickwanst‹ genannt. Nicht weil ich so dick war, im Gegenteil, ich war immer dünn wie ein Besenstiel. Ich war einfach sehr empfindlich, und nur sie war imstande, mich dazu zu bringen, die Luft rauszulassen. ›Dickwanst!‹ rief sie mir zu, und ihre Augen lachten dabei. ›Bist du wieder ein Dickwanst?‹ Und jede Kränkung war wie verflogen … Ist das nicht komisch?«

»Nein«, antwortete Xenia ernsthaft. »Was denken Sie, warum haben Sie sich gerade daran erinnert?«

»Ich weiß nicht.« Er sah sie erstaunt an.

»Habe ich Sie gekränkt?«

»Aber nicht doch … im Gegenteil … Ich habe mich einfach erinnert.«

»Was ›im Gegenteil‹?« Als Xenia sah, daß er irgendwas

nicht aussprechen wollte, erklärte sie sanft: »Ich möchte Sie vorwarnen, daß man in einer Sitzung sehr oft an einem Wort klebenbleibt.«

»Ja, ja, ich verstehe.«

»Also trotzdem, warum ›im Gegenteil‹? Was wollten Sie sagen?«

Er lachte verlegen.

»Ich weiß nicht... Sicher wollte ich sagen, daß Sie mir gefallen... Sie sind so aufmerksam mir gegenüber, das hat mich an meine Mutter erinnert...« Er sah Xenia fragend an. »Macht das was, wenn ich das sage?«

»Es ist gut, daß Sie überhaupt reden. Ich glaube, Sie sind ein begabter Patient. Sie machen alles richtig.«

»Danke.«

»Und Ihr Vater? War er auch so aufmerksam?«

Kowtun überlegte.

»Na, vielleicht nicht ganz so wie Mama. Obwohl das eigentlich egal ist... Sie haben mich beide sehr geliebt...« Er verstummte und schaukelte mit einem Bein, dann wechselte er plötzlich abrupt das Thema: »Wollen Sie mir immer noch nicht sagen, weshalb Sie Ihre Entscheidung geändert haben?«

Xenia lachte, und wieder sah er sah sie erstaunt an.

»Es wäre richtiger, mich zu fragen, warum ich beschlossen hatte, Sie in keinem Fall aufzunehmen«, erklärte sie.

»Von wessen Gesichtspunkt aus ›richtiger‹?«

»Vom Gesichtspunkt der Psychoanalyse aus.« Sie ertappte sich dabei, daß ihr das Ganze peinlich war. »Meine Entschluß, Sie auf keinen Fall anzunehmen, war auch irgendwie motiviert. So eine Entscheidung ist ungewöhnlich für mich. Für einen Psychoanalytiker wäre es ein Grund, darüber nachzudenken.« Sie begann wieder zu lachen.

Kowtun wurde nun auch ganz fröhlich.

»Das heißt, ich spiele jetzt die Rolle eines Psychoanalytikers?«

»So was in der Art.«

Er lächelte breit und verkündete: »Das gefällt mir.«

»Darf ich Ihnen eine Frage stellen?« sagte Xenia.

»Natürlich.«

»Wir haben verabredet, daß ich Ihnen auf Ihre Frage am Ende der Sitzung antworte. Sie haben die Frage noch mal gestellt – heißt das, Sie wollen, daß wir heute Schluß machen?«

Kowtun starrte sie mit weitaufgerissenen Augen an.

»Ich weiß nicht«, brachte er schließlich heraus. »Vielleicht.«

»Warum, was denken Sie?«

Seine Miene verfinsterte sich. Er stellte seine Füße auf den Boden, strich sich mit der Hand über das Gesicht, sah sie mit plötzlich ganz krank wirkenden Augen an und sagte: »Sicher weil ich Ihnen heute nicht erzählen wollte, daß meine Eltern, als ich sechs Jahre alt war, bei einem Autounfall ums Leben gekommen sind.«

15

Der junge Hund war winzig. Sein dünnes Körperchen bebte, er versuchte vergeblich, sich hinzusetzen, rutschte mit seinem mageren Hinterteil auf dem kalten Schnee hin und her, sprang dann aber auf, als hätte er sich verbrannt. Die schweigsame Gruppe von Menschen, die neben der gerade erst ausgehobenen Grube auf der hart gefrorenen Friedhofserde stand, irritierte ihn, und er streckte vorsichtig seine Schnauze in die Luft. Seine für so eine kleine Schnauze viel zu großen Ohren wedelten im kalten Wind hin und her.

Gurko sah von Zeit zu Zeit zu diesem winzigen rotbraunen Welpen hinüber, der auf unerklärliche Weise den schneidenden Schmerz in seinem Herzen linderte. Irischkas Tante, die aus Magnitogorsk gekommen war und die Beerdigung organisiert hatte, sah streng zu Gurko hinüber und gab ihm mit ihrer Trauermiene zu verstehen, daß sein Interesse an dem kleinen Hund hier fehl am Platze war. Gurko seufzte, faltete die Hände über dem Bauch und sah zu, wie die mit Schnee vermischte Erde auf den Sarg fiel.

Als alles zu Ende war und die Anwesenden – zwei junge Frauen mit schwarzen Tüchern, drei Kolleginnen unbestimmten Alters mit den sich ziemenden Mienen und die Hausmeisterin – nach Hause gingen, drehte sich Gurko verstohlen um, sah den kleinen Hund an seinem vorherigen Platz und blieb stehen. Auch die Magnitogorsker Tante stand noch eine Weile lang da und wischte sich die Augen mit einem zu einem Klumpen gefrorenen Taschentuch. Schließlich wackelte sie gebeugt zum Autobus. Als sie an Gurko vorbeikam, sagte sie mißbilligend: »Der Bus wird nicht warten.«

»Macht nichts.« Ohne sie anzusehen, schlug Gurko den Kragen hoch. »Ich komme schon irgendwie heim.«

Die Frau zuckte mit den Schultern, warf einen gleichgültigen Blick auf das Hündchen, zuckte wieder mit den Schultern und entfernte sich mit auf dem Schnee knirschenden Stiefeln. Sowie sie im eisigen Morgennebel verschwunden war, lief Gurko schnell zu dem Hündchen und kniete sich vor es hin.

»Frierst du?«

Das Hündchen, das noch nicht einmal die Kraft hatte, davonzulaufen, fröstelte, seufzte und sah ihn mit großen, traurigen braunen Augen an. Gurko streckte die Hand aus, das Hündchen wollte zurückweichen, verlor aber das Gleichgewicht, fiel auf den Rücken und zeigte seinen hellen, mageren ungeschützten Bauch. Das Hündchen war unerwartet warm, fast heiß, nur die Nase und die Ohren waren kalt. Gurko steckte den federleichten Körper vorsichtig unter seine Achsel und lief munter zum Ausgang.

Da kein Bus in seine Gegend fuhr, nahm Gurko zähneknirschend ein Taxi direkt zum Serbskij-Institut, das in einer der für Moskau untypischen kleinen stillen Gassen des Arbat lag. Das Hündchen fiel in der Wärme in einen todesähnlichen Schlaf irgendwo in der Gegend von Gurkos Bauch, und er setzte sich vorsichtig auf den hinteren Sitz, um den Kleinen nicht zu stören, und sah angespannt aus dem Fenster.

›Wir kehren zu unseren Anfängen zurück‹, sagte Pjotr Gurko zu sich selbst und versuchte, mit diesem inneren Monolog die unermeßliche Trauer zu dämpfen, die ihn in dem Moment überfallen hatte, als er Irischkas wächsernes Gesicht mit den kaum sichtbaren Wunden auf Kinn und Schläfen gesehen hatte, die von den Leichenwäschern künstlich verdeckt worden waren. ›Wir kehren zu unseren Anfängen zurück. Alle Opfer, einschließlich des letzten, hatten auf die eine oder andere Weise etwas mit Psychiatrie oder Psychologie zu tun... Weiter müssen wir herausfinden, über wen genau... Drei von ihnen arbeiteten auf diesem Gebiet, die vierte war die Frau eines Psychiaters, die fünfte ging mit ihrem Hund nicht weit von der Nervenklinik spazieren. Daher kann man schlußfolgern, daß der Mörder eine direkte Beziehung zu dieser Tätigkeit hat... Das heißt zur Psychiatrie. Entweder hat er an allen diesen Orten gearbeitet (auch mit dem bekannten Moskauer Professor), oder er hat sie aufgrund seines Berufes einfach besucht und auf diese Weise seine Opfer gefunden. Außerdem stellen wir fest, daß weder das Alter der Frauen noch ihre soziale Stellung noch irgendeine Besonderheit in der Kleidung (was in den Berichten mehr als einmal angemerkt wurde) für den Triebtäter eine bestimmende Bedeutung hatte. Nichtsdestotrotz sprachen die zeitlichen Abstände, die das eine Opfer vom anderen trennten, dafür, daß seine Wahl nicht zufällig war und daß es irgendein Merkmal gab, aufgrund dessen er seine Todesopfer auswählte... Obwohl es natürlich auch möglich war, daß seine Krankheit in Schüben auftrat... Sagen wir mal, er läuft eine Straße entlang, und plötzlich, bauz, geht es los... Er wirft sich auf das erste beste Opfer und ermordet die Frau.‹ »Unsinn!« sagte er laut. Der rotgesichtige Taxifahrer schielte im Rückspiegel zu ihm hinüber. »Ich habe das nur so gesagt«, entschuldigte sich Gurko verlegen, hüllte sich tiefer in seinen Schal und hing mit geschlossenen Augen seinen Gedanken nach. ›Natürlich Unsinn. Wenn alles so einfach wäre, dann wären seine Opfer Verkäuferinnen, Putzfrauen, Journalistinnen, kurz alle, die man auf der

Straße in so einem Moment antreffen könnte. Unser ›Held‹ ist aber irgendwie sehr eigen in seiner Auswahl. Man müßte natürlich auf alle Fälle mal jemanden konsultieren … Um bestimmte Dinge auszuschließen … Und dann würde sich zum Beispiel zeigen, daß er eine Voreingenommenheit gegenüber Frauen hat, die irgendeine Beziehung zu diesen bewußten Anstalten haben … Okay, was haben wir noch? Weiter haben wir …‹

Das Hündchen knurrte unzufrieden unter der Achsel und stemmte sich mit seinen Beinchen gegen Gurkos Bauch. Gurko drehte es um. Der Taxifahrer beobachtete wieder neugierig den seltsamen Fahrgast. Gurko zog seinen Hut ins Gesicht.

›Weiter, also was? Goscha behauptet, daß Irischka nur in ihrem Institut Arbeiten annahm. Wenn man davon ausgeht, daß derjenige, der sie ermordet hat, dieses Chaos in ihrer Wohnung angestellt hat, heißt das, der manische Triebtäter wäre wohl kaum auf der Liste der Kunden, die Nikolaj Schanin mir gegeben hat, zu finden. Außerdem hat nur einer der sechs Leute, die ihr Schreibarbeiten gegeben haben, in der Nervenklinik gearbeitet. Und die übrigen – alles junge Leute, Doktoranden, die zu der Zeit, als der Sexmaniac seine Tätigkeit begonnen hat, noch in den Windeln lagen. Folglich fallen die weg …‹

Das Taxi fuhr am Arbat-Platz vorbei, bog in eine kleine Gasse ein und hielt vor dem ziemlich finsteren Gebäude aus dem vorigen Jahrhundert. Mit dem Hündchen unter dem Arm zahlte Gurko und stieg aus.

Der Polizist, der am Institutseingang Dienst hatte, warf zwar einen argwöhnischen Blick auf die unnatürlich ausgebeulte Mantelbrust, aber als er das rote Zauberbüchlein gesehen hatte, ließ er Pjotr Gurko wortlos passieren. Gurko stieg die breite Treppe hoch und fand schnell seinen Bekannten, mit dessen Hilfe er damals Irischka hier eine Stelle beschafft hatte, und der konnte ihm auch helfen, alle Leute zu finden, die ihr hier einen Extrajob gegeben hatten. Das Hündchen, aufgewärmt und ausgeschlafen, wand sich aus Pjotrs Armen und war sofort von zahlreichen Laborantinnen umringt, die unverzüglich eine Tüte Milch herbeizauberten und säuselnd anfingen, den armen kleinen Kerl zu füttern. Dessen neuer Besitzer konnte, als er sah, daß der Kleine vorerst versorgt war, seinen eigenen Geschäften nachgehen. Die Fragen, die er stellte, waren Standardfragen.

»Wann haben Sie dem Mädchen Schreibarbeiten gegeben?« – »Wie haben Sie erfahren, daß sie Schreibarbeiten nach Hause mitnimmt?« – »Wem haben Sie das Mädchen als jemanden empfohlen, der zu Hause Schreibarbeiten übernimmt?«

Der Kreis schloß sich sehr schnell. Bis zum Mittagessen hatte Gurko mit allen gesprochen, die auf seiner Liste standen. Er wollte sich schon von dem letzten der Befragten verabschieden. Es war ein fröhlicher kleiner Kerl mit einer schwarzen Stirnlocke, die ihm die ganze Zeit ins Gesicht fiel, und Gurko unterdrückte während ihres ganzen Gesprächs den dringenden Wunsch, ihm zu raten, diese idiotische Stirnlocke in Dreiteufelsnamen abzuschneiden.

»Danke«, sagte Gurko und streckte dem kleinen Mann seine Hand entgegen.

»Nichts zu danken«, erwiderte der, drückte die ausgestreckte Hand und grüßte gleichzeitig jemanden, der an ihnen vorbeiging. »Ah, der ja noch!« rief er plötzlich und schlug sich an die Stirn. »Wie konnte ich den vergessen? Oleg hat mich auch nach einer Schreibkraft gefragt!«

»Welcher Oleg?« fragte Gurko und hielt ihn fest. Gleichzeitig versuchte er sich zu erinnern, ob er diesem Namen in Schanins Liste begegnet war.

»Kowtun. Oleg Kowtun«, erläuterte der kleine Mann und wies mit dem Finger auf den sich entfernenden Mann im weißen Kittel. »Dozent des Lehrstuhls für Weiterbildung. Der da grade geht! ... Ich weiß aber nicht genau, ob er sich auch wirklich an sie gewandt hat oder nicht«, rief er Gurko nach, der dem Mann schon hinterhereilte.

Eine Sekunde lang schien ihm, als ob Kowtun das Gespräch hinter seinem Rücken gehört und, statt stehenzubleiben, seine Schritte beschleunigt hätte. Aber er irrte sich. Der Mann holte eine vor ihm laufende Frau ein, rief sie, blieb stehen und unterhielt sich mit ihr. Gurko wartete geduldig, bis sie fertig waren, dann ging er zu Kowtun.

»Oleg Kowtun!« rief er ihm zu, als der die Klinke einer Tür schon in der Hand hatte, die in eines der Bürozimmer führte.

Kowtun drehte sich um, und Gurko saugte sich mit starrem, ›militärischem Blick‹ an seinem Gesicht fest. Dieses Gesicht war ziemlich angenehm, mit ebenmäßigen Zügen und hellen Augen. Mit schwach lächelnden Mundwinkeln sah der Gurko wohlwollend an.

»Pjotr Gurko«, stellte sich Gurko vor. »Von der Fahndung. Darf ich Ihnen ein paar Fragen stellen? Für eine Ermittlung.«

»Ja bitte!« Kowtun verwandelte sich in die Aufmerksamkeit in Person, er beugte sich sogar ein wenig zu dem Ermittler hinunter, obwohl er kaum größer war als der.

»Sie haben sicher von dem Mord gehört...«, begann Gurko.

»Selbstverständlich«, bestätigte der Dozent. »Alle haben davon gehört. So was passiert ja nicht alle Tage.«

»Das ermordete Mädchen hat, wie Sie wissen, als Schreibkraft gearbeitet. Bekanntlich hat sie die Arbeiten gegen Bezahlung mit nach Hause genommen... Hier im Institut, gibt es da viele Auftraggeber?«

»Ich denke schon.« Kowtun nickte ernsthaft. »Ich selber nehme derartige Dienste auch in Anspruch.«

»Eben, eben«, freute sich Gurko. »Ich wollte Sie deshalb auch fragen. Haben Sie sich mit so einer Bitte auch an die Kusnezowa gewandt?«

»Kusnezowa?« wunderte sich der Dozent. »Ehrlich gesagt, kenne ich die Nachnamen der Mädchen nicht... Für mich sind sie Lenotschka, Nataschenka... Alle nennen sie so. Mit dem Nachnamen redet man sie nur in der Personalabteilung an.«

»Sie hieß Irischka.«

»Irischka?« Kowtun überlegte. »Nein. Ich glaube nicht. An eine Irischka habe ich mich nicht gewandt...«

Pjotr verfolgte gespannt sein Mienenspiel.

»Obwohl...« Plötzlich wurde er munter. »Wissen Sie, was? Eine gewisse Irischka hat mir Edik empfohlen... so ein kleiner Schwarzer mit einer Stirnlocke... Aber ich bin leider nicht dazu gekommen, sie... Es ging um eine kleine Methodik...«

»Was für eine Methodik?«

»Na, so kleine Bücher, für die Studenten unserer Fakultät. So etwas in der Art eines kurzen Crashkurses ... Ich habe sie zusammengestellt ... Und sie Natascha gegeben. Von unserer Fakultät. Sie hat sie übrigens schon fertig.«

16

»Es gefällt Ihnen nicht, mit Frauen zu arbeiten?«

»Frauen sind vielleicht auf ihre Weise klug, aber sie sind absolut unfähig, ihre Arbeitszeit zu organisieren ... Überhaupt können sie mit der Zeit nicht umgehen, sie schätzen weder die eigene noch fremde.«

»Sie mögen es nicht, wenn Sie auf jemanden warten müssen?«

»Nein. Mich regt das unwahrscheinlich auf. Ich bin ein überpünktlicher Mensch und komme immer etwas früher – fünf, zehn Minuten früher... Wenn jemand zu spät zu einer Verabredung kommt, ist das für mich wie eine Mißachtung, mir gegenüber, meiner Zeit gegenüber.«

»Kommen Sie immer früher als verabredet?«

»Ja. Ich denke, daß ich nicht das Recht habe, jemanden auf mich warten zu lassen.«

»Aber ist Ihnen nie in den Sinn gekommen, daß Sie zum Beispiel früher kommen, um mehr Zeit zu haben, sich über den Zuspätkommenden zu ärgern?«

Pause.

»Glauben Sie das?«

»Nein, ich schlage Ihnen nur vor, das Problem mal von einer anderen Seite zu betrachten.«

»Aber das ist nicht mein Problem! Das ist das Problem der Leute, die fremde Zeit verplempern!«

»Einverstanden. Ein Mensch, der chronisch, wie Sie es ausdrücken, fremde Zeit ›verplempert‹, hat ein gewisses Problem. Aber Sie, der Sie *so viel* Zeit darauf verwenden, haben auch Probleme.«

Wieder eine Pause.

»Das glaube ich nicht. Ich meine, daß sie, wenn sie sich verspätet – bewußt oder nicht –, mir zu verstehen gibt, daß sie mich nicht achtet.«

»Fühlen Sie sich in so einer Situation erniedrigt?«

»J-ja.«

»Und Sie machen dem Zuspätkommenden dann Vorwürfe?«

»Das ist sinnlos. Jede würde eine Rechtfertigung für ihre Taktlosigkeit erfinden.«

»Aber Sie benehmen sich so, daß sie spürt, daß sie im Unrecht ist?«

Eine lange Pause. Er hustete.

»Ja...«

Xenia schaltete das Diktaphon ab.

»Nun gut«, sagte sie laut.

Während sie über einen zu spät kommenden Menschen immer in der männlichen Form sprach, wobei sie das Wort ›Mensch‹ im Sinn hatte, sprach Kowtun stur von einer ›Sie‹. Kennzeichnend war auch, daß er seine Vorwürfe dem Zuspätkommenden (genauer: der, denn es war absolut offensichtlich, daß es tatsächlich nur um Frauen ging) gegenüber nicht aussprach. Das bedeutete nur eins: Kowtun hatte seine eigene Art, die Schuldigen zu ›bestrafen‹, aber er wollte (oder konnte, was in dem Fall ein und dasselbe war) Xenia nicht mitteilen, was das für eine Methode war. Xenia kam sogar auf die Idee, einmal zu einer Sitzung später zu kommen, um auszuprobieren, was er dann machen würde, aber sie kannte ihn noch nicht gut genug, um sich auf so ein Experiment einzulassen.

Sie stand vom Stuhl auf, streckte sich und sah auf die Uhr. Halb zwei nachts. Also hatte sie sich schon drei Stunden lang mit der Analyse der letzten Sitzung mit Kowtun beschäftigt, immer und immer wieder die Aufnahme abgehört und Bemerkungen in ihr Notizbuch geschrieben. Dabei warteten am nächsten Morgen andere Patienten auf sie. Möglicherweise schenkte sie ihm wirklich zuviel Aufmerksamkeit.

Trotzdem schienen Xenia die Sitzungen mit ihm ungewöhnlich interessant. Einerseits erzählte er ihr gerne von sich und überschüttete sie förmlich mit Informationen. Andererseits spürte sie, daß es ein riesiges Gebiet gab, das er mit seinen langen Monologen verdeckte. Da er es vorzog, über die Vergangenheit zu reden, insbesondere über seine Kindheit bis zu dem Moment, wo er seine Eltern verloren hatte, erzählte er praktisch nichts von sich selber in der Gegenwart, und es gelang Xenia nur mit Mühe, ihm kleine Fragmente aus seinem gegenwärtigen Leben zu entlocken. Der Anfang seiner Probleme war für Xenia offensichtlich. Der Verlust seiner Eltern in so früher Kindheit hatte sein Leben jäh geändert, aber in welche Richtung, konnte sie nicht herauskriegen. Seine Mißerfolge bei Frauen waren nur die Spitze des Eisbergs, und gleichzeitig waren sie das Fundament, auf dem er sein Leben aufbaute. Er redete gern über seine schulischen Erfolge, beschrieb detailliert und farbig sein Leben bei der Tante, einer entfernten Kusine des Vaters, die damals sein Vormund wurde. Mit einer Offenheit, die fast an Masochismus grenzte, beschrieb er seine Versuche, sexuelle Kontakte zu bekommen. Dabei war ganz klar, daß er alle diese Versuche – insgesamt waren es drei – einer sorgfältigen, fast professionellen Analyse unterzogen hatte.

Er war ein interessanter Patient, in dem sich die offensichtliche Fähigkeit zu analysieren auf die zwangloseste Weise mit einem naiven Glauben an die eigene Unfehlbarkeit verband. Bei dieser Sachlage war es trotz allem merkwürdig, daß er beschlossen hatte, sich an einen Psychoanalytiker zu wenden. Normalerweise hielt sich dieser Menschentyp für die Wahrheit selbst und anerkannte keinerlei Instanzen oder Autoritäten, geschweige denn, daß er zuließe, daß jemand seine Lebensrichtlinien in Zweifel ziehen könnte.

Nichtsdestoweniger war er zu ihr gekommen, und das war erstaunlich. Aber die Hauptsache war, daß dies auf eine erfolgreiche Therapie hoffen ließ. Es wäre natürlich auch möglich, daß ihn zuerst Xenia als Frau angezogen hatte und er dann auf die Idee gekommen war, bei ihr eine Therapie zu machen. Aber das war kein Problem. Daß sich ein Patient in die Psychotherapeutin verliebte, war eine ziemlich banale Sache, und Xenia konnte als Profi damit umgehen.

»Kommst du schlafen?«

Xenia zuckte zusammen. Sie hatte nicht bemerkt, daß Sergej leise in die Küche gekommen und neben ihr stehengeblieben war.

»Hm«, sagte sie nickend, während sie weiter über ihre eigenen Dinge nachdachte.

Er goß Wasser in den Teekessel und stellte ihn auf den Herd.

»Du hast Ringe unter den Augen«, sagte er, als er sich ihr gegenüber an den Tisch setzte.

»Das macht das Licht«, erwiderte sie. »Obwohl ... ich bin wahrscheinlich ein bißchen müde.«

»Ein bißchen? Ich kann mich überhaupt nicht erinnern, wann du das letzte Mal vor zwölf schlafen gegangen bist. Vielleicht, als Anja noch klein war.«

»Lüg nicht.« Xenia lachte. »Als sie nachts geschrien hat, bist du zu ihr gegangen. Und ich konnte den Kopf nicht vom Kopfkissen hochbekommen.«

»Ganz recht. Du hast deine Dissertation geschrieben ... Wozu zum Teufel hast du die eigentlich gebraucht? ... Wenn du keine Doktorandin gewesen wärst, hättest du mit demselben Erfolg gearbeitet und genauso viele Patienten gehabt.«

»Zur Selbstbestätigung. – Das Teewasser kocht.«

Sergej stand auf, goß Xenia und sich Tee ein, setzte sich wieder ihr gegenüber und steckte sich eine Zigarette an.

»Hat deine Schlaflosigkeit was mit dem neuen Patienten zu tun?« fragte er wieder.

»Ganz genau.«

»Ist es interessant?«

»Ja.«

»Erzähl.«

Xenia schwieg, dann sagte sie:

»Er hat seine Eltern im Alter von sechs Jahren verloren.

Hat bei einer Tante gelebt, hat glänzende Erfolge in der Schule gehabt, bei allen Lernolympiaden den ersten Platz gemacht. Nach der Uni fing er an zu arbeiten. Und die ganze Zeit hatte er keinen einzigen näheren Kontakt zu einer Frau.«

»Oho.« Sergej zog die Brauen hoch.

»Eben. Oho. Aber das ist noch nicht das ganze Problem.«

»Was noch?«

»Weißt du…« Xenia sah nachdenklich aus dem Fenster, ihre Augen verengten sich, und ihr Gesicht sah aus, als ob sie sich an etwas zu erinnern versuchte. »Verstehst du, jeder Patient hat was zu verbergen, nicht nur vor dem Therapeuten, sondern auch vor sich selber. Meistens sieht der Therapeut diese Verschlossenheit, diesen Widerstand. Einfach an der Körperhaltung, wie der Patient die Hände, die Beine bewegt, was er für gewöhnliche oder ungewöhnliche Bewegungen macht… Geballte Fäuste, über der Brust gekreuzte Hände, Gähnen während der Sitzung und so weiter. Selbst wenn er sich überhaupt nicht bewegt, sagt das auch etwas über seinen Wunsch aus, etwas zu verheimlichen. Mit Oleg ist das ganz anders…«

»Mit Oleg?«

»So heißt er.«

»Du redest ihn mit dem Vornamen an?« wunderte sich Sergej.

»Ich rede die Patienten so an, wie sie es wollen«, entgegnete Xenia scharf. Sie spürte völlig unerwartet eine Gereiztheit.

»Und will er denn, daß du ihn mit dem Vornamen anredest? Wie alt ist er eigentlich?«

»Ein bißchen älter als ich.«

»Und nennt er dich auch beim Vornamen?« setzte Sergej seine Befragung fort.

»Ja. Er hat selber darum gebeten, er kann sich dann leichter aussprechen«, antwortete Xenia immer gereizter. »Was willst du?! Bist du eifersüchtig?«

»Gott behüte!« Sergej winkte ab. »Es ist einfach interessant.«

»Was ist daran interessant?«

»Warum bist du denn so böse?« Sergej beugte sich über den Tisch zu ihr, und Xenia sah, daß seine Augen lachten. »Dir gefällt es selber nicht, daß ihr euch bereits duzt?«

»Wer von uns beiden ist hier der Psychoanalytiker?« Xenia lachte gezwungen. »Was heißt außerdem ›bereits‹? Wir haben schon ungefähr dreißig Stunden gearbeitet.«

»Na, das ist doch kein Grund«, sagte Sergej und lachte ganz offen.

»Ich weiß nicht«, entgegnete Xenia verwirrt. »Ich weiß nicht, woher das bei mir kommt... Ich muß nachdenken... Weißt du, mich berühren so viele Sachen bei diesen Sitzungen.«

»Zum Beispiel?«

»Warum ich mich zum Beispiel überhaupt auf ihn eingelassen habe, obwohl ich das partout nicht wollte... Irgendwas ist in seinem Gesicht, ich kapiere es nicht... Noch irgendwas...«

»Du hast davon gesprochen, daß er was verbirgt«, erinnerte sie ihr Mann.

»Ach ja: Ich wollte einfach nur sagen, daß ich manchmal ganz deutlich sehe, daß er sich wehrt. Und ich habe den Eindruck, daß er das absichtlich tut – hier wehre ich mich und dort nicht... Ungeachtet dessen bewegen wir uns nicht vom Fleck. Er ist immer derselbe, seine Stimmung ist mehr oder weniger aufgeräumt, er ist höflich, freundlich, ganz unabhängig von dem, was in seinem Leben gerade passiert...«

»Weißt du, was?« unterbrach sie Sergej und stand auf. »Laß uns schlafen gehen, ich habe so den Eindruck...«

»...Und das Wichtigste«, fuhr Xenia fort, ohne ihm zuzuhören. »Er träumt nie was.«

»Komm, komm, steh auf.« Sergej faßte sie am Ellbogen und zog sie sanft an sich. »Träumt er nicht, oder will er nicht davon erzählen?«

»In dem Fall ist das dasselbe...«, murmelte Xenia schon im Halbschlaf und ließ sich von ihm an die Hand nehmen. »Träume sind die eigentliche Tür zum Unterbewußtsein.« Sie folgte ihrem Mann ins Schlafzimmer und öffnete den Gürtel ihres seidenen Morgenrocks. Als sie ausgezogen war, plumpste sie ins Bett und flüsterte schon halb weggetreten: »Wenn jemand seine Träume versteckt oder sich nicht an sie erinnert, dann heißt das: Er will auf keinen Fall, daß sein unbewußtes und instinktives Leben entlarvt wird.«

17

Die ganze Nacht lang hatte Pjotr Gurko Alpträume. Er sah sich als kleinen Jungen, der eine endlose Treppe hinaufkletterte. Jede neue Stufe schien ihm schwerer zu fallen, zurück konnte er nicht, die Stufen stürzten ab, und er schaffte es gerade, von einer zur anderen zu springen. Oben war Nebel, und ein Ende dieses qualvollen Weges war nicht abzusehen, er hatte schon keine Kraft mehr, die Beine rutschten auf den leicht abschüssigen Stufen ab. Pjotr wälzte sich im Schlaf herum, stöhnte und knirschte mit den Zähnen.

Die erschrockene Elisaweta rüttelte ihn an den Schultern und weckte ihn auf. Er wachte auch halb auf, murmelte etwas Unverständliches und tauchte in den nächsten Alptraum ab.

Jetzt träumte er, daß in seinen Käfigen für die Tiere keine Kaninchen und Affen saßen, sondern kleine Kinder, und in das Zimmer strömte Wasser. Pjotr will die Kinder retten und versucht, die Käfige aufzubekommen. Aber die Türen lassen sich nicht öffnen, er zieht mal in die eine, dann in die andere Richtung, das Wasser steigt immer höher, und er sieht mit Entsetzen, wie der trübe Strom das Zimmer anfüllt.

Er wachte wieder auf, ganz klebrig von kaltem Schweiß.

»Alpträume«, antwortete er auf die stumme Frage seiner Frau.

»Vielleicht ist das ein Herzanfall?« sagte Elisaweta beunruhigt. »Herzanfälle äußern sich manchmal so... Warte, ich hole dir ein paar Tropfen...«

»Unsinn«, erwiderte Gurko, schloß die Augen und fiel in den nächsten Traum.

Gegen Morgen war der Vorrat an Alpträumen erschöpft, aber Gurko träumte weiter, und der letzte Traum, weniger schrecklich als einfach unangenehm, zwang ihn endgültig aufzustehen. Er träumte von Nikolaj Schanin, der ihm aus unerfindlichen Gründen eine Pistole in die Rippen stieß und befahl: »Mach das Licht an, Pjotr, ich bitte dich, mach das Licht an!«

Diese Pistole ärgerte Gurko furchtbar, und er wachte schließlich auf.

Im Zimmer war es noch dunkel, aber von der Straße her hörte man schon die morgendlichen Geräusche: Die Straßenbahn fuhr mit munterem Getöse am Fenster vorbei, der Hauswart beseitigte mit einem Spaten knirschend den Schnee, einige Hundebesitzer tauschten während ihres morgendlichen Spazierganges Neuigkeiten aus. Pjotr betrachtete seine schlafende Frau, deren Gesicht im Schein der noch brennenden Straßenlaternen ganz jung aussah. Er schob eine über ihre Stirn hängende Strähne weg und drehte sich auf den Rücken.

An seiner Seite drückte immer noch etwas, und Pjotr erinnerte sich sofort an seinen letzten Traum von Nikolaj Schanin. ›Wahrscheinlich bin ich krank‹, dachte er. ›Ein gesunder Mensch kann so einen Unsinn nicht träumen...‹ Er steckte seine Hand unter die Decke und fand plötzlich an seiner rechten Seite etwas Kleines, Warmes und schlug nun völlig wach die Decke zurück.

Neben ihm schlief das kleine Hündchen und stemmte hemmungslos seine Beine in Pjotrs Seite. Seine Augen hatte es fest zugedrückt, von Zeit zu Zeit zuckte es zusammen und gab sehr komische Töne von sich, als wenn es, ohne das Maul aufzumachen, bellte.

»Du gemeiner Frechdachs«, flüsterte Pjotr und schob das Hündchen vorsichtig, um seine Frau nicht zu wecken, von sich.

Das aber dachte gar nicht dran aufzuwachen. Sauber gewaschen, satt, holte es jetzt sicher den Schlaf für alle diese gräßlichen Tage nach, die es auf dem kalten Friedhof verbracht hatte. Elisaweta hatte ihm unter dem Stuhl in einer Kiste aus einem alten Schal ihres Mannes ein kleines Nest gebaut, und das Hündchen war in der Nacht, mitsamt seiner Unterlage, näher an die Menschen herangerückt, die es jetzt für seine Eltern hielt. Jetzt kauerte es sich an Lisas Seite zusammen und schlief selig weiter. Pjotr streichelte über das seidige Fell, deckte es mit der Decke zu und stand auf.

Ohne Licht im Schlafzimmer und im Wohnzimmer anzuschalten, ging Gurko ins Bad und brauchte lange, um sich dort wieder in Ordnung zu bringen, sich sorgfältig zu rasieren – er konnte Bartstoppeln nicht ausstehen, die jetzt im Alter grau waren und ihn gleich zehn Jahre älter aussehen ließen.

Dann ging er in die Küche, stellte den Teekessel auf, nahm die Tülle ab, damit das Pfeifen seine Frau nicht weckte, und ging ins Zimmer mit den Tieren, die ihn mit einem freudigen Stimmengewirr begrüßten.

Er machte die Käfige sauber, goß frisches Wasser in die Näpfe, teilte Futter aus und sprach mit den Tieren wie immer, aber er machte alles mechanisch, ohne die gewohnte Zufriedenheit dabei zu verspüren. Und als es Zeit war, den in den Käfigen angesammelten Abfall hinauszubringen, tat er das nicht wie gewöhnlich gleich, sondern stellte den Plastikeimer an die Tür, um ihn später nicht zu vergessen. Dann setzte er sich in seinen Sessel, betrachtete gedankenverloren die um ihn herum frühstückenden Tiere und wartete.

Er kannte diesen Zustand. So war es immer, wenn etwas in eine Sackgasse geraten war, und keine noch so schlauen Anstrengungen halfen, die Sache vom toten Punkt wegzubewegen. Natürlich hatte Gurko nicht erwartet, daß er, sowie er nur im Serbskij-Institut erschien, dort gleich den Mörder finden würde. Aber er hatte gehofft, daß er irgendeinen Anhaltspunkt finden würde, der ihn weiterbrächte.

Nichts dergleichen war passiert. Wenn es nur darum gegangen wäre, daß er sich eben einfach geirrt hatte, und seine private Ermittlung auf diesem Weg nicht weiterkam, dann wäre das halb so schlimm gewesen. Aber ihm gab der Gedanke keine Ruhe, daß er tatsächlich einfach seinen ›Riecher‹ verloren und vielleicht etwas Wichtiges übersehen hatte, das hieß, er hatte den Haken nicht bemerkt, den es aber geben mußte. Er ließ den Tag Revue passieren, ging bis zu den kleinsten Details alle Leute durch, die er im Institut getroffen hatte – und fand nichts.

Es hatte nur einen Moment gegeben, in dem er sich auf der richtigen Spur geglaubt hatte, und er witterte diese Spur, aber die Spur riß ab. Nach dem Gespräch mit Kowtun hatte er noch die Sekretärin aufgesucht, die für ihn gearbeitet hatte und … mehr war nicht gewesen. In der Fakultät, in der Kowtun arbeitete, war Irischka nie erschienen, und in der Kanzlei konnte sich niemand an diesen Menschen erinnern. Die Spur verlief im Sand.

Also konnte er nur weiter warten. Tief im Innersten hoffte Gurko auf irgend etwas, vielleicht auf seine Intuition, vielleicht auf noch etwas anderes … So ist es schon öfter gewesen, sagte er sich, so ist es schon viele Male passiert.

Und immer war irgendwas geschehen, was ihn wieder auf die richtige Fährte geführt hatte. Genau deshalb hielt man Gurko bei der Kripo für einen der erfolgreichsten Ermittler.

Er stand auf, um den Eimer rauszutragen, und erstarrte plötzlich. Dann horchte er. Das Lachen seiner Frau drang bis zu ihm herüber. Pjotr rückte den Eimer von der Tür weg und ging ins Schlafzimmer.

»Schau dir bloß diesen Dussel an«, sagte Lisa zu ihm, während sie sich die Augen wischte und wieder in Gelächter ausbrach. »Das ist kein Hund, sondern ein Clown...«

Sie lag auf dem Bett und hatte sich mit dem Federbett zugedeckt. Der kleine Hund, der auf irgendeine Weise in ihren Bettbezug geraten war, tobte darin herum und quietschte vor Begeisterung. Er selber war nicht zu sehen, nur ein formloses Klümpchen hob und senkte sich unter dem dünnen Leinen, das von Zeit zu Zeit zusammenschrumpfte und in seinem Rachen verschwand. Weiß Gott, was er daran fand, aber offensichtlich hatte er jemandem den Krieg erklärt und versuchte jetzt erfolglos, seinen Feind zu fangen, für den er mal die Falte der Decke, dann die Ecke des Bettbezugs hielt. Der kleine Hund war völlig außer Rand und Band. Sein weitaufgerissenes Maul und seine vor Freude blitzenden Augen tauchten ab und zu in einem Schlitz auf. Als er wieder einmal heraussah, entdeckte er Pjotr, bellte ihn munter an und versteckte sich wieder.

Pjotr sah seine Frau an. Sie war wie der kleine Hund, hatte glänzende Augen, lachte oder sprang hoch, wenn er sie mit seinen kleinen scharfen Zähnen erwischt hatte.

»Gefällt er dir?« fragte Pjotr.

»Ich hätte nie gedacht, daß Hunde so komisch sein können.«

»Und was ist mit der Hygiene?« äffte Pjotr sie nach, als er sich erinnerte, wie sorgfältig seine Frau gestern diesen Frechdachs gewaschen hatte, wie streng sie ihm verboten hatte, auf das Sofa oder die Sessel zu springen, und wie lange sie das Futter seines Mantels gereinigt hatte, wobei sie etwas über Flechte und ähnlichen Ärger gemurmelt hatte.

»Na, laß mal«, winkte sie ab. »Ich bezieh das Bett nachher neu... Gehst du heute weg?«

»Ja«, antwortete Pjotr unerwartet für sich selbst. Er hatte gar nicht vorgehabt, irgendwohin zu gehen. »Ins Serbskij-Institut«, fügte er zu seinem eigenen Erstaunen hinzu.

»Geh nur, geh nur«, erklärte sich Lisa leichthin einverstanden und zog den sich hitzig wehrenden kleinen Hund aus dem Bettbezug. »Und wir beide bleiben zu Hause, nicht wahr, du Rüpel?«

»Rüpel?« fragte Pjotr nach.

»Rüpel«, erwiderte Elisaweta bestimmt. »Wie denn sonst? Stimmt doch, daß er sich die ganze Zeit wie ein Rüpel benimmt.«

Die sonderbare Idee, noch einmal das Serbskij-Institut aufzusuchen, war Pjotr ganz plötzlich gekommen, aber da er den Grillen seiner Intuition stark vertraute, beschloß er, seine Idee in die Tat umzusetzen, um so mehr, da er heute unter keinen Umständen zu Hause sitzen wollte.

»Wer weiß...«, murmelte er vor sich hin, während er ein frisches Hemd anzog und es zuknöpfte. »Vielleicht muß ich mir diesen Kowtun noch einmal ansehen... Und vielleicht muß ich mir mal ansehen, wie die Leute zur Arbeit kommen... Vielleicht bringt es was, alles ist möglich. Wer weiß, wozu es gut ist...«

Er schaffte es, zum Arbeitsbeginn da zu sein. Dem am Eingang stehenden Polizisten zeigte er seinen abgewetzten Ausweis, setzte sich bescheiden an die Seite auf einen Stuhl an der Wand, und nachdem er seine Zeitung herausgeholt hatte, tat er so, als würde er sie äußerst interessiert lesen.

Die meisten Leute, die ins Institut kamen, beachteten den in der Ecke sitzenden alten Mann gar nicht, der ab und zu einen Blick auf die vorbeikommenden schlaftrunkenen Stenotypistinnen warf, auf die besorgten Ärzte und seriösen Leute in Zivil, deren militärische Haltung sie sofort verriet. In einigen erkannte Gurko Beschäftigte der Staatsanwaltschaft, aber die gingen vorbei, ohne den unscheinbaren Besucher zu beachten.

Heftig mit jemandem streitend eilte Kostjanjan vorbei, gefolgt von einigen Leuten, mit denen Gurko am Vortag gesprochen hatte. Tief in Gedanken versunken trottete Gurkos Bekannter vorbei, der damals geholfen hatte, Irischka im Institut unterzubringen; ihm folgte die fröhliche Gruppe seiner Laborantinnen.

Kowtun kam und kam nicht, und Gurko ließ den Kopf hängen, da er nicht wußte, was er weiter tun sollte. Er wartete noch, bis sich die große Masse der Institutsarbeiter verlaufen hatte, dann begab er sich nach oben, schlenderte die Flure entlang, öffnete von Zeit zu Zeit eine Tür, als hoffe er, dort etwas Besonderes zu entdecken. Nichts passierte. Er würde wohl gehen müssen.

»Oleg Iwanowitsch!« hörte er plötzlich eine Frauenstimme hinter sich, drehte sich blitzschnell um und sah Kowtun, der direkt in seine Richtung lief und anscheinend gerade erst zur Arbeit gekommen war. Er war mit Jacke und Hut bekleidet und trug eine braune Lederaktentasche.

Kowtun hatte Gurko ebenfalls bemerkt. Pjotr schien es, als wenn Panik in seinen Augen aufblitzte. Er nickte Gurko kurz zu und lief, ganz offensichtlich seine Schritte beschleunigend, an ihm vorbei. Gurko verfolgte ihn mit den Augen.

»Oleg Iwanowitsch!« rief die Frauenstimme wieder.

Kowtun blieb stehen, drehte sich um und lächelte gezwungen.

»Xenia Pawlowna?« wunderte er sich gekünstelt. »Wie kommen Sie denn hierher?«

Gurko schaute zurück, und plötzlich begann sein Herz wie wild zu klopfen. Eine Sekunde lang schien es ihm, als ob Irischka den Flur entlangkäme. Dieselben kurzen schwarzen Haare, dieselben großen hellblauen Augen, die schlanke Figur und der energische Gang.

Gurko starrte sie mit offenem Mund an. Sie ging an ihm vorbei, streifte ihn fast mit dem Zipfel ihrer aufgeknöpften Jacke und hinterließ den zarten Geruch nach einem kostbaren Parfum.

Nein, natürlich war das nicht Irischka. Das Alter – sie war dreißig bis fünfunddreißig – und die Stimme, tiefer und selbstbewußter, und die Art zu sprechen, das war alles ganz anders.

»Ich habe nicht erwartet, Sie hier zu treffen«, sagte sie, als sie zu Kowtun trat. »Was machen Sie denn hier?«

»Ich arbeite hier.« Kowtun zuckte mit den Schultern, lächelte die Frau breit an und warf einen kurzen Blick auf den sie fortwährend beobachtenden Gurko.

Der drehte sich verwirrt um und ging den Flur entlang, wobei er gespannt versuchte, wenigstens ein Wörtchen des Gesprächs mitzubekommen. Aber Kowtun lief mit seiner Gesprächspartnerin in die andere Richtung, und es war nichts mehr zu verstehen.

Gurko stieg die Treppe hinunter und verließ das Institutsgebäude. Er schlenderte durch die Gassen um den Arbat. Das Gesicht dieser Frau stand immer noch vor seinen Augen. Trotz allem sah sie Irischka sehr ähnlich, und Gurko konnte sich überhaupt nicht von dem Schock erholen, den ihr Anblick bei ihm ausgelöst hatte. Irgendein Gedanke kreiste in seinem Hinterkopf und ließ ihm keine Ruhe. Er spürte aber, daß dieses letzte Ereignis genau das war, weshalb er heute morgen im Institut erschienen war, aber er konnte das Geschehen in keiner Weise mit der Angelegenheit zusammenbringen, die ihn in den letzten Tagen so krank gemacht hatte. Kowtun?... Mit dem war nichts Besonderes passiert... Die Frau, die Irischka ähnlich sah?... Ähnlich... Eine äußere Ähnlichkeit.

Gurko blieb plötzlich stehen, und der Mann, der hinter ihm ging, rannte in ihn hinein.

»Was bleiben Sie denn stehen?« knurrte er, als er um Pjotr herumging. »Haben Sie vergessen, Ihr Bügeleisen auszuschalten?«

Gurko strahlte plötzlich und sagte eindringlich zu dem Mann: »Zu Tanjuscha, ins Archiv!«

Der Passant wich zurück und tippte mit dem Finger an seine Stirn. »Wohl völlig übergeschnappt.«

18

»Sie haben mir nicht gesagt, daß Sie im Serbskij-Institut arbeiten.« Xenia war nicht imstande, ihren Vorwurf zu unterdrücken, als Oleg abends zur nächsten Sitzung zu ihr kam. »Warum?«

»Ich bin nicht dazu gekommen.« Er zuckte mit den Schultern und setzte sich auf das Sofa. »Sollte ich?«

»Nein, natürlich nicht.« Xenia war gereizt. »Sie haben mir aber erzählt, daß Ihre Arbeit nichts mit Psychiatrie oder Psychologie zu tun hat.«

»Habe ich das wirklich gesagt?« wunderte er sich.

»Nicht direkt. Na lassen wir das.«

»Sind Sie böse?«

»Nein. Nur, wenn ich gewußt hätte, daß ich es mit einem Kollegen zu tun habe... Ich hätte das wissen müssen.«

»Aber ich bin doch kein Kollege! Ich bin Jurist und halte im Serbskij-Institut einfach ein paar Lehrveranstaltungen ab.«

Xenia sah ihn einige Minuten schweigend an. Dann sagte sie: »Na gut. Dann eben aufgrund Ihrer Lehrveranstaltungen... Fangen wir an?«

»Ja.« Er setzte sich bequemer hin und schloß die Augen.

»Das letzte Mal haben wir ausgemacht, daß Sie versuchen, Ihre Träume aufzuschreiben«, begann Xenia. »Ist Ihnen das gelungen?«

Oleg öffnete die Augen und lächelte.

»Nein.«

»Aber Sie haben es versucht?«

»Nein. Das ist sinnlos. Ich träume nie.«

»Es ist eher so, daß Sie sich nicht erinnern können.«

»Vielleicht. Aber ich habe schon als Kind keine Träume gehabt. Mir kam es immer seltsam vor, wenn mir jemand seine Träume erzählte.«

»Seltsam?«

»Ja. Mir schien, daß sich die Leute das alles ausdenken... Bloß um über sich reden zu können.«

»Sie mögen es nicht, wenn andere über sich reden?«

»Kommt drauf an. Aber grundsätzlich mag ich das nicht.« Er lachte. »Obwohl ich heute natürlich verstehe, daß es die liebste Beschäftigung der Menschheit ist, selbstverliebt über sich zu reden.«

»Und wie ist es mit den Träumen? Jetzt als Erwachsener glauben Sie daran, daß die Leute tatsächlich Träume haben?«

»O ja. Das ist schließlich eine Methode, mit sich selbst über sich zu reden: Man braucht keinen Zuhörer, keinen Gesprächspartner. Wie wenn man sich allein einen Film ansieht, da braucht man auch niemanden. Obwohl ich manchmal denke, daß die Leute sich verabredet haben, sich selber und einander zu betrügen...«

»Interessant. Und Sie selber reden gerne über sich?«

Oleg überlegte.

»Ehrlich gesagt«, brachte er schließlich heraus, »rede ich mit Ihnen das erste Mal über mich.«

»In Ihrem ganzen Leben zum ersten Mal?«

»Ja. Ich glaube, deshalb habe ich auch keine Freunde. Ich höre nicht gern zu, wenn Leute über sich selber reden, und ich rede nicht gern über mich. Wer braucht schon so einen?«

Oleg redete leichthin, ohne Bitterkeit oder Verletzung, als ob er das alles gründlich durchdacht und mehr als einmal in einem inneren Dialog abgehandelt hätte. Selbst als er darüber sprach, daß er nicht gebraucht würde, verfiel er nicht wie andere Patienten in Selbstmitleid, und nachdem er diese Tatsache konstatiert hatte, schwieg er.

»Was meinen Sie«, sagte Xenia vorsichtig, »warum haben Sie sich trotzdem an mich gewandt? Doch nicht deswegen, weil Sie über sich reden wollten?«

Er sah sie ernst an.

»Ich habe Ihnen gesagt, daß ich ein Problem habe, das rein physiologischer Natur ist. Das beunruhigt mich. Das ist nicht so wie, sagen wir, Zahnschmerzen oder ein Bandscheibenschaden. Wenn mein Organismus nicht normal funktioniert, versuche ich ihm zu helfen. Ich habe herausgefunden, daß die Medizin hier hilflos ist, also blieb mir nichts anderes übrig, als mich an einen Psychologen zu wenden. Das ist alles.«

»Das heißt, Sie verstehen sehr wohl, daß Sie sich selbst betrügen, wenn Sie sagen, daß Sie nicht gern über sich reden?«

»Ich weiß nicht recht. Sicher ist das nicht gesund. Es quält mich ja. Physiologisch.«

»Spüren Sie ein sexuelles Verlangen nach konkreten Frauen?«

»Ja.«

Jetzt sah Xenia, wie angespannt sein Körper war, er sah sie nicht an, aber sie spürte die von ihm ausgehende Spannung und stellte sich plötzlich unwillkürlich vor, wieviel Energie sich in ihm in den Jahren der erzwungenen Enthaltsamkeit angesammelt haben mußte. Sie mußte sich sehr dazu zwingen, mit diesem Thema fortzufahren.

»Hören Sie sich zu«, sagte sie sanft. »Einerseits behaupten Sie, daß es ein rein physiologisches Problem ist. Andererseits haben Sie sich trotzdem an einen Psychologen gewandt, um es zu lösen.«

Oleg hob seinen Kopf und sah ihr in die Augen.

»Ganz recht«, sagte er. »Ich widerspreche mir selber. Sicher haben Sie recht: Das ist kein physiologisches Problem. Aber was soll ich machen? Den Frauen von mir erzählen? Ihre Dummheiten anhören, nur um sie am Ende ihrer Erzählung zu bumsen?! Das ist doch Unsinn!«

»Das ist allerdings Unsinn«, stimmte ihm Xenia zu. »Falls das Ziel nur im sexuellen Kontakt besteht, ist es tatsächlich Unsinn.«

»Sie stimmen mir zu?« freute er sich. »Ich kann doch dafür nicht meine Seele umkrempeln.«

»Und wofür könnten Sie das tun?«

»Was?«

»Ihre Seele umkrempeln.«

Oleg überlegte. Dann, verstohlen auf Xenia blickend, sagte er leise: »Dafür, die einzige zu finden, die mich versteht.«

Aus irgendeinem Grund wurde Xenia plötzlich heiß. Sie stand auf, ging zum Fenster und öffnete es. Kalte Luft strömte ins Zimmer, Straßenlärm drang herein.

»Warum haben Sie das gemacht?« fragte der Patient plötzlich scharf.

»Was habe ich gemacht?« fragte sie verwundert.

»Warum haben Sie das Fenster aufgemacht?«

»Ist Ihnen kalt?« fragte sie besorgt. »Das ist nur für einen Augenblick. Es wurde einfach stickig im Zimmer.«

»Nicht stickiger als vor fünf Minuten.« Oleg sagte das fast drohend, und die über seine Reaktion erstaunte Xenia beeilte sich zu lügen: »Ich habe eine Allergie gegen Parfums.« Im selben Augenblick bedauerte sie, das gesagt zu haben, denn Oleg fragte mit zusammengebissenen Zähnen: »Gegen *mein Parfum*?«

»Aber nein«, begann Xenia sich zu rechtfertigen, denn ihr war klar, daß sie einen Fehler gemacht hatte. »Überhaupt gegen jeden starken Geruch...«

»Ach so.«

Er sah sie nicht an, und Xenia spürte fast physisch die Aggression, die von ihm ausging. Sie schloß das Fenster und kehrte zum Tisch zurück.

»Ich wollte Sie nicht beleidigen«, sagte sie und verstummte in der Erwartung, daß er ihre Entschuldigung annähme, aber der Patient schwieg beharrlich.

Mit zusammengepreßten Lippen starrte er auf den Boden.

Verärgert über ihren Mißerfolg, sah Xenia ihn eine Zeitlang schweigend an, dann sagte sie: »Verstehen Sie doch, ich wollte Sie wirklich nicht verletzen. Und versuchen Sie gleichzeitig, sich selbst zu erforschen. Ihre scharfe Reaktion...«

»Und Sie?« unterbrach er sie und sah sie offen feindselig an. »Müssen *Sie* sich nicht auch erforschen?«

Xenia war verwirrt.

»Aber wir versuchen doch nur, etwas herauszufinden. Ich taste mich nur heran...«

Oleg stand abrupt auf. Plötzlich sah Xenia sein schmerzverzerrtes Gesicht und begriff, daß sie ihn zutiefst getroffen hatte.

»Gut«, sagte sie und erhob sich ebenfalls. »Lassen Sie uns für heute Schluß machen.«

Er nickte schweigend, zog sich an und ging zur Tür.

»Verstehen Sie«, rief ihm Xenia nach, und er blieb stehen, ohne sich umzudrehen. »Wir suchen eine schwarze Katze in einem dunklen Zimmer...«

Da drehte er sich um und warf ihr einen langen Blick zu. Xenia erwiderte seinen Blick mit dem freundlichsten Gesichtsausdruck, den sie in ihrem Repertoire auftreiben konnte. Aber sein Blick wurde nicht freundlicher, er drehte sich um und ging aus dem Zimmer. Die Tür ließ er offen.

19

Nikolaj Schanin öffnete die Tür sofort, als hätte er dahinter gestanden und gewartet.

»Komm rein«, sagte er, und Gurko betrat mit einer Flasche Kognak in einer Tüte das Halbdunkel der Wohnung.

»Ein frohes neues Jahr!«

»Na laß schon«, knurrte Nikolaj, während er Pjotr den Mantel abnahm. »Dein ›frohes neues Jahr!‹ kenne ich. Außerdem hat das neue Jahr sowieso schon völlig chaotisch angefangen. Wir haben uns jahrelang nicht gesehen. Du kommst doch bestimmt bloß, weil du was willst.«

»Das eine muß das andere doch nicht stören«, sagte Pjotr

sanft und folgte Schanin ins Zimmer. »Trinkst du noch ein Glas?«

»Wieso noch?... Wenn du nicht ab und zu einen trinkst, schnappst du bei dieser Arbeit über.«

»Da hast du recht.«

Schanin brachte zwei Gläser aus der Küche und einen Teller mit aufgeschnittenem Käse.

»Meine Frau ist schon am dreißigsten zu unserem Enkel gefahren«, erklärte er. »Entschuldige, im Haus ist es wie leer gefegt, ich habe nichts im Eisschrank.«

»Was denn, die ganzen Feiertage hast du allein zu Hause gesessen?«

»Was heißt da ›zu Hause gesessen‹. Ich hatte Dienst.«

Sie tranken und schwiegen. Nikolaj zündete sich eine Zigarette an.

»Wie lange hast du noch bis zur Pensionierung?« fragte Pjotr.

»Ein halbes Jahr.« Nikolaj war zehn Jahre jünger als Pjotr. »Ich weiß nicht mal, ob ich in Rente gehen will oder nicht. Einerseits habe ich es satt, andererseits... werde ich es sicher vermissen...« Er blickte Pjotr an. »Du bist doch bestimmt wegen dieser blöden Geschichte gekommen?« Er seufzte. »Ein ›Hänger‹, sag ich dir. Wir kriegen das nicht geklärt. Ihren Freund haben sie freigelassen. Obwohl er kein Alibi hatte, aber sie haben keine Indizien gefunden. Jetzt wird alles sehr genau genommen. Das ist die Demokratie. Im Zweifelsfall für den Angeklagten...«

»Das ist auch gut so...« Gurko drehte nachdenklich sein Glas in den Händen. »Das ist sehr gut.«

»Was ist gut?« Schanin verstand ihn nicht.

»Daß sie den Jungen freigelassen haben.«

»Wie einfach du das alles siehst! … Weißt du, wie viele Scheißkerle am Knast vorbeigesaust sind, weil wir nur Indizien hatten?! Die laufen jetzt frei rum und preisen die Demokratie. Zu Sowjetzeiten wären wir denen schon beigekommen…«

Nikolaj goß sich ein Gläschen ein, trank es aus und aß ein Stückchen Käse.

»Was hast du denn? Meinst du im Ernst, daß dieser Junge ein Mörder ist?« fragte Pjotr leise.

Schanin blickte hoch und wollte offensichtlich zu einer scharfen Erwiderung ansetzen, dann ließ er plötzlich den Kopf hängen und winkte ab.

»Das ist es eben«, redete Pjotr weiter auf ihn ein. »Gib schon zu, daß sie den Fall möglichst rasch abschließen wollen. Ich begreife das ja.«

Nikolaj schwieg wieder und zündete sich eine weitere Zigarette an.

»Aber für einen Mord sollte es ein Motiv geben«, fuhr Pjotr fort.

»Ich weiß, du glaubst, daß es ein Triebtäter ist«, bemerkte Nikolaj giftig. »Und was für ein Motiv soll so ein Triebtäter haben, verdammt noch mal?«

»Alle haben ein Motiv. Du hast auch ein Motiv: Du willst die ›Hänger‹ loswerden. Und ich habe ein Motiv. Bei dem Täter liegt das Motiv in der Vergangenheit.«

Nikolaj schlug plötzlich so heftig mit der Faust auf den Tisch, daß die Gläser klirrend hochsprangen.

»Ich glaube nicht an eure Psychologie!« brüllte er. »Verstehst du, ich glaube nicht daran!« Er verstummte, dann fügte er in ruhigerem Ton hinzu: »Und ich verstehe nicht, wie du, der du so viele Jahre diese verdammte Arbeit gemacht hast, daran glauben kannst. Die werden als Bastarde geboren. – So mancher hatte einen Schuft zum Vater oder eine Schlampe zur Mutter! Doch nicht alle werden zu Mördern.«

»Warst du im Archiv?« fragte Pjotr unverhofft.

»Ja, war ich«, knurrte Nikolaj. »Weißt du, wie viele ähnliche Fälle es da gibt?«

»Ja. Aber mit dieser Handschrift – vier.«

»Innerhalb von wie vielen Jahren?«

»Zwanzig.«

Nikolaj lachte sarkastisch auf.

»Nun hör dir bloß mal selber zu! Vier ähnliche Mordfälle in zwanzig Jahren! Das ist ja zum Lachen! Da hast du aber einen geduldigen Triebtäter gefunden.« Er kicherte wieder, aber diesmal aufrichtig. »Man könnte denken, fast ein normaler Mensch. Ich hätte in zwanzig Jahren mehr Leute umbringen können.« Nikolaj überlegte ernsthaft. »Na, zwei Weiber hätte ich ganz sicher umgebracht ...« Er stockte, als er Pjotrs plötzlich ernsten Blick bemerkte. »Entschuldige ...«

»Aber de facto hast du sie nicht umgebracht ...«, entgegnete Pjotr, ohne den Blick von ihm abzuwenden. »Er aber hat es getan.«

»Wieso bist du so sicher, daß es nur einer war? Schließlich ähneln sich die Menschen. Und die manischen Irren sicher auch.«

Pjotr schüttelte den Kopf.

»Zu viele Übereinstimmungen.«

»Welche?«

»Abgesehen von den Äußerlichkeiten hatten alle Opfer was mit der Psychologie oder der Psychiatrie zu tun.«

»Und das ist alles?«

»Nein, nicht alles.« Pjotr schwieg einen Moment, dann fuhr er fort: »Sie waren sich äußerlich alle sehr ähnlich. Nicht nur einfach ein bestimmter Typ. Sie ähneln sich wie Schwestern.«

»Was?« wunderte sich Nikolaj.

Pjotr nickte.

»Ich habe es nachgeprüft.«

Nikolaj dachte nach.

»Laß es«, winkte er ab. »Das kann nicht sein. Das ist kein so häufiger Typ.«

»Eben. Deshalb ist er geduldig, dieser Irre. Sie alle erinnern ihn an was. An jemanden, den er immer wieder ermordet.«

Pjotr nahm sich ein Stückchen Käse vom Teller und begann ihn gedankenverloren mit den Fingern weich zu kneten. Nikolaj sah ihn neugierig an.

»Du bist ein interessanter Mensch, Pjotr«, sagte er schließlich und goß ihnen beiden Kognak nach. »Wieso bist du auf die Idee gekommen, nachzuprüfen, ob sie sich ähnlich sehen, und ich Blödian nicht?«

Pjotr zuckte mit den Schultern.

»Intuition«, antwortete er schlicht.

Nikolaj hüstelte.

»Du bist die Bescheidenheit in Person.«

Pjotr zuckte wieder mit den Schultern, aber diesmal schwieg er.

»Ich weiß, ich weiß«, winkte Schanin ab. »Man hat von deiner Intuition gehört... Trinken wir.«

Sie stießen an und tranken aus.

»Ich habe überhaupt keine Intuition«, verkündete Nikolaj, während er ein Stückchen Käse aß. »Überhaupt keine. Aber das macht nichts, ich lebe auch so...« Er steckte sich noch ein Stück Käse in den Mund und begann, energisch zu kauen. Dann beugte er sich über den Tisch zu Pjotr. »Und trotzdem, verrate mir, einem Idioten, was hat es mit deiner Intuition auf sich? Kommt sie einfach so? Wie eine Erleuchtung? Oder flüstert sie dir der Herrgott ins Ohr?«

Gurko schwieg und sah konzentriert auf seine Hände.

»Sei nicht böse«, fuhr Nikolaj jetzt ernsthaft fort. »Das interessiert mich wirklich. Ich spiele bloß den Idioten, weil ich neidisch bin... Wie geht das vor sich? Wie ein Gedankenblitz?«

»Nein.« Pjotr sah seinen Gesprächspartner an. »Mit Blitz hat das nichts zu tun. Das ist der Hintergrund.«

»Was?«

»Der Hintergrund. Auf dem sich alles andere aufbaut, verstehst du?... Er ist immer da. Wenn sich zu viele Ereignisse häufen, die alle deine Aufmerksamkeit ablenken, dann verlierst du den Blick für diesen Hintergrund. Aber wenn sich alles wieder beruhigt, dann siehst du alles wieder, sofort, in einer Sekunde.«

»Was siehst du?«

»Na das da, auf diesem Grund. Einfach dieses Wissen, das immer da ist, man muß es nur wahrnehmen können. Aber das gelingt nicht immer.«

»Aha, so ist das.« Nikolaj sah Pjotr bewundernd an. Nach

einem Moment sagte er: »Da lebst du jahrelang Seite an Seite mit einem Menschen und weißt überhaupt nichts von ihm.«

»Von wem redest du denn?«

»Na von dir. Du siehst ihn an: ein Mann wie alle anderen. Was heißt da Mann, ein alter Opa! Dann hörst du ihm zu und kapierst – ein Marsmensch!«

Gurko lachte.

»Lach nur, lach nur«, sagte Nikolaj aus irgendeinem Grund plötzlich gereizt. »Ich werde mich mit der Sache sowieso nicht länger beschäftigen. Dein ›Hintergrund‹ existiert bei mir nicht. Und meine frühere Kraft hab ich auch nicht mehr. Soll es doch ein ›Hänger‹ bleiben. Ich muß nur noch bis zur Pensionierung durchhalten...« Er sah Gurko verärgert an.

»Und sag mir nicht, daß dieser Irre frei herumläuft und wieder jemanden ermorden wird!«

»Ich sag ja gar nichts«, seufzte Pjotr und stand auf. »Was soll ich dir schon sagen?«

Er ging in den Flur und zog sich den Mantel an. Schanin folgte ihm und stand neben ihm.

»Das heißt, mit dir kann ich nicht rechnen?« fragte Pjotr, als er sich die Mütze aufsetzte.

»Was heißt denn das, hast du etwa beschlossen, diesen Idioten alleine zu erwischen?« wunderte sich Schanin.

Gurko sah ihn vorwurfsvoll an und ging zum Ausgang.

»Was kann ich denn tun?« schrie ihm Nikolaj nach. »Höchstens meine Leute schicken, im Fall der Fälle...«

20

Xenia hatte nie eine gute Beziehung zu ihrem Vater gehabt. Er war ein Mensch, der viel forderte, von sich und von anderen. Seine Tochter bemerkte er nur dann, wenn sie einen offensichtlichen Erfolg zu verbuchen hatte. Jetzt wußte Xenia nicht einmal mehr, ob sie ihn in ihrer Kindheit geliebt hatte. Wahrscheinlich doch, da sie sich die ganze Zeit so viel Mühe gegeben hatte, seine Aufmerksamkeit auf sich zu lenken. Sie war die Beste gewesen bei allen schulischen und sogar städtischen Mathematikwettbewerben, auch in Englisch und bei Schachturnieren (der Vater spielte gern Schach, und das war eine Möglichkeit, etwas mit ihm zusammen zu tun). Obwohl der Vater mit den Erfolgen der Tochter zufrieden war, lobte er sie sehr selten. Wie hätte es anders sein können: Sie war schließlich *seine* Tochter. Er gab ihr immer wieder Geld, einen neuen Tennisschläger, einen Fotoapparat oder sonst noch etwas zu kaufen, womit Xenia die nächste Hürde bezwingen konnte, aber damit hatte sich ihre Beziehung auch schon. Wie sehr sich Xenia auch bemühte, er redete nicht ein einziges Mal mit ihr wie mit seinesgleichen, streichelte sie nicht und sagte ihr nie ein zärtliches Wort. Er schimpfte noch nicht einmal mit ihr, wenn sie wie alle Kinder von Zeit zu Zeit einmal eine Dummheit anstellte, sosehr sie sich auch bemühte, alles richtig zu machen. Er beachtete sie dann einfach nicht, aber sie spürte seine Verachtung.

Inzwischen dachte sie, daß sie alles, was sie in ihrem Leben erreicht hatte, ihrem hartnäckigen Wunsch, eine gute Tochter zu sein, verdankte, und wenn dem so war, hatte sie keinen Grund, dem Vater Vorwürfe zu machen. Nichtsdestoweniger hatte sich ihr Verhältnis nicht gebessert. Als Xenia erwachsen wurde, hörte sie auf, ihm von ihren Erfolgen zu erzählen, und er schien fast froh, endlich von der lästigen Liebe seiner Tochter befreit zu sein. Dann hörten sie überhaupt auf, miteinander zu reden. Die seltenen Male, wenn Xenia die Eltern besuchte, sprach sie hauptsächlich mit der Mutter, die sich nur für zwei Dinge interessierte: Xenias Gesundheit und Privatleben.

Seinerzeit war der Vater ein mächtiger Mann in der Nomenklatura der Gewerkschaften gewesen, und nachdem er infolge der verschiedensten Umstürze der Perestroika vorzeitig pensioniert worden war, hatte er nicht nur seine beruflichen Aufgaben verloren, sondern auch – und das war für ihn viel wichtiger, wie Xenia vermutete – seine Macht. Er hatte sich schon früher nicht besonders um die Familie geschert. Aber jetzt begann ihn die Familie zu ärgern, besonders die Tochter, die für ihn die neue Generation verkörperte, die ihn an den Rand des Lebens gedrängt hatte. Von Zeit zu Zeit bedachte er sie mit spitzen Bemerkungen, aber Xenia empfand für diesen Menschen nur noch Abscheu. Das einzige, was blieb, war ihr Pflichtgefühl: Wenn der Vater krank wurde, und das passierte in letzter Zeit immer öfter, dann ließ sie als gute Tochter alles stehen und liegen und trieb in Moskau die besten Ärzte und Arzneimittel auf, ohne die Kosten zu scheuen.

Die Mutter rief gegen Abend an, als Xenia den letzten Patienten entlassen hatte. »Xenia, mein Liebes«, sagte die Mutter, und Xenia hörte ihrer gedämpften Stimme sofort an, daß es dem Vater wieder schlechtging.

»Ist was mit Papa?« fragte sie.

»Ja, es geht ihm wieder schlecht. Er hat viel zu hohen Blutdruck... Sie haben ihn ins Kunzewskaja-Krankenhaus gebracht...«

Das frühere Prominentenkrankenhaus war auch ein solches geblieben, nur daß die Patienten nun bezahlen mußten. Xenia zahlte jährlich eine solide Summe dafür, daß man den Vater in derartigen Situationen nicht in ein x-beliebiges Krankenhaus brachte. Das Kunzewskaja-Krankenhaus zählte zu den besseren, die Ärzte, die medizinische Ausstattung, die Versorgung, die Pflege der Kranken, alles war da auf höchstem Niveau. Deshalb hätte Xenia sich auf ein Telefonat beschränken und den Besuch des Vaters auf den nächsten Tag verschieben können. Aber da sie immer gern alles unter Kontrolle hatte, fuhr sie der frühen winterlichen Dunkelheit zum Trotz sofort ins Krankenhaus.

Kurz nach sieben war absolute Hauptverkehrszeit, und der Motor von Xenias Golf tuckerte im ersten Gang durch alle Staus. Sie trommelte ungeduldig auf das mit einem weichen Leder bespannte Lenkrad, während sie konzentriert auf den Verkehr achtete.

Schließlich hatte sie sich aus dem Gedränge des Kutusowskij-Prospekts in die dunkle schmale Wejernaja-Straße gewunden und fuhr nach wenigen Minuten, froh über die neuen Winterreifen mit Spikes, auf der fast völlig vereisten Straße auf das Tor des Krankenhauses zu. Sie stellte das Auto auf dem Parkplatz ab, stieg aus, schloß den Wagen mit piepsender Fernbedienung ab und lief schnell auf dem menschenleeren, von Laternen erleuchteten Weg zum Haupteingang, den ein Baugerüst einrahmte.

Der Haupteingang war verschlossen, und Xenia schlitterte auf dem vereisten Weg lange um das riesige Gebäude herum auf der Suche nach dem Notausgang, bis sie endlich zu einem hellerleuchteten Eingang mit einem Schild ›Empfang‹ kam. Nachdem sie herausgefunden hatte, in welcher Abteilung der Vater lag, fuhr sie mit dem großen, spiegelverkleideten Lift nach oben, ging lautlos über die Teppiche des leeren Korridors bis zur richtigen Zimmertür.

Xenia zögerte einen Moment. Sie seufzte, dann kämmte sie sich, zog ihre Jacke zurecht, richtete sich auf und öffnete die Tür.

Der Vater lag gerade und angespannt unter der Decke. Sein linker Arm war in der Ellbogenbeuge mit einem viereckigen Pflaster an einen durchsichtigen Schlauch angeschlossen. Im Halbdunkel des Zimmers schien es Xenia zunächst, daß er schlief, aber als sie näher kam, sah sie, daß seine Augen offen waren und sie streng anblickten.

»Grüß dich, Papa«, sagte sie und blieb ein paar Schritte vor seinem Bett stehen.

Ohne zu antworten, sah er sie unverwandt an. Xenia seufzte und ließ sich auf dem neben dem Bett stehenden Stuhl nieder.

»Hast du Schmerzen?« fragte sie und bedauerte diese Frage sofort.

Er sah seine Tochter wütend an und sagte abgehackt: »Blödsinn!«

Xenia sah ihn geduldig an. Er lächelte plötzlich boshaft und verkündete: »Die Kommunisten haben sich abgesichert! Was sagst du dazu?«

Die Politik, noch dazu in diesem Ton, war das einzige

Thema, das er bei einem Gespräch zuließ. Xenia seufzte müde und fragte: »Womit?«

»Was heißt ›womit?‹!« entrüstete er sich und versuchte sich sogar mit dem linken Arm aufzurichten, legte sich aber gleich wieder mit schmerzverzerrtem Gesicht nieder. »Sie haben sich abgesichert! Von vorn bis hinten.«

»Verstehe«, sagte Xenia nur, um überhaupt etwas zu sagen.

»Was verstehst du?!« Er redete jetzt, ohne sich zu bewegen, und in dieser völligen Bewegungslosigkeit klang seine Stimme noch bedrohlicher. »Was kannst du schon verstehen?... Sie haben das Land ruiniert, die Schufte... Was für eine Großmacht haben sie kaputtgemacht!... Wo ist alles geblieben?... Wo ist der militärisch-industrielle Gigant, wo die internationale Anerkennung?«

Er redete, und Xenia sah ihn an und erinnerte sich daran, für wie klug und bedeutend sie ihn in ihrer Kindheit gehalten hatte. Er sah auch jetzt noch imposant aus, und sein lauter Bariton klang ungeachtet der Krankheit absolut herrisch, und seine Augen blitzten jugendlich. Trotzdem war er so bemitleidenswert, daß er ihr wie ein geifernder, böser, zahnloser alter Mann vorkam, der zu nichts mehr zu gebrauchen war. Xenia schloß sogar die Augen, um den Vater nicht so zu sehen, und machte sie erst wieder auf, als eine Krankenschwester ins Zimmer kam.

»Pawel Grigorjewitsch«, unterbrach sie seine Ergüsse in einem Ton, der keinen Widerspruch zuließ, und der Vater verstummte sofort. »Für heute reicht es.« An Xenia wandte sie sich mit den Worten: »Ihr Vater darf sich nicht aufregen.«

»Ja, natürlich.« Xenia sprang vom Stuhl auf. »Ich gehe schon. Tschüs, Papa.«

Er sah sie nicht an, schob trotzig das Kinn nach vorn und starrte an die Decke. Xenia blieb eine Weile stehen, dann seufzte sie wieder und wollte schon gehen, als sie plötzlich sah, daß seine linke, an den Tropf gelegte Hand sich zum Abschied bewegte.

Xenia nickte, verabschiedete sich von der Krankenschwester, die das Bett ihres Vaters in Ordnung brachte, und verließ das Krankenzimmer. Sie fühlte einen beklemmenden Schmerz in der Brust. Langsam ging sie wieder zum Fahrstuhl, fuhr hinunter, holte sich ihre Jacke aus der leeren Garderobe, und erst draußen an der kalten Luft spürte sie eine Art Erleichterung. Einige Minuten lang stand sie so vor dem Eingang, atmete langsam die kalte Luft ein und aus, dann warf sie den Kopf zurück und lief am Gebäude entlang.

Um auf dem Weg nicht auszurutschen, ging sie etwas rechts daneben, ganz nah am Gebäude, wobei sie sich bemühte, mit den Ärmeln nicht das mit Tünche beschmierte Baugerüst zu streifen. Der Park war menschenleer wie zuvor. Die gelbe Reihe der Laternen bog nach links ab, nur gut die Hälfte der Fenster im Krankenhaus war von einem bläulichen Licht erleuchtet. Xenia beschleunigte unwillkürlich ihre Schritte.

Und erst danach, als sie das Geschehen analysierte, begriff sie, daß sie ein leises Geräusch über ihr, oben auf dem Gerüst, wahrgenommen hatte, was ihr im Moment gar nicht bewußt gewesen war. Nur ihr Körper hatte ganz instinktiv auf das Geräusch reagiert und sich nach rechts unter das rettende Vordach geworfen, als an der Stelle, wo sie gerade eben noch gestanden hatte, krachend ein schwerer Bauaufzug niederstürzte.

Eine Weile lang starrte Xenia dumpf auf den Bauaufzug. Dann lief sie, noch nicht in der Lage, das Vorgefallene einzuschätzen, auf den Weg und sah nach oben. Erst in dem Moment, als sie einen an einem blau erleuchteten Fenster vorüberhuschenden Schatten sah, kam ihr der ganze Schreck zu Bewußtsein. Sie kehrte abrupt um und lief keuchend vor Entsetzen zu dem hellerleuchteten Platz, wo die Notrufwagen standen.

»Ich sage dir, da war jemand!« schrie Xenia ihren Mann an, als sie eine Stunde später endlich zu Hause war. Lange hatten ihre zitternden Hände nicht den Schlüssel ins Schloß der Eingangstür stecken können. »Ich habe ganz deutlich den Schatten gesehen! Da war jemand, und der wollte mich mit diesem verdammten Bauaufzug erschlagen!«

»Warte.« Sergej ging in die Küche, holte ein Flasche Wodka und goß ihr ein Glas ein. »Trink erst mal.«

Xenia nickte, nahm das Glas und trank es aus, fast ohne den brennenden Alkohol zu spüren. Sergej streichelte ihr übers Haar.

»Und jetzt erzähl mal«, bat er.

»Was soll ich denn da erzählen!« Sie zog endlich die Jacke aus, ging einfach in den Stiefeln ins Wohnzimmer und ließ sich in den Sessel fallen. »Ich bin extra ganz nah am Gerüst gegangen, weil es da nicht so glatt ist. Und dann habe ich so ein Geräusch gehört...«

»Was für ein Geräusch?«

»Keine Ahnung, was für eins! Irgendeins! Und ich habe auch gar nicht begriffen, wie ich plötzlich unter das Dach gekommen bin... Mir kam es sogar so vor, als wäre ich einfach ausgerutscht... Und wie der auf das Eis gekracht ist!«

»Der Bauaufzug?«

»Ja. So einer, weißt du, wie sie sie für die Maler an die Außenwände hängen. An Seilen. Ein großer solider.«

»Und dann?«

»Und dann bin ich wieder auf den Weg gegangen und habe nach oben geguckt. Und ich habe ihn gesehen.«

»Wen?«

»Das weiß ich nicht!« Sie wurde wieder gereizt. »Was fragst du mich so aus? Ich habe doch schon alles erzählt! Da wollte mich einer umbringen, kapierst du das nicht?«

»Nein.« Sergej hockte sich vor sie hin und sah sie aufmerksam an. »Ich verstehe nicht, wieso du glaubst, daß dich jemand ermorden wollte. Wieso glaubst du nicht, daß jemand ganz zufällig diesen Wagen angestoßen hat?«

Xenia sah ihn verwundert an.

»Zufällig? Aber es war doch schon fast tiefe Nacht. Die Arbeiter waren doch längst alle weg.«

»Also erstens ist neun Uhr noch nicht tiefe Nacht. Zweitens konnte da durchaus jemand auftauchen... na, sagen wir ein Dieb oder ein verliebter Ehemann, den sie nicht zu seiner Frau gelassen hatten, oder weiß der Teufel wer! Sag mir um Gottes willen, wie du darauf kommst, daß dich jemand umbringen wollte?«

»Ich weiß nicht...« Xenia beruhigte sich und horchte in sich hinein. »Ich weiß es nicht... Aber ich habe keinen Augenblick daran gezweifelt...«

»Xenia, Liebling...« Sergej nahm ihr Gesicht in beide Hände. »In der letzten Zeit erkenne ich dich gar nicht wieder. Mein Schatz, *du* bist doch die Psychotherapeutin bei uns, hast du das vergessen?« Er lachte leise. »Na komm, sag mir, was du in der letzten Zeit angestellt hast, daß du so sehr auf deine Bestrafung wartest.«

Xenia sah ihn einen Moment mit zusammengepreßten Lippen an und platzte dann heraus: »Was bin ich schon für eine Psychotherapeutin!«

Sie stieß ihn zurück und begann die Stiefel auszuziehen.

»Nein, also wirklich?« fragte er weiter. »Was ist los mit dir? Vielleicht brauchst du Urlaub?«

»Ich entscheide selber, wann ich Urlaub brauche und wann nicht«, antwortete Xenia leicht bissig, und nachdem sie die Stiefel losgeworden war, schlurfte sie auf Strümpfen in die Diele. »Und jetzt möchte ich schlafen.«

21

»... Und gestern, als mich wieder so eine Angst überkam ... konnte ich mich nicht dazu zwingen, diese Schnur zu berühren. Dabei mußte ich die Lampe unbedingt ausmachen, weil sie Funken sprühte, und es hätte ein Feuer geben können. Und da stehe ich wie eine Idiotin vor dieser Lampe, gucke auf die Schnur, mein kleiner Sohn weint, weil er Angst hat... Und ich kann nichts machen. Ich rede mir zu, ich schimpfe mit mir – es hilft nicht. Und plötzlich... plötzlich kommt mir eine tolle Idee. Wissen Sie, Xenia Pawlowna, die kam wie von außen, mir schien es fast, als ob ich eine Stimme hörte. Nein, da übertreibe ich. Natürlich keine Stimme, aber der Gedanke kam von außen, als wäre es nicht meiner. Mir wäre so was nie eingefallen ... Ich sagte mir plötzlich: Du fürchtest dich nicht vor dieser blöden Schnur, und überhaupt hast du keine Angst vor Schlangen. Du fürchtest dich vor etwas in dir drinnen. Du denkst, daß was ganz Schreckliches in dir drinsteckt, und hast jedesmal Angst davor, daß dieses Schreckliche herauskommt ... Ist das verständlich, was ich sage?«

»Aber ja. Reden Sie weiter.«

»Und wissen Sie, was?« Katjas Augen blitzten, sie war sehr aufgeregt. »Wissen Sie, was? Sowie ich das zu mir gesagt hatte, war die Angst weg! Verstehen Sie? Völlig weg! Und ich habe ganz ruhig meine Hand ausgestreckt und die Schnur mit dem Stecker aus der Steckdose gezogen.«

Ihre Augen strahlten siegesbewußt, und Xenia lächelte.

»Und dann habe ich gedacht«, fuhr Katja, von Xenias Lächeln ermuntert, fort, »daß alles, wovor wir Angst haben, in uns selber ist. So ist das.« Sie guckte Xenia hilfesuchend an. »Ist das richtig?«

»Ich glaube nicht, daß das ganz so einfach ist, aber Ihr Gedankengang gefällt mir.«

»Wirklich?« Katja hüpfte geradezu auf dem Sofa.

»Katja«, begann Xenia geduldig. »Sie machen ernsthafte Fortschritte, aber ich möchte Sie daran erinnern, daß –«

»Ich weiß, ich weiß«, unterbrach sie die Patientin. »Ich versuche die ganze Zeit, Ihnen zu gefallen, aber wenn Sie nicht wären, könnte ich nicht solche Erfolge erzielen!«

»Manchmal habe ich den Eindruck, daß Sie das doch könnten«, murmelte Xenia und sah verstohlen auf die Uhr.

Sie war tatsächlich nervös. Die Entdeckung, die ihre Patientin für sich gemacht hatte, war für Katja eine solche Überraschung, daß sie überhaupt nicht aufhören konnte, darüber zu reden, obwohl die Zeit ihrer Sitzung schon längst zu Ende war. Normalerweise richtete sich Xenia ihre Sitzungen so ein, daß sie ein rechtzeitiges und natürliches Ende hatten. Aber heute wäre es eine große Sünde gewesen, die Patientin zu stoppen. Solche Entdeckungen macht man nicht jeden Tag, und derartiges ist für jeden Menschen eine echte Erschütterung, ein erster Sieg über sich, über seine frühkindlichen Ängste. Xenia gab Katja bewußt Zeit, zu Ende zu reden. In solchen Fällen, fand sie, hat der Therapeut kein Recht, die Sitzung zu unterbrechen, selbst wenn er dafür seine private Zeit opfern muß.

Aber das Schlimme war, daß Xenia heute nicht nur ihre eigene Zeit geopfert hatte. Vor zwanzig Minuten hätte die Sitzung mit Oleg anfangen müssen. Er war wohl früher gekommen, hatte genau um sechs ins Zimmer gesehen und war unangenehm überrascht gewesen von der Anwesenheit einer anderen Patientin. Wie sehr Xenia sich auch bemühte, ihren Tagesablauf so einzurichten, daß die Patienten sich nicht begegneten, manchmal klappte es einfach nicht. Und heute war so ein Tag. Gestern hatte Katja, aufgewühlt von ihren Erfolgen, um eine zusätzliche Sitzung gebeten, und Xenia hatte ihr das nicht abschlagen können.

Da Xenia Olegs Ungeduld bei jeder Verspätung kannte, saß sie wie auf Kohlen und konnte sich gut vorstellen, wie er im Vorzimmer wartete und wütend auf ihre Tür starrte. Andererseits hätte früher oder später, trotz Xenias Pünktlichkeit, etwas Ähnliches passieren können, und sie wartete jetzt sogar mit gespannter Neugier darauf, was für eine konkrete Reaktion diese Verspätung bei Oleg hervorrufen würde.

Sie verabredete sich mit Katja für die nächste Sitzung, brachte sie zur Tür und spähte in den Flur, um Oleg hereinzubitten. Aber der Flur war leer. Da sie annahm, daß er einfach nicht in der Lage war, vor der Tür zu warten, sondern irgendwohin gegangen war, auf die Toilette, oder einfach beschlossen hatte, in der Poliklinik umherzulaufen, kehrte Xenia in ihr Büro zurück, setzte sich an den Schreibtisch und beschäftigte sich in aller Ruhe mit ihren Unterlagen.

Aber als sie wieder auf die Uhr sah und begriff, daß noch eine weitere halbe Stunde vergangen war, erschrak sie. Obwohl nichts besonders Schreckliches daran war, daß ein beleidigter Patient weggegangen war, stieg in ihr plötzlich echte Panik hoch. Ihr schien, daß sie einen nicht wiedergutzumachenden Fehler begangen hatte, vielleicht den schlimmsten in ihrem Leben.

»Immer mit der Ruhe«, sagte sie laut und versuchte sich in den Griff zu bekommen. »Werd dir erst mal klar über dich selbst und dann über die Patienten...«

Natürlich war das ein grausames Experiment. Xenia wußte nur allzu gut, daß Olegs Unduldsamkeit in puncto Pünktlichkeit ein ernsthaftes Problem war und daß sie kein Recht hatte, ihn damit auf die Probe zu stellen. Andererseits hatte sie in der gegebenen Situation nicht anders handeln können. Außerdem, wenn sie ehrlich war, wollte sie die Therapie von dem toten Punkt wegbewegen, an den sie gekommen war. Die Sitzungen mit Oleg verliefen zu glatt, viel zu vorschriftsmäßig und vielleicht sogar zu fröhlich, als daß man irgendwelche Ergebnisse hätte erwarten dürfen. Oleg war für Xenia nach allen Seiten hin verschlossen trotz seiner anscheinenden Bereitschaft, mit der Therapeutin zu arbeiten. Alles, was sie bis jetzt aus ihm herausbekommen hatte, betraf sein bewußtes Leben. An sein Unterbewußtsein ließ er sie nicht heran. Wobei er gekonnt ständig die Taktik änderte, mit der er seine Abwehr aufbaute, so daß Xenia nicht wußte, von welcher Seite sie an ihn herankommen sollte. Nur einmal hatte er seine Selbstbeherrschung verloren, als er bei der letzten Sitzung so unerwartet schroff darauf reagiert hatte, daß sie das Fenster öffnete.

Plötzlich wurde ihr klar, daß der starke Geruch seines After-shaves ihr von Anfang an aufgefallen war. Der war so durchdringend, daß er alle anderen Gerüche vertrieb und nach jeder Sitzung noch lange in ihrem Büro hing. Und obwohl der Duft an sich gar nicht schlecht war, dachte sie, daß es Oleg damit entschieden übertrieb. Das hieß, er schenkte dem wohl zuviel Aufmerksamkeit. Das wiederum hieß, daß Oleg etwas an seinem eigenen Körpergeruch nicht gefiel. Oder es war da was in der Vergangenheit, was den Patienten für immer daran zweifeln ließ, daß sein eigener Geruch anziehend war.

»Stopp, stopp«, sagte Xenia zu sich. »Jetzt, liebe Xenia, kommst du vom Thema ab. Und unser Thema ist: Wieso bist du so erschrocken, daß er heute weggelaufen ist? Warum hat das bei dir eine Panik ausgelöst? Das heißt, meine Gute, daß du ein viel zu persönliches Verhältnis zu diesem Menschen hast. Und es ist natürlich unverzeihlich, daß du das nicht gleich bemerkt hast, vielmehr, nicht hast bemerken wollen ... Aber viel schlimmer ist, daß du jetzt mit dir selbst Verstecken spielst. Also muß man direkt auf die Frage antworten: Wieso nimmst du den Vorfall so persönlich, daß du in Panik gerätst?«

Sie stand auf und ging zum Fenster, hinter dem grauer Winternebel lag. Der starke Frost hatte die Künstler, die ihre Werke auf dem Arbat verkauften, von dort vertrieben, und die Straße sah jetzt ungewöhnlich leer aus, nur noch wenige Passanten eilten mit hochgeschlagenen Kragen auf dem vereisten Trottoir von einem Geschäft zum anderen. Xenia wandte sich von Fenster ab und sagte laut zu sich: »Die Antwort ist: weil ich ihn sehr gerne sehen wollte.«

Und wieder überfiel sie Panik. Wann, wann ist das passiert? In welchem Moment hatte sie die Kontrolle über die Situation verloren?

›Okay‹, beruhigte sie sich. ›Erinnern wir uns an die Theorie. In welchen Fällen kommt beim Therapeuten so ein Interesse am Patienten zustande? Das erste, was mir einfällt, ist das eigene Fehlverhalten. Dann das Gefühl von Schuld. Dann die Sympathie, die auf dem Schuldgefühl basiert, dann Verliebtheit und so weiter. Na, zur Verliebtheit, hoffe ich, ist es noch nicht gekommen. Natürlich ist er ein interessanter Patient, aber schließlich bin ich ein Profi, es gab stärkere Patienten, denen ich standgehalten habe. Stopp. Der Geruch. Das ist der Moment, in dem ich einen Fehler gemacht habe. Ich habe seine Vorliebe für Parfüm nicht analysiert, und das hat mich die ganze Zeit gequält. Das Resultat war die letzte Sitzung. Ich habe das Fenster aufgemacht, irgendwas über einen starken Geruch gesagt, und er wurde sofort aggressiv. Und ich Idiotin habe nicht verstanden, worum es ging, nur gefühlt, daß ich einen Fehler gemacht habe, empfand sofort ein Schuldgefühl und habe ihn bedauert... Das ist alles.‹

Aber das war nicht alles. Es blieben einige ungelöste Fragen, die Xenia verdrängen wollte. Warum hatte sie nicht versucht, sich gleich mit diesen Gerüchen auseinanderzusetzen? ... Warum hatte sie sich überhaupt einverstanden erklärt, mit ihm zu arbeiten, obwohl sie wild entschlossen gewesen war, das nicht zu tun?

Nachdem sie sich endgültig verheddert hatte, erinnerte sie sich plötzlich an ihre Fahrt ins Krankenhaus zum Vater, an den glatten Weg, das Krachen des Bauaufzugs und den Schatten eines Mannes, der auf dem Gerüst vorbeihuschte. Das alles war nach der letzten Sitzung passiert...

Xenia wurde schwindlig, sie kam mit Mühe bis zur Couch und ließ sich darauf fallen. Der Puls raste, und auf ihrer Stirn erschienen Schweißtropfen. Ein Gedanke oder eine Vermutung, die in ihr hochgekommen war, rief diesen Angstanfall hervor. Aber Xenia konnte sich die Ursache ihrer Angst nicht wirklich bewußt machen und lag noch eine Weile kraftlos auf der Couch, ohne an irgend etwas zu denken.

Als der Anfall vorüber war, stand sie vorsichtig auf, ging zum Schreibtisch, setzte sich, fand in ihrem *Notebook* die gewünschte Telefonnummer und nahm den Hörer ab.

Sie rief Ilja an. Das war der einzige Mensch, an den sie sich wenden konnte, wenn sie Rat brauchte. Er war nüchtern und düsterer Stimmung. Nachdem er sie angehört hatte, schnaufte er lange in den Hörer, dann sagte er: »Mein Schatz, anscheinend bist du da in was reingerasselt. Ich will dich nicht erschrecken, aber vielleicht gibst du mir den Fall ab? Na du sagst einfach was in der Art, daß er einen männlichen Therapeuten bräuchte...«

»Davon kann gar keine Rede sein.« Xenia warf den Kopf zurück. Während ihrer Erzählung war sie wieder ein wenig zu sich gekommen. »Willst du sagen, daß ich mit ihm nicht fertig werde?«

»Und was denkst du selbst darüber?«

Xenia schwieg.

»Ich denke«, sagte sie schließlich, »daß ich noch eine Chance habe. Ich kann nicht so leicht auf einen Patienten verzichten, der mir dadurch meine eigene Unprofessionalität bestätigt.«

»Hör auf«, unterbrach Ilja sie, und seine Stimme klang fast bedrohlich. »Bevor du solchen Unsinn redest, überleg erst, und: In wessen Interesse willst du die Therapie eigentlich fortführen? In deinem eigenen professionellen oder in dem des Patienten?«

»Im Interesse des Patienten«, sagte Xenia verunsichert. »Ich glaube, daß ein Therapeutenwechsel in so einem Moment nicht gut für den Patienten ist.«

»Du lügst«, entgegnete Ilja ruhig. »Wobei du dich selbst anlügst – und zwar völlig unverfroren.«

»Was?« Xenias Stimme klirrte. »Was willst du damit sagen? Daß ich nicht in der Lage bin, mich selbst einzuschätzen?! Ich habe schließlich eine Menge Berufserfahrung, und du, du willst mir sagen, daß ich nicht imstande bin, mich selbst zu analysieren?«

»Genau. Genau das sage ich. Xenia, mein Mädchen, du bist nicht der Herrgott, du bist alles in allem nur ein Mensch, wenn auch ein gebildeter. Und schließlich, einen

Patienten an einen anderen Therapeuten abzugeben heißt nicht –«

Endgültig wütend geworden, unterbrach ihn Xenia: »Danke, Ilja«, und ihre Stimme klang metallen. »Danke, du hast mir sehr geholfen!«

Sie schleuderte den Hörer so unbeherrscht auf den Apparat, daß er runterfiel und an der Telefonschnur baumelte.

22

Das Allerschlimmste ist das Warten. Im dunklen Zimmer zu sitzen, mit Entsetzen auf jedes kleinste Rascheln in der Wohnung zu horchen und nicht die Kraft zu haben, vom Stuhl aufzustehen und das Licht anzumachen... Ein endloses Warten. So endlos wie der Nachthimmel. Und genauso hoffnungslos. Warum hatte sie ihn verlassen? Warum liebte sie ihn nicht mehr? Was hatte er getan, daß sie aufgehört hatte, sich für ihn zu interessieren? Wie konnte er es ändern, wie sollte er es anstellen, daß sie zurückkam?

Der kleine Junge, der in dem dunklen Zimmer auf dem Stuhl saß, war voller kindlicher Schrecken. Vielleicht war er gar nicht mehr so klein, sie sagte ihm dauernd, daß er schon groß war, fast erwachsen... Wann hatte das angefangen?... Vor gar nicht langer Zeit, und gleichzeitig war es schrecklich lange her. Im ganzen nur einige Monate, aber während dieser Zeit hatte sich sein Leben in einen einzigen Alptraum verwandelt. Er begann die Abende zu fürchten, er erstarrte vor Entsetzen, wenn sie sich trällernd anzog, um wegzugehen. Zu Anfang nicht für lange, dann für die ganze Nacht.

Zunächst wartete er auf sie und lag in seinem Bett, dann lief er in der Wohnung herum. Jetzt saß er von dem Moment an, in dem sie die Wohnung verließ, auf dem Stuhl am Fenster und bewegte sich nicht von der Stelle, bis sie wiederkam.

Die Angst kam nicht gleich. Sie schlich sich unbemerkt heran und wuchs mit diesem Warten und wurde bald zu seiner zweiten nächtlichen Natur. Und selbst wenn sie zu Hause übernachtete, sogar dann ergriff die Angst von ihm Besitz. Aber nicht so schlimm wie dann, wenn sie nicht da war.

Sehr schwierig war es, nicht auf die Toilette zu gehen. Er spürte, wie der Schmerz, ein fast tödlicher Schmerz, seine Gedärme zerriß, aber die Angst war stärker als dieser Schmerz, die Angst, die ihm nicht erlaubte, sich zu bewegen, und er saß auf dem Stuhl, wand sich bis zur Morgendämmerung in Krämpfen, bis sie endlich nach Hause kam. Danach, ohne wahrzunehmen, was sie ihm sagte, rannte er auf die Toilette und stand lange mit zurückgebogenem Kopf, um das Stöhnen zu unterdrücken, in der Toilette, bis der Schmerz nachließ.

Einmal kam sie, als es schon völlig hell war, und der Wekker, der dafür sorgen sollte, daß er rechtzeitig zur Schule ging, hatte schon lange geklingelt.

»Was soll denn das?!« schrie sie wütend, kaum daß sie ihn, der sich in Krämpfen auf dem Stuhl wand, gesehen hatte. »Bist du völlig verrückt geworden?! Wie alt bist du denn?! Steh sofort auf, und wisch den Boden auf!!! Und mach das Fenster auf! Ich kann diesen Geruch nicht ertragen!...«

Sie schrie lange rum, versuchte mit ihrem Geschimpfe ihr

Schuldgefühl zu verdrängen, und er wischte sich die Tränen ab, wischte die Pfütze unter dem Stuhl auf und fühlte sich so elend, daß er nicht mehr leben wollte.

»Ich kann nicht das ganze Leben bei dir hocken!« weinte sie. »Ich muß auch leben, verstehst du das nicht?! Mein Gott noch mal, womit habe ich so eine Strafe verdient!!!«

Als sie sich beruhigt hatte, umarmte sie ihn, und er schmiegte sich an ihre warme Brust und fühlte sich schluchzend als der glücklichste Mensch auf der Welt.

»Was soll ich machen, was soll ich mit dir machen...«, murmelte sie, während sie seine Haare streichelte. »Was sollen wir bloß machen...«

23

»Brr! Eine Hundekälte«, sagte Sergej laut, als er mit Mühe die Tür öffnete und sich in die Wohnung zwängte. In den Händen hielt er mehrere Einkaufstüten. »Hallo, Mädchen, kommt mir helfen!« rief er. »Sonst laß ich gleich alles fallen...«

Er war überzeugt, daß jemand zu Hause war, in der Diele brannte Licht. Anja konnte natürlich irgendwohin ausgeflogen sein, aber Xenia sollte schon von der Arbeit zurück sein, Sergej kannte ihren Tagesplan für jeden Tag der Woche. Heute war Donnerstag, also waren die Sprechstunden schon längst zu Ende.

»Xenia!« rief er in Richtung Küche und warf die Tüten auf den Schuhschrank. »Komm wenigstens mal gucken!«

Niemand antwortete, und Sergej brummelte vor sich hin,

während er sich die Schuhe auszog: »Was für freche Mädels! Noch nicht mal Geschenke interessieren sie.«

Draußen war es tatsächlich sehr kalt geworden. Während er den Wagen abgeschlossen und mit den Tüten zum Hauseingang gelaufen war, waren seine Finger vor Kälte so klamm geworden, daß er jetzt nur mit Mühe, fluchend und keuchend vor Anstrengung die Schnürsenkel aufmachen konnte. Als er die störrischen Halbstiefel besiegt hatte, griff er sich die Tüten und ging in die Küche. Aber die von der Tischlampe matt erleuchtete Küche war leer, auf dem Tisch stand eine halbausgetrunkene Tasse mit Tee. Obwohl das Licht nur in der Diele und der Küche brannte, lief Sergej durch die ganze Wohnung.

Als er sich davon überzeugt hatte, daß tatsächlich niemand zu Hause war, empfand er plötzlich ein Gefühl, das ihn selbst verwunderte. Nein, er war nicht nur ärgerlich darüber, daß er sich beeilt hatte, nach Hause zu kommen, und daß niemand da war. Es war kein Ärger, er verfiel fast in Panik. Eine schreckliche Vorahnung eines kommenden Unheils lief in Wellen über seinen Rücken. Er sah auf die Uhr: Es war acht. Überhaupt nicht spät, und es gab keinen Grund zur Panik. Er räusperte sich und sagte unsicher: »Nichts Schlimmes. Meine Mädchen sind einfach unterwegs.«

Aber das unangenehme Gefühl wollte nicht weichen, und um sich mit irgendwas zu beschäftigen, begann er das Abendbrot vorzubereiten.

Er packte die Tüten mit den Überraschungen aus, unter denen ein Gläschen mit geräucherten Muscheln war – Xenias Lieblingsgericht –, ein Paket von McDonald's für die

Tochter und ein Fläschchen echten grusinischen Twischi-Weines, den ihm seine Partner aus Tiflis mitgebracht hatten und der, um die Wahrheit zu sagen, der Grund für die anderen Überraschungen war.

Als er bereits den Tisch gedeckt hatte, hörte er, wie jemand in die Diele kam. Und obwohl Sergej die ganze Zeit, während er das Abendbrot vorbereitete, versucht hatte, an nichts zu denken, und sogar vor sich hin gesungen hatte, empfand er nun eine große Erleichterung.

Er rannte in die Diele und stieß fast mit seiner vom Frost rotwangigen Tochter zusammen.

»Und wo ist Mama?« platzte er, ohne nachzudenken, heraus.

»Woher soll ich das wissen?«

Anja riß die Augen weit auf.

Sergej wurde plötzlich wütend: »Was ist das für ein Ton? Und überhaupt, wo hast du dich so lange rumgetrieben? Soll ich vielleicht alle deine Freundinnen anrufen, um rauszukriegen, wo du bist?!«

Der Vater hatte noch nie so mit ihr gesprochen, und dieser unerwartete Ausbruch verwirrte Anja.

»Was willst du denn? Es ist doch noch ganz früh!«

»Wo warst du, frage ich«, insistierte er. »Und mit wem?«

Nun wurde Anja auch wütend. »Bei Ilja!« schrie sie herausfordernd. »Wir haben uns in sämtlichen Treppenhäusern rumgetrieben!«

»Waaas?« ging Sergej in die Luft. »Was hast du gesagt?!«

»Was für ein Verhör veranstaltest du hier mit mir?!« schrie Anja. »Wenn du mit Mama Probleme hast, brauchst du die nicht an mir auszulassen! Dann veranstalte ein Verhör mit deiner Frau! Ich bin ein freier Mensch!« Sie lief in ihr Zimmer und knallte die Tür so zu, daß Sergej vor Wut schwarz vor Augen wurde. Er wollte ihr schon hinterherstürzen, als er plötzlich innehielt.

»Mama und ich haben Probleme?« fragte er verblüfft nach, wobei er sich eher an sich selbst als an seine Tochter wandte.

Er kehrte in die Küche zurück, machte das Oberfenster auf und zündete sich eine Zigarette an.

›Das ist ja ganz was Neues‹, dachte er. Aber Anja hatte recht. Sie hatten tatsächlich Probleme. Und nicht ohne Grund war er heute so erschrocken, daß Xenia nicht zu Hause war. Plötzlich erinnerte er sich daran, daß sie die letzten Wochen nicht ein einziges Mal vernünftig miteinander gesprochen hatten. Wenn Xenia nach Hause kam, hatte sie sich sofort an den Computer gesetzt oder sich mit Kopfhörern und ihrem Diktiergerät in der Küche irgendwelche Notizen gemacht. Sie war zerstreut und sogar gereizt. Außerdem hatte sie wieder angefangen zu rauchen, was sie viele Jahre nicht getan hatte. Und wenn sie das zu Anfang noch zu verbergen versucht hatte – Sergej stieß hier und da auf die Spuren ihrer ›Sünde‹ –, so rauchte sie jetzt ganz offen. Nur am Morgen erlaubte sie sich diese Freiheit nicht.

Außerdem hatte er bemerkt, daß sich der Tagesablauf seiner Frau geändert hatte. Wenn er früher immer gewußt hatte, wo sie war und was sie tat, so war das jetzt plötzlich anders. Ausgerechnet Xenia, die ihr ganzes Leben lang ihrer Umgebung bewiesen hatte, daß die Wurzel allen Übels auf der Welt darin lag, daß die Leute nicht in der Lage waren, sich zu organisieren...

»Stopp«, sagte Sergej zu sich selbst, zog den Aschenbecher heran und machte sorgfältig die Zigarette aus.

Dann knipste er die Lampe aus, damit das Licht ihn nicht störte, sich zu konzentrieren, und setzte sich in den Sessel.

›Natürlich ist das alles seltsam‹, dachte er. Aber warum kam es ihm denn gleich so vor, als sei ein Unglück passiert? Da hat jemand seine Gewohnheiten geändert, na ja, hatte angefangen zu rauchen, hatte sogar wieder abgenommen, alles in Ordnung...

Ein leises Rascheln an der Tür ließ ihn zusammenzucken. Die Tür ging einen Spalt auf, ein kleiner Lichtstreifen fiel in die Küche, und im Türrahmen erschien Anjas zerzauster Kopf.

»Papa«, rief sie schniefend, offensichtlich hatte sie geheult.

»Jaaa«, ließ sich Sergej vernehmen.

»Entschuldige, ja?«

»In Ordnung.«

Leise schluchzend kam sie in die Küche und sprang ihm auf den Schoß. Sergej ächzte unter ihrem Gewicht, Anja hatte schon längst ihre zierliche Mutter überrundet.

Die Tochter küßte ihn schmatzend auf die Wange, verbarg ihren Kopf an seiner Schulter, wobei sie ihn mit ihren immer noch nach Kind duftenden Haaren bedeckte.

»Liebster Papa, verzeih mir bitte«, murmelte sie undeutlich. »Ich bin so blöde... Das ist einfach mein Alter. Die Pu-ber-tät.«

»Und du, verzeihst du mir?« Sergej küßte Anja aufs Haar. »Anjalein?«

»Ja.« Sie hob den Kopf. Sergej sah ihr Gesicht nicht, aber

er spürte, daß sie glücklich lächelte. »Was hast du da über Mama gesagt? Weißt du irgendwas?«

»Ach nein!« Anja winkte ab. »Ich habe das einfach so aus Wut gesagt, verstehst du?«

Sergej schwieg.

»Nein, nein.« Er schüttelte den Kopf. »Ich spüre ja auch, daß nicht alles in Ordnung ist... Was glaubst du, vielleicht ist sie krank?«

»Kaum.« Anja zuckte mit den Schultern. Und plötzlich fügte sie hinzu: »Eher hat sie sich verliebt.«

»Was?« fragte Sergej nach.

»War bloß ein Witz«, sagte sie schnell, als sie seine Anspannung merkte. »Aber selbst wenn es so wäre, wäre es nicht schlimm. Du kennst ja Mama. Sie würde ihre Verliebtheit in alle Einzelteile zerlegen.«

»Still!« sagte Sergej plötzlich. Anja verstummte, und beide hörten, wie die Tür in der Diele geräuschvoll geöffnet und dann zugeschlagen wurde.

»Aha«, flüsterte die Tochter. »Mama hat schlechte Laune.«

»Geh in dein Zimmer«, sagte Sergej und sah schnell auf die Uhr. »Es ist schon spät, leg dich schlafen. Nimm dein Essen mit.«

Die wieder ganz zahm gewordene Anja nickte gehorsam, küßte den Vater, nahm das Päckchen mit dem BigMac und schlich aus der Küche. Sergej hörte, wie sie auf dem Weg in ihr Zimmer zur Mutter sagte: »Grüß dich, Mama.«

Xenia fragte etwas Unverständliches.

»In der Küche«, antwortete die Tochter.

Sergej wartete. Nach einigen Minuten wurde die Küchentür weit aufgerissen, und Xenia kam herein. Sergej spürte gleich den leichten, angenehmen Geruch ihres Parfüms und eines guten Kognaks. Im übrigen hieß das nicht, daß sie ausgerechnet Kognak getrunken hatte. Sie hatte eine seltsame Eigenart: Was immer sie auch getrunken hatte, sie roch nach teurem Kognak.

»Wieso sitzt du im Dunkeln?« fragte sie und knipste das Licht an.

Sergej blinzelte.

»Wie wunderschön!« begeisterte sich Xenia mit einem, wie ihm schien, falschen Ton. »Muscheln, Tschiwi ... Was feiern wir denn?«

Sergej sah sie schweigend an. Sie war wirklich dünn geworden, richtig abgemagert. Sie lächelte, aber die Augen waren ernst.

»Was ist los?« fragte sie leicht gereizt, als sie sich an den Tisch setzte und sich Muscheln auf den Teller legte. »Bist du böse?«

»Wieso sollte ich böse sein?« sagte er, ebenfalls mit nicht gerade natürlicher Stimme, und zuckte mit den Schultern.

»Das mußt du doch selbst am besten wissen.« Sie bemühte sich ganz offensichtlich, ihm nicht in die Augen zu sehen.

Sergej wollte ihr Wein eingießen.

»Nein, nicht«, winkte Xenia ab. »Ich möchte nichts trinken.«

»Na ja, du hast ja heute schon was getrunken«, konnte er sich nicht verkneifen zu sagen.

Xenia sah ihn herausfordernd an: »Ist das verboten?«

»Wo warst du?«

»Bei Marina.«

»Du lügst.«

Sie redeten leise, ohne sich anzusehen.

»Seit wann machst du mir Szenen?« zischte Xenia.

»Seit wann belügst du mich?«

Sie warf plötzlich mit aller Kraft die Gabel hin. Mit jämmerlichem Ton zersprang das leere Glas. Sergej zuckte zusammen.

»Was ist passiert, Xenia?« fragte er fast flüsternd, während er sich über den Tisch zu ihr hinüberbeugte. »So kenne ich dich gar nicht. Kann ich dir helfen?«

Die blaß gewordene Xenia sah zu ihm hoch.

»Laßt mich doch alle in Ruhe«, zischte sie, ohne den wütenden Blick von ihrem Mann abzuwenden. »Um Himmels willen, laßt mich doch endlich alle in Ruhe.« Sie stand vom Tisch auf ohne die Muscheln auch nur angerührt zu haben.

Als Sergej, nachdem er die Küche aufgeräumt hatte, ins Schlafzimmer kam, schlief seine Frau schon. Sie lag mit angewinkelten Beinen zur Wand gedreht. Im Schlafzimmer war es trotz der für den Winter abgedichteten Fenster und der glühenden Heizung ziemlich kalt, und Sergej zog aus dem Schrank ein Wollplaid, deckte Xenia damit zu und knipste die kleine Nachttischlampe aus, die auf dem Regal am Kopfende stand.

Eine Zeitlang stand er am Fenster und blickte gedankenverloren auf die vereiste Straße, dann legte er sich ins Bett.

›Unsinn‹, dachte er, während er auf die Lichtstreifen an der Decke blickte, die von den Scheinwerfern der wenigen noch vorbeifahrenden Autos stammten. ›Sie hat sich verliebt? ... Unsinn. Das muß etwas anderes sein. Die Arbeit? ... Aber das haben wir doch immer gemeinsam besprochen. Außerdem mag Xenia Schwierigkeiten. Denn da kann sie sich beweisen, wie fähig sie ist... Nein, es kann einfach nicht sein, daß sie sich verliebt hat. Das paßt nicht zu ihr. Bei ihr ist alles dem Verstand untergeordnet. Sie verliebt sich nicht einfach so. Und in wen auch? Unsere Freunde sind alle unsere gemeinsamen ... Ein Patient?‹ Sergej lachte sogar auf. ›Ausgeschlossen. Xenia ist ein Profi, und ein Profi würde sich so was nie erlauben...‹

Er beruhigte sich allmählich, sagte sich selbst, daß er nun auch schlafen wolle, nachdem er beschlossen hatte, seine Frau am nächsten Tag zu einem offenen Gespräch aufzufordern. Er drehte sich auf die Seite, schloß die Augen und sah sogar schon etwas Traumähnliches vor sich, als plötzlich ein unangenehmer Gedanke in sein Bewußtsein drang, der ihn erschreckte und zwang, die Augen wieder zu öffnen. Plötzlich wurde ihm bewußt, daß sie schon einige Wochen lang nicht mehr miteinander geschlafen hatten. Unter den verschiedensten Vorwänden hatte Xenia sich ihm entzogen, und er erzählte sogar nach einem weiteren seiner fruchtlosen Versuche lachend den idiotischen Witz von dem Mann, der als Antwort auf den Hilfeschrei seiner von einem Gorillamännchen geraubten Frau schadenfroh sagte: »Erklär ihm doch einfach, daß du müde bist oder daß du Kopfschmerzen hast...«

In den sechzehn Jahren ihres Ehelebens hatte es natürlich schon alles mögliche gegeben. Sie kannten sich beide gut, und zwischen ihnen hatte es in dieser Hinsicht nie Kränkungen gegeben.

Aber heute sah alles ganz anders aus. Sergej erinnerte sich an einen Spruch, daß der Mann in solchen Fällen immer der letzte ist, der es erfährt, und er stöhnte durch die zusammengebissenen Zähne leise auf...

Auch Xenia schlief nicht. Sie lag mucksmäuschenstill unter zwei Decken, hörte, wie ihr Mann sich mit der Schlaflosigkeit quälte, wie er stöhnte, sich im Bett hin und her wälzte und seufzte, – und sie weinte lautlos in ihr Kissen. Die Tränen flossen in heißen Strömen über ihr Gesicht aufs Kopfkissen, das bald naß und kalt wurde. Xenia dachte an gar nichts, noch nicht einmal daran, wie sie heute im Café gesessen und sich ein Glas Kognak und Käse bestellt hatte. Sie erinnerte sich auch nicht an ihren heutigen schlechten Tag, an die Flucht von Kowtun, an ihr Gespräch mit Ilja. Seit vielen, vielen Jahren zum ersten Mal fühlte sie sich wie ein hilfloses kleines Mädchen, und sie weinte aus Mitleid mit sich selbst, die so unglücklich und einsam auf dieser riesigen, erbarmungslosen, eiskalten weiten Welt stand...

24

Am Morgen wurde es so kalt, daß die Bäume in den Parks knarrten und klirrten, und in der Stille hörte man hier und dort dieses seltsame trockene Knacken, das Pistolenschüssen ähnelt.

Mit eisigem Knarren öffnete sich die Tür des Hauseingangs, in dessen gelber Öffnung zwei Figuren erschienen, ein Mann, der eine kurze Jacke anhatte, und ein großer zotteliger Hund, der sein Herrchen überholte und sich mit riesigen Sprüngen in die morgendliche leere Dunkelheit des Hofs stürzte.

Die zottige Schnauze des Hundes, eines schwarzen Terriers, bekam sofort einen grauen Eisbart. Der Mann ächzte vor Kälte, schlug den Kragen seiner Jacke hoch, zog die für so eine Kälte ungeeignete Schirmmütze tiefer ins Gesicht und lief mit schnellen Schritten durch den Hof. Der Terrier, der ihren morgendlichen Spazierweg genau kannte, lief irgendwo vorneweg, mal erschien sein lautloser Schatten im trüben Licht einer Straßenlaterne, mal verschwand er im eisigen Nebel.

Nach ungefähr fünfzig Metern blieb der Hundebesitzer plötzlich stehen.

»Nein«, sagte er leise zu sich selbst. »Das ist nicht möglich. So eine Saukälte.« Und er schrie: »Lord, nach Hause!«

Der Hund blieb verständnislos in einiger Entfernung stehen, und seine feuchten Augen funkelten in der Dunkelheit.

»Heute wird nicht gespielt«, sagte der Mann streng. »Los, nach Hause!«

Lord legte den Kopf schief, blieb eine Weile stehen, hoffend, daß sein Herrchen es sich noch einmal anders überlegte, aber der zog die vom Frost graugefrorenen Brauen hoch und schrie nun wirklich streng: »Nach Hause, habe ich gesagt!«

Da drehte sich der Terrier, widerspenstig den Kopf schüttelnd, um und sauste in vollem Hundegalopp vorwärts in Richtung des mit einem gußeisernen Gitter eingezäunten Kinderspielplatzes, wo er immer besonders gern spielte und wo er sich in den kleinen Hütten und im Dickicht des stachligen Gesträuchs verstecken konnte.

Der Mann folgte dem Hund fluchend auf dem knirschenden Schnee. Einige Meter vor dem Tor hörte er plötzlich Gebell.

Eine Katze, vermutete der Hundebesitzer und beschleunigte seine Schritte. Am Eingang schrie er: »Lord, pfui!«

Aber der Hund war offensichtlich hingerissen, sein lautes Gebell ging in ein ohrenbetäubendes jämmerliches Geheul über, das drohte, alle Leute ringsum zu wecken.

Lords Herrchen zwängte sich durch die vom Frost brüchigen Zweige und sah endlich seinen Hund, der neben einem im Schnee liegenden dunklen Haufen Lumpen stand.

»Bist du völlig verrückt geworden oder was?« sagte der Mann gereizt. »Du weckst hier alle Leute auf. Denkst du denn, der Spielplatz ist für dich da? Nein, mein Lieber, hier dürfen nur Kinder lärmen...«

Plötzlich verschluckte er sich an der eisigen Luft.

»Du lieber Gott...«, stieß er heiser hervor und hockte sich vor dem nieder, was er für einen Haufen Lumpen gehalten hatte. »Mein Gott...«

Das war ein menschlicher Körper. Daran, daß er tot war, konnte es keinen Zweifel geben. Das Gesicht war so mit Blut bespritzt, daß es unmöglich war, auch nur ungefähr das Alter festzustellen, und lediglich die auf dem Schnee ausgebreiteten hellen langen Haare ließen auf eine Frau schließen, deren weit offene Augen matt und gläsern das Licht der unweit stehenden Straßenlaterne reflektierten.

25

»Mein Gott, wann hört denn dieser Winter bloß auf!« drang Elisawetas Stimme aus der Diele herein, und in dem Moment kam auch Rüpel ins Wohnzimmer gefegt und rutschte dabei mit den Pfoten übers Parkett.

Pjotr Gurko, der sich schon die zweite Woche mit einer schweren Grippe herumquälte, blickte neidisch auf den kleinen Hund, den Lisa heute zum ersten Mal auf einen Spaziergang mitgenommen hatte. Sicher war er da im Schnee herumgesprungen, hatte mit den Zähnen die Eisluft eingefangen und sich wie ein Verrückter benommen. Währenddessen war die größte räumliche Abwechslung, die sich sein Herrchen erlauben konnte, der Umzug vom Schlafzimmer, in dem er während seiner Krankheit die Tapete bis ins kleinste Detail studiert hatte, ins Wohnzimmer, näher an den rettenden Fernseher.

»Eine tierische Kälte«, fuhr Elisaweta fort, die ihrem Zögling folgte und nun ihren Mann aufmerksam ansah. »Aber dem Hund macht das alles nichts! Er benimmt sich wie ein Verrückter... Petja!«

»Hm«, gab Gurko schlaff von sich.

»Du hörst mir ja gar nicht zu.«

»Na, du bist gut!« sagte Pjotr genervt. »So richtig taktvoll. Ich versaure hier, verstehst du, in diesen vier Wänden, und du erzählst mir von der Kälte und von der frischen Luft!«

»Also erstens habe ich von der frischen Luft kein Wort gesagt. Draußen ist es ziemlich scheußlich, so eine Kälte gab es im tiefsten Winter nicht, und nun gar erst im März...

Und zweitens...« Lisa sah ihren Mann erstaunt an. »Man darf sich nicht so gehenlassen! Du liegst doch erst eine Woche...«

»Zehn Tage«, korrigierte Pjotr sie.

»...und schon bist du übler Laune. Es wird Zeit, sich daran zu gewöhnen, mein Lieber. Du bist keine sechzehn mehr.« Während sie das sagte, ging sie in die Diele, um sich den Mantel auszuziehen.

»Pfui«, sagte Pjotr zu dem Hund, der, seinem Frauchen folgend, begann, kläffend an der Decke zu zerren.

»Was heißt da pfui?!« empörte sich Elisaweta. »Ich habe nichts Unanständiges gesagt.« Sie seufzte laut und lief wieder durch das Wohnzimmer, diesmal in die Küche, und zog das wenig tröstliche Resümee: »Ihr Männer seid einfach nicht imstande, krank zu sein.«

»Und wie muß man deiner Meinung nach krank sein?« rief Pjotr und verzog das Gesicht – seine Stimme war schwach und näselnd.

»Man muß sich entspannen«, erklärte seine Frau bereitwillig, »und sich erholen, die Krankheit als eine Notwendigkeit annehmen... Eine Krankheit wird einem Menschen nicht einfach so gegeben. Die Natur möchte, daß du dich erholst, über sie nachdenkst, dich darum kümmerst, was man ›an die Seele denken‹ nennt... Sieh der Krankheit ins Gesicht, nimm sie als einen Teil deiner Gesundheit an...«

Pjotr kannte ihre Theorie über die Krankheit sehr gut, und überhaupt war er völlig mit ihr einverstanden. Aber ihm war langweilig, und selbst so ein elementares Gespräch mit seiner Frau schien ihm unter den allgemeinen traurigen Umständen wie eine echte Zerstreuung.

»Du hast es gut«, sagte er zu Lisa. »Du läufst herum, machst die ganze Zeit was. Und ich liege hier...«

Das Schlimmste war, daß er nicht denken konnte. Durch das Fieber waberte in seinem Kopf heißer Nebel, die Gedanken verwirrten sich, verwandelten sich entweder in Traumbilder oder in absoluten Unsinn. Die gewohnte Klarheit war verschwunden. Wenn Gurko begann, über seine Ermittlungen nachzudenken, dann schob ihm seine von der Grippe blühende Phantasie die unwahrscheinlichsten Hypothesen unter, von denen jede beliebige den Hintergrund eines Hollywood-Straßenfegers hätte bilden können. Einmal flog er so weit auf den Flügeln seiner Einbildung dahin, daß er mehrere Stunden verlor, in denen er es mit einer Version versuchte, in der die Rolle des verrückten Triebtäters der Pensionär in spe, Nikolaj Schanin, spielte, welcher hinterlistig all die Jahre den guten Kollegen und Gefährten gemimt hatte. Wobei die wahnsinnige Vorstellung, Nikolaj sei der Triebtäter, sich geschickt mit dessen Wunsch verband, so schnell und ehrenhaft wie möglich in Pension zu gehen.

Als er aus diesem Fieberanfall aufwachte, konnte Gurko kaum zu sich kommen und erforschte lange die Richtung seiner Gedanken, ohne zuzulassen, daß sie auf eine so weite und gefährliche Reise gingen.

Im übrigen mußten sie das jetzt wohl auch nicht tun. Der Fall war, wie es in Romanen heißt, ›in eine Sackgasse geraten‹, und vielleicht hatte er sich gerade deshalb eine Grippe eingefangen. So war es ihm immer gegangen, wenn das Leben ihm eine schier unlösbare Aufgabe stellte. Pjotr kämpfte aufrichtig um eine Aufklärung, aber sein Organismus, der davon ausging, daß er alle diese Schwierigkeiten nicht bewältigen konnte, stellte ihm ein Bein – eine Grippe oder, noch schlimmer, einen Ischiasanfall. Und je stärker Pjotr sich bemühte, die Aufgabe zu lösen, desto schlimmer wurde seine Krankheit.

Jetzt blieb ihm nichts anderes übrig, als im Bett zu liegen und sich selbst zu bemitleiden, was ihm während der Krankheit besonders gut gelang.

»Na, tust du dir selber leid?« fragte seine Frau, die mit einem Tablett vorbeikam, auf dem Schüsseln mit Bergen von Futter für die Tiere standen.

»Du bist ja heute sehr energiegeladen«, bemerkte Pjotr giftig.

Als Antwort brummte sie etwas und schloß die Tür hinter sich. Sogleich war von dort das vielstimmige hungrige Gekreische von Pjotrs Zöglingen zu hören. Der seufzte neidisch und drehte sich zur Wand.

Da klingelte das Telefon.

»Lisa!« schrie Pjotr. »Telefon!«

Seine Frau antwortete nicht, und Pjotr stieg ächzend aus dem Bett. Ihm war so schwindlig, daß er sich mit der Hand an der Wand abstützen mußte.

»Hallo!« krächzte er heiser.

»Hallo?« fragte eine Männerstimme zweifelnd nach.

»Ja bitte.«

»Kann ich mit Pjotr sprechen?«

»Ich bin am Telefon.«

»Pjotr, bist du es?« Das war Schanin. »Was ist denn mit deiner Stimme?«

»Ich bin krank. Was willst du?« fragte Gurko unwirsch.

Schanin schwieg, schnaufte nur in den Hörer. Dann sagte er: »Deine Intuition, Pjotr, hat dich im Stich gelassen.«

»Was?«

»Dein Hintergrund, sage ich, hat gelogen.«

»Was für ein Hintergrund?« Gurko begriff nicht.

»Was ist denn mit dir? Hast du hohes Fieber?« erboste sich Nikolaj aus irgendeinem Grund. »Du verstehst ja kein Wort. Dein Irrer, sage ich, ist wieder aufgetaucht. Nur ist er wohl nicht ganz im Bilde, daß seine Damen sich wie Zwillinge ähneln sollten.«

Pjotr wurde ganz schwach, er ließ sich in den Sessel fallen.

»Hat er wieder eine Frau umgebracht?« fragte er heiser.

»Ja. Dieselbe Handschrift. Aber das Opfer sieht den andern nicht ähnlich. Sie ist sogar ein völlig anderer Typ. Eine rundliche Blondine...«

›Das heißt‹, dachte Gurko, ›daß Schanin meine Hypothese angenommen hat... Ernsthaft darüber nachgedacht hat, wenn er jetzt die Abweichung von der Regel bemerkt.‹

»Es kann natürlich sein, daß es ein anderer Sexmaniac ist«, fuhr Nikolaj höhnisch fort. »Aber ich glaube einfach nicht, daß in Moskau zwei Irre mit derselben Handschrift tätig sind. Das ist keine so verbreitete Erscheinung...«

»Ja«, sagte Pjotr und hing seinen eigenen Gedanken nach. »Und was war die Frau von Beruf?«

»Nichts«, sagte Nikolaj fast schadenfroh. »Sie war Hausfrau.«

Er schwieg, und Gurko hörte deutlich sein Schnaufen.

»Unsere Sache steht schlecht«, sagte Pjotr schließlich. »Und ich stehe als kompletter Dummkopf da.«

»Na, das hat dich trotz allem getroffen«, bemerkte Nikolaj befriedigt. »Na gut, so ist es eben. Es gibt eine Sache, wegen der ich dich anrufen mußte.« Er machte eine dramatische Pause und erklärte: »Das Opfer ging zu einem Psychoanalytiker. Meine Leute sind schon an ihm dran.«

»Was heißt an ihm dran?!« Gurko sprang im Sessel hoch. »Sind sie einfach so zu ihm gegangen? Und wenn er...«

»Das ist kein *er*, sondern eine *sie*. Eine Psychoanalytikerin, und in dem Fall kann sie nicht der Irre sein.«

»Aha – der Irre hat das Opfer vergewaltigt.«

»Genau... Na guck mal an, du bist krank, kannst aber doch noch logisch denken...«

»Gib mir die Telefonnummer dieser Psychoanalytikerin. Ich möchte selber mit ihr sprechen«, unterbrach Gurko.

Schanin antwortete nicht gleich. Er schwieg lange in den Hörer hinein, dann sagte er: »Vergiß bitte nicht, daß du jetzt nicht mehr bei der Kripo angestellt bist. Du bist pensioniert. Und läufst mit deinem Ausweis überall herum.«

»Woher weißt du das?«

»Ich weiß es eben. – Okay, schreib auf.«

»So, die Kinder sind gefüttert, jetzt kommen du und Rüpel an die Reihe«, sagte Lisa, als sie mit dem Eimer in der einen und dem Tablett mit den schmutzigen Schüsseln in der anderen Hand hereinkam. Und sie erstarrte noch an der Tür mit offenem Mund, als sie ihren Mann sah, der auf einem Bein hüpfte, um schnell seine Hosen anzuziehen.

»Was soll denn das?!« fragte Elisaweta, nachdem sie ihre Sprache wiedergefunden hatte.

»Liebste Lisa«, antwortete Pjotr überstürzt, der es endlich geschafft hatte, seine Hosen anzuziehen, und im Schrank wühlte auf der Suche nach einem Hemd. »Eine eilige Sache… es ist sehr dringend…«

»Na hör mal! Mit Fieber! Du wirst irgendwo umfallen!«

»Ich falle nirgendwo um… Ich fühle mich schon besser.«

Lisa sah ihren Mann aufmerksam an, dann lief sie, ohne ein weiteres Wort zu sagen, mit zusammengepreßten Lippen an ihm vorbei in die Diele.

Das Gefühl der Schwäche war gräßlich, und Pjotr, der sich über sich selbst ärgerte, brauchte eine halbe Stunde, um sich fertigzumachen.

»Lisa, ich gehe!« rief er, als er sich die Mütze aufsetzte.

Seine Frau gab keinen Laut von sich, und Pjotr schlich leise in die Küche, schlüpfte in die warmen Stiefel und zog, kaum hörbar das Schloß drehend, an der Tür.

Die Tür ging nicht auf, und Gurko, der dachte, er hätte irgendwas nicht richtig gemacht, drehte den Türknauf noch mehrmals hin und her, bis er schließlich begriff, daß die Tür von außen abgeschlossen war.

»Lisa!« schrie er. »Wo sind die Schlüssel?«

Seine Frau antwortete wieder nicht. Pjotr ging in die Küche, dann rannte er fast durch die ganze Wohnung. Sie war nicht zu Hause. Nach einer weiteren halben Stunde war er, schweißgebadet von der Suche nach den Schlüsseln, gezwungen, sich einzugestehen, daß seine Frau die Schlüssel mitgenommen hatte.

26

Arbeiten konnte er nicht. Sergej drehte sich vom Computer weg und sah gedankenverloren aus dem Fenster.

Er sah, wie die Leute eilig mit kältegeröteten Nasen die Straße entlangliefen, wie die von eisigem Dampf eingehüllten Autos vorbeiflitzten, und gleichzeitig sich selber, wie er als kleiner Junge mit anderen gleichaltrigen Jungen Wadka hinterherlief, der Xenia auf den Armen trug. Und er beneidete Wadka ganz furchtbar, daß er so stark war, daß er die weinende und sich an seinen Hals klammernde Xenia auf den Armen tragen konnte, Xenia, an deren Bein ein kleiner Blutstrom bis zu den Zehen hinablief, in den Sand tropfte und sich sofort in dunkle Kugeln verwandelte. Im Innern der furchtbaren Wunde, die an ihrem mageren Knie völlig irreal schien, war ein perlmuttfarbener Knochen zu sehen. Er dachte damals, daß sie sterben müßte – können denn Leute so schreckliche Wunden überleben? –, und verzog schmerzhaft sein Gesicht in dem Bemühen, wenigstens einen Teil ihres Schmerzes auf sich zu nehmen, und quälte sich, daß sie nicht erfuhr, wie er sie sah, als eine zerbrechliche Prinzessin mit einer winzigen Krone, mit den Füßen eines Aschenputtels, die jetzt so entsetzlich mit Blut befleckt waren.

Die schreckliche Wunde heilte sehr schnell und hinterließ nur eine kleine weiße Schramme auf dem sonnengebräunten Bein, aber Wadka war der Held des Tages, und Xenia ging mit ihm zusammen überallhin und errötete verliebt, wenn er mit ihr redete.

Und dann verwandelte sich der Moskauer Hinterhof in einen echten Turnierplatz, wo jeden Tag für Erwachsene unsichtbare Kämpfe stattfanden. Sergej, der, wie er meinte, seine erste Liebe schon fast verloren hatte, besann sich plötzlich und stürzte sich mit einer Plumpheit, die einem anständigen Nilpferd Ehre gemacht hätte, darauf, sie zu erobern. Lange vor der Dämmerung stand er auf und machte bis zur Erschöpfung Gymnastik, mit den ersten Sonnenstrahlen lief er lange durch den Wald, verzweifelt, bis zur Taubheit in den Händen hing er am selbstgebastelten Reck, bis zur Ohnmacht saß er über Lehrbüchern, verschlang eins nach dem anderen, bis er endlich die Lässigkeit im Umgang hatte, die aus dem Vertrauen in die eigenen Kräfte erwuchs. Und dann schritt er in die Arena und demonstrierte wie ein dummer Cowboy – aber damals kam er sich vor wie ein Held – seine Erfolge. Die Hauptvoraussetzung für seine Auftritte war die Anwesenheit von Xenia. Ohne sie blieb er wie früher ein gebeugter, düsterer Teenager, ein dummer Gesprächspartner und überhaupt ein Griesgram. Aber kaum tauchte sie auf, verwandelte er sich ganz und gar, wurde sogar größer, und seine blonden Haare standen nicht mehr in jungenhaften Wirbeln zu Berge, sondern legten sich in sanfte Wellen. Sein Stammeln verschwand, und plötzlich tauchten aus dem Nichts ansehnliche Muskeln auf. Er hatte schon jede Menge Fans, eine Menge, die ihm auf den Fersen folgte und staunend die Veränderung seines Charakters bewunderte. Aber Xenia blieb eher gleichgültig, und er konnte, wie sehr er sich auch anstrengte, diese Barriere der freundschaftlichen Gleichgültigkeit nicht überwinden. Er war verzweifelt und zerbrach sich den Kopf, versuchte, sich etwas Neues auszudenken, womit er sie ein für allemal erobern konnte.

Wadka nahm den Kampf an, auf männliche Art, ernsthaft

und ohne eine Spur von Verwunderung. ›Der hat etwas‹, dachte Sergej traurig, wenn er mit ihm die während ihrer Begegnungen schon unvermeidlichen Sticheleien austauschte. ›Was will er denn, der muß nichts machen, er hat schon alles gemacht, er muß sie nicht einmal herausfordern, so wie sie ihn anhimmelt...‹

Sie schlugen sich nicht ein einziges Mal richtig, sie rührten sich nicht einmal an, alle ihre Schlachten waren Schlachten auf Leben und Tod, mit echten Waffen, nicht mit Pistolen wie für ein Duell natürlich, aber mit Schwert und Degen, und fanden irgendwo in andern Sphären statt, unsichtbar für das gewöhnliche menschliche Auge. Nichtsdestoweniger war nach kurzer Zeit für alle nicht nur ihre Rivalität offensichtlich, sondern auch deren entzückende Ursache mit den so hellen Augen unter dunklen glatten Augenbrauen, kurzen schwarzen Haaren und einem großen kindlichen Mund. Einzig diese ›Ursache‹ war nicht im Bilde über das, was hier los war. Ihr hatte es immer schon gefallen, mehr mit Jungen umzugehen als mit Mädchen, sie war selbst nicht weit entfernt von solchen Kabbeleien, wie sie sich Wadka und Sergej leisteten, und ihr kam natürlich überhaupt nicht in den Sinn, daß das Ganze ausschließlich ihretwegen veranstaltet wurde.

Und dann zog Xenia in ein schönes großes Haus auf dem Leninprospekt und ging in eine andere Schule. Sergej fuhr immer wieder zu ihrem Haus, sah sehnsuchtsvoll auf die breiten Fenster, hinter denen seine Liebe ein ihm unbekanntes Leben führte. Er stand unter diesen Fenstern auch in der Zeit, als seine Kameraden verstärkt bei Repetitoren arbeiteten, um an die Uni zu kommen, und auch dann, als er selber die Aufnahmeprüfungen bestehen mußte. Deshalb fiel er mit Pauken und Trompeten durch und beschloß hartnäckig, mit dem Namen der Liebsten auf den Lippen im Kampf zu fallen. Er ging zur Armee.

Die physische Fitness, die er sich im Kampf um die Dame seines Herzens angeeignet hatte, spielte ihm einen üblen Streich, er kam sofort zur Infanterie, und bald darauf befand sich Sergej auf dem Weg nach Afghanistan.

Das Leben teilte sich damals in zwei Hälften. In der Hälfte ›vor Afghanistan‹ blieben Xenia und seine Liebe zu ihr, seine Schlachten mit Wadka, der ihm jetzt als der beste Freund erschien, seine Mutter, Moskau, die Schulabschlußfeier und das Gefühl einer grundlosen Freude an dem Frühlingsmorgen beim Anblick der sich öffnenden Pappelknospen.

In seinem afghanischen Leben nahm den Hauptplatz der Tod ein, der wie ein Schakal überall in der Nähe herumlungerte und auf Beute wartete. Selbst der Frühlingsanfang bedeutete nichts anderes als eine verstärkte Aktivität des Gegners.

Und obwohl Sergej meinte, daß er das alles nur in dumpfer Passivität überlebte, hatten seine Oberen ihre eigene Meinung zu diesem Thema, belohnten ihn großzügig für seine erfolgreichen Dienste und bereiteten ihn offensichtlich auf eine militärische Karriere vor. Er war schon Zugkommandeur, hatte mit dem Tod so etwas wie eine zeitweilige Abmachung getroffen, der nächste Rang lang direkt vor ihm, als plötzlich das Unerhörte geschah: Der beste Mann der Einheit, auf den alle große Hoffnungen gesetzt hatten, quittierte nach Ablauf seiner Militärpflicht ganz einfach den Dienst. Der beleidigten Generalität wäre nie in den Sinn gekommen, daß der Grund dafür ein kurzer Brief war, den Sergej kurz vor seiner ›Demobilisierung‹ bekommen hatte.

Warum sie ihm damals geschrieben hatte, konnte Xenia auch nicht vernünftig erklären. Sie sagte etwas davon, daß sie zufällig seine Mutter getroffen und erfahren habe, daß er in Afghanistan war, und beschlossen habe, ihn moralisch zu unterstützen und so weiter. Aber all das war sehr vage und paßte nicht zu der nüchternen Xenia, die für ihren analytischen Kopf bekannt war, so daß Sergej meinte, die Hand seiner zukünftigen Frau sei vom Schicksal selbst geführt worden, damit sie ihm auf diese Weise das Leben retten und ihn glücklich machen sollte.

Natürlich mußte er Xenia erneut erobern. Denn sie war wie früher, unnahbar in ihrer unveränderten Freundschaft ihm gegenüber. Aber trotz allem war es nicht mehr dasselbe. Er war ein anderer geworden, einer der begriffen hatte, daß er im großen und ganzen außer ihr nichts im Leben brauchte.

Um ihr, einer glänzenden Studentin, ebenbürtig zu sein, schrieb er sich an der Uni ein, übersprang später zwei Studienjahre und machte seinen Abschluß gleichzeitig mit ihr. Er war geduldig, und lange Zeit ahnte sie nicht einmal, daß er vor Eifersucht verrückt wurde, wenn er sah, daß sie mit einem Kommilitonen flirtete, daß er bei jeder kleinsten Berührung von ihr zusammenzuckte, als hätte er einen Stromschlag bekommen, und sich nachts sterbend vor Begierde im Bett herumwälzte.

Der einzige Mensch, der von all diesen Qualen wußte,

war Marina, eine feinfühlige Seele, die sehr bald Xenias Busenfreund auftaute, und als sie ihn auf einer Party zu einem Geständnis bewegen konnte, machte sie sich daran, diesen unglücklich Verliebten unter ihre Fittiche zu nehmen.

Ihre Anteilnahme ärgerte Sergej, aber genau die spielte in seiner Beziehung zu Xenia die entscheidende Rolle. Als Xenia die besondere Aufmerksamkeit bemerkte, die ihre Freundin Sergej schenkte, begann sie ihn mit anderen Augen zu sehen, und bald, sehr bald kam dieser bezaubernde Mai, den Xenia und Sergej ganz und gar in Kuskowo verbrachten, wobei sie den Tscheremetjewer Palästen erlaubten, Zeugen ihres Glücks zu sein.

Man konnte natürlich nicht sagen, daß alle sechzehn Jahre ihres gemeinsamen Lebens völlig heiter und so idiotisch glücklich gewesen waren wie dieser denkwürdige verrückte Mai. Xenia war ein kühler Mensch, und Sergej zweifelte so manches Mal an ihrer Liebe, doch nie an ihrer Treue. Er konnte manchmal erahnen, daß seine Frau ihn nicht sonderlich brauchte, ihre Selbständigkeit hatte ihm nicht wenige unangenehme Minuten in seinem Leben bereitet, aber er wußte genau, daß sie auch niemand anderen brauchte. Nachdem sie ihn, Sergej, gewählt hatte, war das Thema Liebe ein für allemal entschieden.

Er wußte genau … Er fröstelte. Konnte man denn über eine Frau irgend etwas ganz genau wissen? Und überhaupt: Wie konnte er, ein nicht dummer Mensch und keineswegs naiv, irgend etwas als ewig ansehen? Schon in Afghanistan hatte er erkannt, daß friedliche und stille Tage Vorboten der schlimmsten Unannehmlichkeiten waren. Weil das Leid wie der Tod immer neben dir steht und nur auf den Moment wartet, in dem du schwach wirst, um überraschend an der empfindlichsten Stelle zuzuschlagen...

»Ich muß gehen«, sagte er leise.

»Wieso?« fragte der am Nachbartisch sitzende Ljoscha, ein Reklamedesigner und Computerexperte.

»Einfach so.« Sergej stand auf, zog sich an und ging, ohne sich zu verabschieden, hinaus.

Marina war zu Hause. Eigentlich war sie fast immer zu Hause, ging nur aus dem Haus, um einzukaufen oder die Tochter von der Schule abzuholen. Früher war sie manchmal in den Verlag gefahren, aber seit sie einen Literaturagenten hatte, war das nicht mehr nötig. Sergej wunderte sich immer, wie sie es fertigbrachte, sich noch Liebhaber anzulachen. Nicht, daß es so viele waren, aber selbst damit es zu nur einem kam, mußte man ihn ja irgendwo kennenlernen.

Sie machte die Tür auf und starrte ihn erstaunt an.

»Guten Tag«, brachte er verwirrt heraus und wußte nicht, womit er anfangen sollte.

»Guten Tag.« Marina sah ihn von Kopf bis Fuß an. »Du bist allein?«

Sergej nickte.

»Du bist lange nicht allein zu mir gekommen...«, fuhr sie gedehnt fort.

Ohne seine Frau kam Sergej das erste Mal zu Marina.

»Na, komm rein...« Sie trat zur Seite, um den unerwarteten Gast hereinzulassen.

Als sie ihn zu Ende angehört hatte, schwieg Marina lange.

»Was ist?« Sergej hielt es nicht mehr aus. »Warum

schweigst du? Habe ich recht? Xenia...« Er stockte, dann redete er trotzdem weiter: »...hat sich verliebt?«

»Verstehst du...«, begann sie und schwieg wieder lange.

»Ich verstehe nichts«, sagte Sergej nach einigen Minuten Schweigen gereizt.

»Es paßt alles zusammen«, fuhr Marina nachdenklich fort, als wenn sie seine Gereiztheit nicht bemerkte. »Eine Frau verändert sich tatsächlich, wenn sie sich verliebt. Und die Notwendigkeit, die nächsten Menschen zu belügen, macht sie ungeduldig und gereizt... Du sagst, der neue Patient? Daß sie sich so in ihn vertieft hat und daß sie die ganze Zeit über ihn spricht, dir selbst seinen Namen gesagt hat...« Plötzlich huschte ein Zweifel über ihr Gesicht. »Sie schläft doch nicht etwa mit ihm?« fragte sie verwundert, ohne sich konkret an jemanden zu wenden.

Sergej zuckte zusammen.

»Du hast keinen Grund zusammenzuzucken«, sagte Marina mit einem schnellen Blick auf ihn. »Wieso jetzt Süßholz raspeln? Man muß der Wahrheit ins Auge sehen... Obwohl, um die Wahrheit zu sagen, ich kann mir das nicht mal vorstellen. Vera ... das wäre klar. Oder wenn es schon darum geht... ich auch. Jede andere Frau kann ich mir in dieser Rolle vorstellen! Alle außer Xenia.«

Sie sah Sergej an. Der rauchte schweigend und erbittert.

»Alles paßt zusammen«, wiederholte sie. »Außer daß es um Xenia geht.«

27

»Guten Tag.«

Die Stimme erschreckte Xenia, und sie drehte sich abrupt zur Tür um. Auf der Schwelle ihrer Bürotür stand Oleg und sah sie lächelnd an.

Erschüttert von den heutigen Ereignissen und dem langen und schwierigen Gespräch mit den Ermittlern, wollte Xenia heute niemanden empfangen. Die ganze Zeit hatte sie Katja vor Augen, und obwohl Xenia von Berufs wegen überhaupt nicht schuld an ihrem plötzlichen und gräßlichen Ende sein konnte, wollte das Schuldgefühl nicht weichen.

Aber als sie Oleg sah, nickte sie ihm wie hypnotisiert zu: »Guten Tag«, sagte sie. »Kommen Sie herein.«

Während er den Mantel auszog und sich auf das Sofa setzte, beobachtete sie ihn verstohlen. Im Vergleich zu ihrem letzten Treffen war offensichtlich eine Veränderung bei ihm eingetreten. Es schien, als ob ihm heute alles Vergnügen bereitete: der starke Frost, von dem seine sonst bleichen Wangen leicht gerötet waren, die Wärme in Xenias Büro, Xenia selbst, die an ihrem Schreibtisch saß und ihn vorsichtig betrachtete.

Er rieb sich die steifgefrorenen Hände, betrachtete voller Vergnügen die Bücher auf dem Regal und war anscheinend überhaupt sehr mit sich zufrieden.

Xenia schwieg. Er sah sie an, und sein Lächeln verwandelte sich allmählich von einem selbstzufriedenen in ein schuldbewußtes.

»Xenia Pawlowna«, sagte er und nannte sie wie immer

zu Beginn der Sitzung bei vollem Namen. »Ich denke, ich sollte mich entschuldigen.«

Xenia zog fragend die Brauen hoch.

»Ja, ja«, verkündete er fast fröhlich. »Ich sollte mich entschuldigen, weil ich mich bei der letzten Sitzung so...«, er stockte und suchte nach dem richtigen Wort, »...so unangemessen benommen habe. Ja. Ich habe mich inadäquat benommen.« Wieder schwieg er und fügte dann hinzu: »Ich war sicherlich grob.«

Er leckte sich die Lippen, und Xenia begriff plötzlich, daß sie ihn nicht sehen wollte. So selbstzufrieden, sich die Hände reibend, fröhlich lächelnd war er ihr sehr unangenehm.

»Warum?« fragte sie ihn mit Überwindung.

»Was – warum?«

»Warum denken Sie, daß ich böse war?«

»War es denn nicht so?«

»Nein, so war es nicht. Ich bin Ihre Therapeutin, und alles, was mit Ihnen passiert, ist auf die eine oder andere Art Folge unserer gemeinsamen Gespräche... Warum entschuldigen Sie sich?«

Er stockte, fuhr mit der Hand in die Tasche, lange suchte er da was, dann zog er die Hand wieder heraus und sagte, während er etwas zwischen den Fingern hin und her rollte: »Mir kam es so vor, als ob ich Sie verstimmt hätte. Ist das nicht so?«

»Nein.«

»Aber Sie sind verärgert, nicht wahr?« insistierte er. »Ich sehe das doch. Oder hat das nichts mit mir zu tun?... Doch, sicher hat es was mit mir zu tun... Deswegen habe ich gestern auch nicht gewartet. Ich... habe befürchtet, daß Sie nicht wollen, daß ich komme... Ich versuche zu erklären, was mit mir passiert ist, darf ich?«

Er erklärte lang und breit, sprang von einem Thema zum anderen, erzählte etwas von seiner Kindheit, dann über seine jetzigen Schwierigkeiten mit Frauen. Xenia hörte ihm nur mit halbem Ohr zu. Irgendwas hatte sich definitiv an ihm verändert, er war energiegeladen und selbstsicherer als gewöhnlich. Während er von sich erzählte, war er nicht wie sonst konzentriert und gedankenversunken. Er strahlte einfach vor Energie, ergötzte sich an allem, an dem Ton seiner Stimme, an seinem eigenen Körpergefühl, an dem Blick aus dem Fenster...

Xenia dachte plötzlich mit einer für sie selber unerwarteten Feindseligkeit, daß Oleg jetzt einem Vampir glich, der Blut gesaugt hatte. Er leckte sich ständig die Lippen, die seit der Zeit, als sie ihn das letzte Mal gesehen hatte, merklich röter geworden waren. In seinen Augen erschien ein ihr bis jetzt nicht bekannter Ausdruck von Selbstvertrauen, in seiner Stimme eine feierliche Note. Xenia war es unangenehm, in sein Gesicht zu sehen, ihr schien allmählich, daß es etwas Schreckliches bekommen hatte.

›Unsinn‹, versicherte sie sich. ›Das ist nur wegen Katjas Tod...‹ Aber trotzdem schlug sie die Augen nieder, um nur sein Gesicht nicht zu sehen, und begann, seine Hände zu studieren. Die Hände waren klein mit kurzgeschnittenen Nägeln und geraden Handflächen.

Während er dies und das erzählte, fuchtelte er ab und zu mit den Händen, als wollte er seine Worte mit, wie Xenia schien, überflüssigen Gesten unterstreichen. Dabei war die linke Hand offen, während er die rechte immer geschlossen hatte. Er hielt da was in der Hand, einen ganz kleinen Gegenstand, den er von Zeit zu Zeit zwischen seinen Fingern rollte. Xenia war auch diese Geste unangenehm, aber sie verfolgte unwillkürlich seine Finger und versuchte zu erraten, was er da versteckte. Das beschäftigte sie so, daß sie sich bald nur noch auf diese Hand konzentrierte, ganz und gar aufhörte, ihm zuzuhören, und nur wissen wollte, was für einen Gegenstand er da in der Hand hielt. Einige Male sah sie, wie etwas zwischen seinem Zeigefinger und dem Daumen aufblitzte, ein trauriger, unangenehmer Gedanke erschreckte sie, sie konnte sich nicht losreißen und sah fast mit Entsetzen auf diese Hand.

»Hören Sie mir zu?« fragte Oleg plötzlich gereizt. »Xenia Pawlowna, hören Sie mir zu?«

»Was?« Sie riß mit Mühe ihren Blick von den Fingern und sah ihn an. »Natürlich höre ich Ihnen zu.«

Er sah sie ungläubig an.

»Natürlich«, wiederholte Xenia so überzeugend wie möglich, wobei ihr erschreckend bewußt wurde, daß sie nicht wußte, worüber er geredet hatte. »Fahren Sie bitte fort.«

Er warf wieder einen ungläubigen Blick auf sie, dann begann er zu reden: »Ich wollte sagen, daß ich spüre – alles in der Vergangenheit ist irgendwie miteinander verbunden. Das heißt verbunden mit meiner Kindheit, der ganz frühen, noch vor dem Zeitpunkt, als ich meine Eltern verlor. Gestern ist mir wieder eine Geschichte aus dieser Zeit eingefallen. Wir hatten eine Datscha gemietet, ich weiß nicht mehr, wo das war... Irgendwo bei Moshajsk...«

Gegen ihren Willen sah Xenia wieder auf seine rechte Hand.

»Was haben Sie denn!« explodierte Oleg und hob die rechte Hand.

Ein kleiner glänzender Gegenstand fiel in einem Bogen mit einem leisen Geräusch auf den Boden. Xenia sprang auf und beugte sich über den Tisch, um zu sehen, was es war. Oleg bückte sich schnell, faßte den Gegenstand und hob ihn auf. Er tat das in Sekundenschnelle, aber Xenia konnte den kleinen goldenen Ohrring mit dem grünen Stein erkennen, Katjas Ohrring, an dem sie immer gezupft hatte, wenn sie nervös war.

Als wenn sie zur Salzsäule erstarrt wäre, sah Xenia Oleg entsetzt an. Er blickte hoch, und als er das Entsetzen auf ihrem Gesicht sah, stürzte er auf sie zu.

»Was haben Sie?!« fragte er aufrichtig erschrocken und faßte ihre Hand. »Was haben Sie, Xenia Pawlowna?! Ist Ihnen schlecht?«

Xenia zog vorsichtig ihre Hand zurück und fragte mit heiserer Stimme, die ihrer eigenen Stimme überhaupt nicht ähnelte: »Was haben Sie da in der Hand?«

»Was?« Er verstand nicht.

»Zeigen Sie mir, was Sie in der rechten Hand halten.«

»In der rechten Hand?« Er sah erstaunt auf seine zur Faust geballte Hand. »Ach, das...« Er lachte. »Das ist ein Knopf. In der U-Bahn ist mir ein Knopf abgesprungen.«

Er streckte seine geöffnete Hand aus, und Xenia traute ihren Augen nicht. Sie sah tatsächlich einen kleinen gelben Knopf von seinem Hemd, der in nichts, noch nicht einmal in der Farbe, Katjas Ohrring ähnelte.

Erschüttert starrte sie auf den Knopf und ließ sich langsam auf den Sessel fallen. Eine Weile lang herrschte eine gespannte Stille. Oleg stand schweigend vor Xenia und hielt ihr plump den Knopf hin. Xenia saß gerade, ordnete ihre Papiere auf dem Schreibtisch in ordentliche Haufen. Schließlich blickte sie den Patienten an und sagte ruhig: »Oleg Iwanowitsch, ich bin gezwungen, Sie einem anderen Psychoanalytiker anzuempfehlen. Ich kann Ihnen einen sehr ...«, sie stockte, »... kompetenten Kollegen vorschlagen. Ich habe gestern mit ihm geredet, er ist bereit, die Therapie fortzusetzen ... die ich nicht bewältige.« Die letzten Worte sprach sie ganz leise aus, und genauso leise fragte Oleg: »Sie lassen mich im Stich?«

Sie bemühte sich, den Patienten nicht anzusehen, und begann ganz schnell: »Ich lasse Sie nicht im Stich, das ist eine normale... fast normale Situation. Ich denke, Ihr Therapeut sollte ein Mann sein, der mehr Erfahrung hat als ich... Das heißt überhaupt nicht...«

»Sie lassen mich im Stich?« wiederholte er leise und langsam, und etwas in seiner Stimme zwang Xenia, ihm in die Augen zu sehen.

Er war bleich, seine Pupillen wurden zu winzigen Punkten, zwei schwarzen, unwahrscheinlich kleinen Punkten von der Größe eines Nadelkopfes, Öffnungen, aus denen die Panik heraussprang.

Er schlug die Augen nieder und sagte: »Sie können mich nicht im Stich lassen. Sie haben kein Recht dazu.«

»Ich lasse Sie nicht im Stich«, sagte Xenia beruhigend. »Im Gegenteil, ich sorge mich um Sie...«

»Nein!« schrie er plötzlich und schlug mit der Faust auf

den Tisch. Der Knopf fiel zur Seite, sprang an die Wand und auf den Boden. »Nein! Sie sorgen sich überhaupt nicht um mich, sondern um sich selber! *Ich* brauche das nicht, daß Sie mich wegschicken, sondern *Sie* brauchen das!« Er ergriff plötzlich ihre Hand. »Hören Sie?! Ich erlaube Ihnen nicht, das zu tun!«

Xenia hatte Angst, und es tat weh. Sie hörte fast nicht, was er geifernd vor Wut schrie. Sie sah nur seine haßerfüllten Augen, seine bleichen Lippen und spürte, mit welch ungeheuerlicher Kraft er ihre Hand preßte.

»Beruhigen Sie sich, Oleg«, sagte sie und bemühte sich mit allen Kräften, ruhig zu sprechen. »Kommen Sie, reden wir darüber beim nächsten Mal. Vielleicht finden wir einen Ausweg...«

»Nein!« schrie er. »Du wirst dich jetzt, in dieser Minute, mit mir beschäftigen, hörst du?! In dieser Minute!« Er ließ ihr Handgelenk los, streckte seine Hände blitzschnell über den Tisch und griff ihr an die Kehle. »Sofort!!!«

Die Tür ging auf, und die Leiterin der stomatologischen Abteilung kam herein. Sie verzog mißbilligend den Mund und sagte: »Xenia Pawlowna, von Ihnen hätte ich so was aber wirklich nicht erwartet...«

Oleg begann am ganzen Körper zu zittern, seine Hände fielen wie von selbst herunter, er wischte sich mit der Hand die Stirn ab und murmelte, ohne aufzublicken: »Entschuldigen Sie ...« Dann entfernte er sich schnell von Xenia, nahm seinen Mantel und verschwand lautlos hinter der Tür.

Die Leiterin hatte die ganze Szene mit weitaufgerissenen Augen verfolgt. Als der Patient gegangen war, ließ sich Xenia in den Sessel fallen und faßte sich an den Hals.

»Was ist denn mit dem los?« stieß die Leiterin schließlich heraus. »Ist das ein… Mörder oder was?!«

»Aber nein.« Xenia rieb sich das Gesicht mit den Händen. »Ein Patient.«

»Ach, so ist das.« Die Leiterin sah Xenia einige Augenblicke an. »Sie haben eine interessante Arbeit, Xenia Pawlowna«, sagte sie irritiert.

»Lassen Sie mich bitte allein«, bat Xenia leise.

»Was?« Die Leiterin hatte sie nicht verstanden.

»Lassen Sie mich allein!!!« schrie Xenia und hielt sich erschrocken die Hand vor den Mund.

Sowie die Leiterin beleidigt das Zimmer verlassen hatte, heulte Xenia los. Danach zog sie sich, ohne die Tränen abzuwischen, schnell an und lief hinaus.

Sie konnte sich nicht erinnern, wie sie nach Hause gekommen war. Sie stürzte in die Wohnung, verschloß fieberhaft alle Türen, holte die Wodkaflasche aus dem Kühlschrank und trank mit einem Zug den Rest aus.

28

Vor vierzig Jahren, als Pjotr gerade erst geheiratet hatte, hätte er sich sicher erniedrigt gefühlt, wenn er von seiner Frau in der Wohnung eingeschlossen worden wäre. Vielleicht hatte sie so etwas deshalb auch früher nicht getan. Jetzt war alles anders. Wieso sollte sie sich jetzt noch zurückhalten, jetzt war er ein alter kranker Mann, ein Schwätzer. Es wäre dumm, sich zu entrüsten, und noch dümmer, zu den Nachbarn über den Balkon zu klettern. Ihm blieb nichts anderes übrig, als sich wieder ins Bett zu legen, Fieber zu messen und ›der Krankheit ins Gesicht zu sehen‹. Hauptsache – an nichts denken. In so einem Zustand konnte einem sowieso nichts Vernünftiges einfallen…

Und trotzdem, hatte er sich etwa geirrt? Nein, das konnte nicht sein. Bei Triebtätern gibt es nichts Zufälliges, und daß sich die Opfer bis jetzt alle so ähnlich waren, konnte kein reiner Zufall sein. Wieso war der Mörder sich selbst untreu geworden?

»Zum Teufel noch mal«, schimpfte Gurko vor sich hin, »Nikolaj hat doch einen amtlichen Psychologen. Sicher gibt es Situationen, in denen der manische Triebtäter seinen üblichen Verhaltensmustern untreu wird. Na, so eine Abweichung, die das Opfer durch ein besonderes Verhalten ›provoziert‹ hat. Oder nehmen wir an, das Opfer ist psychologisch stärker als er, er weicht deshalb auf einen Ersatz aus. Wenn zum Beispiel das geplante Opfer eine Psychiaterin oder Psychologin wäre…«

Daran war was, und obwohl Pjotrs Gedanken weiterschweiften, arbeitete ein Teil von ihnen in einer völlig anderen Richtung. Das geschah ganz unterbewußt. Er spürte einfach, daß irgendwo in seinem Hirn eine parallele Denkarbeit vor sich ging und daß eben genau sie – und nicht die bewußten Gedankengänge – ihn zum richtigen Ergebnis führen würden. So etwas hatte es auch schon früher gegeben, man durfte nur nicht diesen Zustand verlieren, und deshalb mußte er unbedingt so tun, als ob er weiter nachdächte.

Ein lautes Telefonklingeln riß ihn aus der Trance. Ächzend erhob er sich und ging zum Apparat.

»Lisa!« begann er drohend, als er den Hörer abnahm.

»Petja, das bin ich.« Es war eine Frauenstimme, die aber absolut nicht zu seiner Frau gehörte.

»Tanjuscha?« wunderte sich Gurko. Ihre Stimme hatte er gleich erkannt, obwohl er seit seiner Pensionierung nicht ein Mal mit ihr telefoniert hatte.

»Weißt du, ich habe hier ein bißchen herumgekramt...« Tatjanas Stimme klang nachdenklich. »Na wegen deines Triebtäters. Und ich habe einen sehr interessanten Fall gefunden, der zwar schon mehr als zwanzig Jahre zurückliegt... Aber ein sehr ähnlicher Fall. Allerdings hat das Opfer keinerlei Beziehung zu Psychologie... Kommst du?«

»Jetzt gleich?«

»Wenn du willst. Von mir aus gleich. Ich werde allerdings nicht hier an meinem Platz sein. Die Obrigkeit hat mich in den Ring gerufen... Ich lasse dir die Akte auf dem Tisch liegen, so eine mit weißem Aktendeckel. Es geht um die Ermordung einer gewissen Olga Kowtun.«

29

»Weißt du«, sagte Marina, als sie Sergej die nächste Tasse Kaffee einschenkte. »Ich denke trotz allem: Wenn Xenia dich wirklich betrügen würde, wärst du nicht zu mir gekommen.«

Sergej zuckte mit den Schultern.

»Ich weiß nicht«, sagte er und schwieg eine Weile. »Ich kann mir diese Situation so wenig vorstellen, daß ich mir wie ein völliger Idiot vorkomme.«

»Trotzdem hast du keine andere Erklärung?«

»Was für eine andere Erklärung kann es denn geben?« Er sah Marina hoffnungsvoll an.

»Ich weiß nicht. Laß uns überlegen.« Sie zündete sich eine Zigarette an. »In was für einer Situation, außer der Verliebtheit, benimmt sich ein Mensch, eine Frau von fünfunddreißig Jahren, derart unangemessen?... In Stressituationen zum Beispiel.« Marina lachte auf. »Obwohl ich mir, um ehrlich zu sein, nichts vorstellen kann, was Xenia so stark stressen könnte, daß sie die Fassung verliert. Anja?«

»Nein, nein.« Sergej schüttelte den Kopf. »Anja kann eher mich aus der Fassung bringen.«

»Na eben. Weil bei euch beiden du die Mama bist. Und Xenia der ewig mit seiner Arbeit beschäftigte Vater... Und ihre Eltern?«

»Was soll mit den Eltern sein? Die waren wie immer«, entgegnete Sergej. »Was könnten die sich Neues ausgedacht haben? Allerdings ist ihr Vater wieder krank geworden.«

»Hör mal, kann vielleicht ein Mißerfolg in der Arbeit sie so verstimmen?«

»Im großen und ganzen natürlich ja. Nur nicht bis zu so einem Grade. Normalerweise treiben sie Mißerfolge eher an. Das weißt du ja.«

»Ja«, stimmte Marina zu. »Sie läuft vor Wut sogar fröhlich herum, daran erinnere ich mich aus der Schulzeit; aber nicht niedergeschlagen.« Sie klopfte nachdenklich mit den Fingern auf den Tisch. »Das ist es nicht. Gut. Dann fangen wir woanders an. Hast du überhaupt einen Verdacht?«

»In welchem Sinn?« wunderte sich Sergej.

»Na, in wen sie sich, wie du glaubst, verliebt hat.«

»Das glaube ich ja nicht. Ich frage dich um Rat.«

»Klammer dich nicht an Worte. Gibt es da jemanden oder nicht?«

Sergej schwieg lange.

»Nun?« hakte Marina nach.

»Ich w-weiß nicht. Vielleicht ... Ich weiß nicht.«

»Na komm, mach schon.«

»Sie hat diesen neuen Patienten ...«

»So, so.«

»Wieso veranstaltest du ein Verhör mit mir?!« sagte Sergej empört.

Marina sah ihn entrüstet an. »Hör mal zu«, sagte sie. »Wer ist hier mit diesem Zeug zu wem gekommen? Du zu mir. Also rede auch. Ich kann doch nicht aus dem Kaffeesatz lesen.«

»Das könntest du wohl«, knurrte Sergej. »Dann wäre gleich alles klar. Schon gut, entschuldige. Ich weiß von diesem Patienten gar nichts. Nur daß er Oleg heißt. Sie arbeitet schon ein paar Monate mit ihm und ist sehr mit seinem Fall beschäftigt, wie man so sagt.«

»Aber«, entgegnete Marina, »soviel ich weiß, ist es bei Analytikern nicht sehr üblich, sich in einen Patienten zu verlieben. Genauer gesagt, es ist überhaupt nicht üblich. Sie haben sogar eine Methode, sich dagegen zu schützen. Wieso denkst du trotz allem, daß es ausgerechnet der sein soll?«

»Aber ich denke das ja gar nicht«, maulte Sergej. »Vielleicht kommt es mir nur so vor.«

»Was genau?«

»Daß sich mit seinem Erscheinen alles verändert hat.«

Sergej stockte plötzlich, verstummte und starrte auf den Tisch. Dann sah er Marina an und sagte leise: »Ich bin ein Idiot.«

»Alle Männer sind Idioten«, stimmte ihm Marina bereitwillig zu.

»Du aber auch«, parierte Sergej schadenfroh.

»Und weshalb?«

»Weil wir beide nicht an eins gedacht haben, was den Menschen völlig verändert.«

»Und was meinst du damit?«

»Die Angst.«

»Angst?« wunderte sich Marina. »Aber Xenia hat doch vor nichts Angst. Na, vielleicht vor dem Tod, wie wir alle. Und sogar daran zweifle ich.«

»Warte«, unterbrach Sergej sie. »Wie konnte ich das vergessen! Verstehst du, ich habe eine Geschichte völlig vergessen...« Er sprang plötzlich auf. »Entschuldige, Marina. Ich muß los. Ich Idiot. Die ganze Zeit habe ich die Gefahr gespürt!«

Er murmelte noch etwas, während er schon in den Flur rannte. Marina lief ihm hinterher.

»Erklär mir das wenigstens!« schrie sie.

»Später, später. Ich muß jetzt bei ihr sein...«, sagte Sergej, während er sich fieberhaft anzog. Bereits an der offenen Tür, drehte er sich noch einmal um und sagte: »Verstehst du, sie hat mir selber gesagt, daß jemand sie umbringen will, und ich Trottel habe nur gelacht...«

30

Xenia wachte auf, als es in der Wohnung schon ganz dunkel war. Sie hatte Angst, sich auf dem Sofa zu bewegen, konnte sich nicht von der Stelle rühren, konnte nur mit zitternden Lippen flüstern: »Steh auf und mach das Licht an … Steh auf, du blöde Kuh, und mach das Licht an…«

Die elektronische Uhr an der Wand zeigte halb sieben an. »Es ist noch gar nicht spät«, redete sich Xenia zu. »Draußen ist noch Hauptverkehrszeit… Du mußt nur aufstehen und das Licht anmachen…«

Aber sie blieb auf dem Sofa liegen und war nicht in der Lage, die Hand zu bewegen, während sie unwillkürlich auf die Stille in der Wohnung lauschte. Das war die allerschlimmste kindliche Angst, und Xenia kniff wie ein Kind die Augen zusammen, preßte das Gesicht in den Velourstoff des Sofas und deckte sich den Kopf mit einem Kissen zu.

Aber so war es noch schlimmer. Da warf sie das Kissen weg und zwang sich mit unglaublicher Willenskraft aufzustehen. Jetzt erschien ihr die Dunkelheit als Rettung. Xenia ging zur hellen Öffnung des Fensters. Der Blick auf die unten fahrenden Autos mit den grellen Scheinwerfern und die Fußgänger auf der Straße beruhigte sie ein wenig. Da draußen ging das Leben seinen normalen Gang. Sie mußte nach unten, unter die Leute, wo sie sich nicht als verlassenes Kind fühlen würde, das mit der unsichtbaren Gefahr allein gelassen worden war…

Plötzlich klingelte das Telefon. Da sie dachte, es sei Sergej, nahm Xenia den Hörer ab. »Hallo!«

Die Antwort war ein Besetztzeichen. Sie warf den Hörer mit einer Abscheu hin, als wäre er eine Schlange, und als das Telefon wieder klingelte, stürzte sie entsetzt von ihm weg.

Sie rannte in der dunklen Wohnung hin und her, fand tastend ihren Mantel, die Autoschlüssel, die Tasche mit Geld und den Papieren. Ohne das Licht anzumachen, zog sie sich schnell an und schlich, lautlos die Tür öffnend, ins Treppenhaus. Das grelle Licht auf dem Treppenabsatz blendete und erschreckte sie, sie verwarf die Idee, mit dem Fahrstuhl zu fahren, und lief die Treppe hinunter. Mit den Absätzen auf den Stufen klappernd, wurde ihr plötzlich klar, daß sie Fahrstühlen gegenüber schon immer ein Mißtrauen gehegt hatte, wegen des abgeschotteten Raumes, wegen der völligen Unmöglichkeit, zu kontrollieren, was sie da am Schluß der Fahrt erwartete. Ihr Herz erstarrte immer, wenn der Fahrstuhl am Schluß leicht ruckte und – wie in einem schlechten Krimi – eine effektvolle Pause machte, bevor plötzlich die Tür aufging und sie in seinen Wänden schutzlos jeder Gefahr ausgeliefert war, die sie in diesem Moment erwarten konnte.

Plötzlich erschauerte sie, als sie unten eine laute Bewegung hörte. Xenia preßte die Tasche an ihre Brust in dem Bemühen, ihr wahnsinniges Herzklopfen zu ersticken, und sah durch die kleine Ritze zwischen dem Fahrstuhl und dem Treppengeländer nach unten. Langsam, mühsam eine schwere Tasche tragend, kam eine alte Nachbarin aus dem zweiten Stock nach oben.

»Guten Tag«, sagte Xenia erleichtert, als sie ihr begegnete. »Warum nehmen Sie nicht den Fahrstuhl?«

Die alte Frau blieb stehen, holte Atem, stellte die Tasche auf den Boden, sah Xenia mit müden Augen an und erwiderte: »Weiß der Teufel, was da los ist... Ich drücke und drücke... Nichts.«

»Aha.« Xenias Gesicht verfinsterte sich, und sie lief hinunter.

Als sie auf den Hof kam, sah sie sich um. Es schneite in großen Flocken, die die Augen verklebten. Die Passanten versteckten sich hinter hochgestellten Mantelkragen und eilten nach Hause. Keiner wollte was von Xenia. Während sie die Straße langging, sah sie angstvoll in die Gesichter der Entgegenkommenden, ohne selbst zu wissen, was sie da sehen wollte. Hier war alles ruhig, und Xenia wollte nicht von der belebten und hellerleuchteten Straße weggehen, aber der stärker werdende Wind schleuderte ihr ganze Schneeklumpen ins Gesicht, und sie konnte fast nichts sehen.

Da beschloß sie, das Auto zu holen und irgendwohin zu fahren, zu Marina, zu Ilja, zu Sergej ins Büro, ganz gleich wohin, nur um nicht allein zu bleiben.

Irgendein alter Mann blieb stehen und starrte sie verwundert an.

»Xenia Pawlowna«, sagte er unsicher, und sie wich vor ihm wie vor einem Pestkranken zurück und rannte los, versuchte, sich in der Menge zu verstecken, und beschimpfte sich gleichzeitig für ihre Feigheit. Wahrscheinlich war das nur einer der Opas aus ihrem Haus, die vor dem Hauseingang herumspazierten, wenn sie nach Hause kam.

Keuchend blieb sie stehen und sah sich um. Der Alte war verschwunden, und Xenia schämte sich. Sie versuchte, ganz ruhig zu gehen, und kam schließlich zur Garage.

Als sie an der Wachbude vorbeikam, blieb Xenia unentschlossen stehen. Vor ihr lag der lange und qualvolle Weg durch das leere Parkhaus, hinauf zum zweiten Stock. Und wie sie auch versuchte, sich zu überzeugen, daß sie vor äußeren Gefahren keine Angst hatte, heute half ihr ihre Professionalität überhaupt nichts. Als sie begriff, daß sie allein keine zwei Schritte gehen würde, ging sie entschlossen auf den Wächter zu.

»Könnten Sie mich nicht zu meinem Auto begleiten?« fragte sie und bemühte sich sehr, ihrer Stimme einen lustigen Ton zu geben.

Der junge Mann wandte seinen Blick vom Fernseher und sah sie verwundert an: »Was?«

Xenia lächelte und stotterte: »Es ist so unheimlich, da allein hochzugehen ... Wer weiß, was alles ... Aber mit so einem Bodyguard wie Ihnen könnte mir selbst der Teufel nichts anhaben.«

Und sie sah vielsagend auf seine Hände mit den wurstdicken Fingern, die einen wuchtigen Hamburger hielten.

Er betrachtete sie interessiert von oben bis unten, dann erwiderte er unsicher: »Aber ich darf mich nicht von hier entfernen.«

»Sie müssen ja nicht weit gehen«, beeilte sich Xenia zu antworten. »Wenn Sie mich ein bißchen begleiten, da bis zu der Ecke, und von da aus einfach gucken, ob mich nicht irgend jemand auffrißt.«

Sie lächelte angestrengt, der junge Mann sah bedauernd auf seinen Hamburger und legte ihn schließlich, als er sich entschieden hatte, ihrer Bitte nachzukommen, auf den Tisch.

»Okay.« Er stand auf, und als Xenia seine riesige Gestalt und die schweren, unter dem Hemd durchscheinenden Muskeln sah, fragte sie sich plötzlich, ob sie mit ihrer Kokettiererei nicht etwas übertrieben hatte.

›Was‹, dachte sie im stillen, als sie neben ihm auf dem widerhallenden breiten Gang entlanglief, ›wenn dieser Kerl mich hier in dieser blöden Garage vergewaltigt und abschlachtet...?‹

Aber der ›Kerl‹ hatte offensichtlich nichts Derartiges im Sinn. Brav lief er bis zur Ecke, blieb da stehen und sagte: »Ich gebe Ihnen fünf Minuten. Schaffen Sie das?«

»Danke.« Xenia nickte und lief, mit den Hacken auf dem Zementboden klappernd, schnell los, wobei sie sich von Zeit zu Zeit umsah.

Der junge Mann stand noch immer da, sah nur ab und zu ungeduldig dahin, wo er das begehrte Abendbrot und seinen Fernseher hatte stehenlassen. Als Xenia das Auto aufschloß, rief er, und seine Stimme ertönte mit lautem Echo in dem halbdunklen Garagengebäude: »Sind Sie da?«

Xenia winkte ihm zu, setzte sich in den Golf und bewegte sich nicht von der Stelle, bis der junge Mann hinter der Ecke verschwunden war. Als sie ihn einholte, winkte sie wieder, wartete, bis er zu seiner Bude gekommen war und ihr die Schranke öffnete. Zum Abschied hupte sie freundlich und fuhr aus dem Parkhaus.

Da sie zu Marina wollte, bog sie von der hellerleuchteten Straße in eine Seitengasse ab. Sie fuhr langsamer, als sie sah, wie vor ihr ein Shiguli auf der glatten Straße hilflos herumschlitterte – und erstarrte, als sie spürte, wie ein scharfer, kalter Gegenstand an ihren Hals gedrückt wurde.

»Ganz ruhig, Xenia Pawlowna«, hörte sie eine ihr bekannte Stimme. »Hauptsache, ganz ruhig...«

31

Alles paßte absolut zusammen, als Gurko das Foto der vor fünfundzwanzig Jahren umgekommenen Schwester von Kowtun sah. Pjotr dachte nicht einmal darüber nach. Er sah es einfach. So wie man sagt, daß man vor seinem Tod sein ganzes Leben vor sich sieht. Vereinzelte und anscheinend unzusammenhängende Ereignisse bildeten plötzlich eine gerade, folgerichtige Kette.

Die zweite Begegnung mit Kowtun, die Frau, die Irischka ähnelte, die ihn rief, die Verwirrung in Kowtuns Gesicht, seine Worte ›Xenia Pawlowna...‹ Denselben Namen trug die Psychotherapeutin des letzten Opfers... Pjotr war jetzt davon überzeugt, daß es sich um dieselbe Frau handelte, so wie er auch überzeugt davon war, daß Kowtun ihr Patient war und daß eben sie das nächste Opfer sein würde.

Er wußte, daß er später die Schuld des Verbrechers nicht würde beweisen können, aber jetzt war keine Zeit, darüber nachzudenken. Er hatte sowieso schon viel zuviel Zeit damit verloren, auf seine Frau zu warten. Die war erst nach zwei Stunden mit schuldbewußter Miene aufgetaucht, und als sie ihren Mann sah, begriff sie, daß es keinen Sinn hatte, ihn an irgend etwas hindern zu wollen. Die Akte über den Mordfall von Kowtuns Schwester zu lesen, war auch keine Zeit, er blätterte sie nur durch, um sich zu überzeugen, daß alles zusammenpaßte: die Handschrift und das Äußere des

Opfers. Nur eins fehlte: die Beziehung zur Psychologie oder Psychiatrie. Aber Kowtun war damals ja auch noch ein Kind. Er war gerade zwölf Jahre alt. Und es war der Anfang der ganzen Sache.

Schanin war weder in seiner Abteilung noch zu Hause zu finden. Na schön, er würde ihn später auftreiben, aber jetzt mußte dringend Xenia vor der ihr drohenden Gefahr gewarnt werden. In ihrem Büro antwortete niemand. Pjotr wählte die Privatnummer, jemand nahm den Hörer ab, die Verbindung brach ab, und wie oft er auch immer wieder wählte, es ging niemand mehr ran. Da beschloß er, zu ihr nach Hause, zu der Adresse zu fahren, die ihm Nikolaj gegeben hatte. An der Station Oktoberfeld stieg er aus der U-Bahn aus und lief, sich vor dem Wind schützend, der ihm riesige Schneeflocken ins Gesicht wehte, die Straße entlang, so schnell er es vermochte. Noch immer spürte er die ekelhafte Schwäche der Grippe.

Bis zu dem Haus, das er suchte, waren es nur noch wenige Meter, als Gurko Xenia plötzlich entdeckte. Sie lief ihm entgegen, blaß, mit angsterfülltem Blick, ohne Kopfbedeckung.

»Xenia Pawlowna«, sprach Gurko sie an, aber sie sah ihn befremdet an, wich zur Seite aus, lief weiter und tauchte schnell in der Menge unter.

»Nach rechts. Noch einmal nach rechts. Und noch mal nach rechts ... Und jetzt links abbiegen ...«, befahl Kowtun, der hinten saß und das Messer an Xenias Hals hielt.

Xenia bemühte sich, keine abrupten Bewegungen zu machen, was bei diesem Wetter nicht ganz leicht war, der

Schnee fiel immer dichter, der Wind wirbelte ihn noch auf, verklebte die Vorderscheibe, und die Scheibenwischer fegten auf der Frontscheibe schon ganze Schneehaufen zusammen. Ganz zu schweigen davon, daß der Wagen auf dem schneebedeckten Glatteis hin und her rutschte. Xenia konzentrierte sich ganz auf die Straße, obwohl ihr die kurzen Stiche in der Region der Schlagader nicht erlaubten, Kowtun zu vergessen.

Während sie sich bemühte, sich das Vorgefallene bewußtzumachen, ertappte sie sich plötzlich dabei, daß die Angst, die sie noch eine Sekunde vor Kowtuns Auftauchen im Wagen gespürt hatte, verschwunden war. Alles war endlich an seinem Platz. Sie hatte es im Grunde schon früher gewußt, daß Kowtun Katja umgebracht hatte – genau deshalb hatte sich der Knopf für sie in Katjas Ohrring verwandelt. Sie wußte auch, daß er versucht hatte, sie umzubringen, dort beim Krankenhaus … Sie hatte sich davor gefürchtet, sich das einzugestehen. Xenia fluchte innerlich. Für einen Psychoanalytiker war das unverzeihlich.

Andererseits hatte sie schon erheblich früher angefangen, Fehler zu machen … Jetzt, da sich alles zusammenfügte, war es noch nicht einmal mehr beschämend, daß sich so viel angehäuft hatte. Sie fühlte sich wie ein Mensch, den die so lange erwartete Lawine verschüttet hatte. Wie paradox auch immer das war: Jetzt fühlte sie sich vergleichsweise erleichtert. Zwar konnte man ihren Zustand nicht ausgeglichen nennen, eher war es so, daß das Entsetzen alle Grenzen menschlicher Möglichkeiten überschritten hatte und das Bewußtsein, um sich vor dem endgültigen Wahnsinn zu schützen, alle Kräfte mobilisierte und die Panik als ein unkonstruktives Element verdrängte. Ihre Angst hatte sich in der Gestalt eines Menschen materialisiert, der, wenn er auch eine Bedrohung darstellte, immerhin bekannt war, mehr noch, ein Patient, den sie – und sie wollte so gern darauf hoffen – noch irgendwie beeinflussen konnte.

Sie sah in den Rückspiegel. Kowtuns Gesicht, schlecht beleuchtet und eingefallen, sah fremd aus. Warum hatte er sie nicht gleich ermordet, als sie in die dunkle, menschenleere Straße unweit ihres Hauses eingebogen war?

Sie faßte sich und fragte vorsichtig: »Fahren wir an einen bestimmten Ort?«

Die Hand, die das Messer hielt, erzitterte, und seine scharfe Klinge drückte sich stärker an Xenias Haut. Sie schrie leise auf.

»Ich habe um Ruhe gebeten ...«, begann Kowtun drohend zu sprechen. »Ganz ruhig ...«

Xenia spannte ihren ganzen Körper an in dem Bemühen, unbemerkt ein wenig nach links zu rücken, weg von dem Messer. Kowtun bemerkte nichts oder tat so, als ob er nichts bemerkte, und sie seufzte lautlos.

Sie fuhren ziemlich langsam die Wolokolamsker Chaussee hinunter, und Xenia fragte sich, warum er sie nicht reden lassen wollte. Wahrscheinlich hatte sie tatsächlich noch einen Einfluß auf ihn, und das hieße, daß das Muster ›Doktor–Patient‹ weiterwirkte, folglich hatte sie noch eine Chance. Etwas anderes wäre es allerdings, blitzte ein Gedanke plötzlich in ihr auf, wenn alle seine Opfer Psychoanalytiker gewesen wären ...

»Nach dem Tunnel rechts ab«, befahl er, und Xenia schaltete gehorsam den rechten Blinker ein.

›Nun gut‹, fuhr sie mit ihren Überlegungen fort und versuchte, das in einem Winkel ihres Bewußtseins wieder aufkommende Entsetzen zu verjagen. ›Lassen wir mal die Idee mit den Psychoanalytiker-Opfern. In dem Fall wäre einfach alles hoffnungslos. Trotz allem muß ich mit ihm ins Gespräch kommen. Ihn beim Namen nennen, gemeinsame Erinnerungen heranziehen. Kurz gesagt, er soll sich identifizieren. Jetzt bin ich für ihn nur das Opfer, und obwohl er mich beim Namen nennt, findet keine Identifikation statt... Natürlich war es albern zu fragen, wohin wir fahren ... Vielleicht weiß er selbst nicht, wohin...‹

Sie erkannte plötzlich, daß sie in Tuschino waren, in der Gegend, in der Vera wohnte. Xenias Herz begann so stark zu klopfen, daß sie kaum noch Luft bekam. Sie holte vorsichtig Atem. Es war dumm zu hoffen, daß sie an Veras Haus vorbeifahren würden. Noch dümmer, damit zu rechnen, daß sie sich jetzt in Moskau aufhielt. Und schon völlig unsinnig anzunehmen, daß sie bei so einem Wetter genau jetzt auf die Straße ginge. Nichtsdestoweniger versuchte Xenia wenigstens einen Moment lang die Initiative zu ergreifen. Sie spannte mit aller Kraft die Muskeln ihres Halses an – für den Fall, daß es Kowtun wieder mißfallen würde, wenn sie spräche, und sagte sehr vorsichtig: »Oleg...« Er schwieg, zuckte aber nicht zusammen wie beim letzten Mal, und so fuhr sie fort: »Wenn du mir wenigstens ungefähr sagen könntest, in welche Richtung wir wollen, dann könnte ich ruhiger fahren.«

Er schwieg, Xenia wartete, sah mal auf die Straße, mal auf ihn. Eine Sekunde lang schien ihr, daß er jetzt eine konkrete Adresse mitteilen würde, aber dann verzerrte sich sein

Gesicht zu einem Grinsen, und er sagte leise: »Zu mir nach Hause.«

32

Das Kind weinte schon lange, und man hörte, wie es müde wurde, selbst zum Weinen reichte die Kraft nicht mehr. »Opa, laß uns nach Hause gehen ... Opa, komm nach Hause...«, jammerte es.

Vera war schon einige Male zum Fenster gegangen und hatte versucht, auf der spärlich beleuchteten Straße etwas zu erkennen. Tuschino hatte sich nie einer guten Beleuchtung rühmen können, und jetzt, wo draußen der Schneesturm wütete, war noch weniger zu sehen. Nur durch das offene Oberfenster hörte sie von Zeit zu Zeit etwas, mal die gedämpften Windböen, mal die aus der Dunkelheit auftauchende weinerliche Kinderstimme.

»Ich kann Kinder nicht ausstehen«, murmelte Vera zornig. Dieses Weinen reizte sie unglaublich.

Sie schloß das Oberfenster, stand davor und horchte. Die Geräusche der vorbeifahrenden Autos und das Heulen des Schneesturms waren gedämpfter, aber die Kinderstimme, so schien es, ertönte noch lauter: »Opa, komm nach Hause... Bitte, nach Hause...«

»Dein Opa ist ein Idiot!« schimpfte Vera und ging in die Diele, um sich anzuziehen.

Flüchtig warf sie sich den Pelzmantel über, band sich einen Schal um den Kopf, lief in Pantoffeln ins halbdunkle Treppenhaus und erschreckte eine Horde junger Drogensüchtiger, die mit ihren Spritzen in der Hand fröhlich die Treppe nach oben stürmten.

»Der Teufel soll euch holen!« rief Vera ihnen nach. »Los, haut ab von hier, oder ich hole die Polizei.«

Die Drogensüchtigen versteckten sich wortlos irgendwo oben, und Vera lief schimpfend die Treppe hinunter.

»Unser Treppenaufgang ist für die das Himmelreich«, knurrte sie. »Euch soll der Teufel mitsamt euren Spritzen und eurem Heroin in der Hölle fressen! Daß ihr euch alle Knochen brecht!«

Bis sie unten ankam, hatte auch noch der Bezirkspolizist etwas abbekommen, der wohl zu sehr mit den ansässigen Alkoholikern und der Moskauer Obrigkeit beschäftigt war, die mit dem abgelegenen Tuschino nichts im Sinn hatte, und dem Tuschiner Präfekten, der erlaubt hatte, nebenan eine Nachtapotheke einzurichten, die Drogensüchtige jeden Alters und aller sozialen Gruppen mit ihrem ständigen Angebot an Einwegspritzen geradezu anlockte.

Der Windstoß, der Vera ins Gesicht schlug, zwang sie zu schweigen. Sie schielte böse zum Nachbarhaus hinüber, wo sich neben der Apotheke schon eine Schlange von Käufern angesammelt hatte, von denen die Hälfte zu Veras Ärger mit teuren Autos hierhergekommen war.

Auf der Stufe direkt neben dem Eingang sah sie eine zusammengekauerte Gestalt, neben der mit den Füßen stampfend ein Kind plärrte.

»Was ist los, Opa?« Vera ging zu ihm und beugte sich zu dem Sitzenden hinunter. »Spinnst du denn völlig? Das Kind erfriert ja!«

Ohne den Kopf zu heben, begann der Opa etwas Unverständliches zu murmeln, und Vera kapierte, daß er sternhagelvoll war.

»Das ist ja toll ...« Sie sah bestürzt auf das weinende Kind, das dem Aussehen nach nicht älter als drei Jahre alt war.

»Die sitzen hier schon lange«, sagte eine Stimme neben ihr. Vera drehte sich um und erkannte die Nachbarin, die, in einen Schal gehüllt, kläglich das Gesicht verzog. »Vielleicht sollten wir die Polizei rufen?« fragte sie und sah Vera hoffnungsvoll an. »Da muß man doch etwas tun... das Kind weint und weint, und dieser alte Kerl bleibt einfach da sitzen.«

Das Kind plärrte ohne Unterlaß, und Vera ging vor ihm in die Hocke.

»Was bist du denn?« fragte sie und versuchte, ihm das kalte, nasse Gesicht abzuwischen. »Bist du ein Junge oder ein Mädchen?«

»Ju-hunge...«, wimmerte das Kind.

»Und wo wohnst du?«

Der Junge wandte sich von ihr ab, beugte sich zum Großvater und begann wieder zu weinen.

»Opa, komm nach Hause...«

»Schweine sind diese Alkoholiker ...«, heulte nun auch die Nachbarin los. »Das Kind tut mir so leid...«

Vera sah sie gereizt an.

»Stimmt«, sagte sie resolut. »Du bleibst hier, ich geh die Polizei holen.«

Sie ging in das Haus zurück. Die Drogensüchtigen, die sich im vierten Stock angesiedelt hatten, fühlten sich jetzt in völliger Sicherheit und feierten, was das Zeug hielt.

»Haut endlich ab!« schrie Vera ihnen für alle Fälle zu, aber hochzugehen hatte sie keine Zeit.

Sie stürzte in die Wohnung, lief ins Schlafzimmer und rüttelte den schlafenden Mischa wach.

»Los, steh auf!« Sie zerrte an ihm. »Da unten erfriert ein Kind!«

Mischa, benommen vom Schlaf, sah sie verwundert an: »Was willst du, Vera?« murmelte er. »Wieso bist du so böse?«

»Na, steh schon auf!« Vera rollte ihn aus dem Bett, ließ den erstaunten Liebhaber auf dem Boden sitzen und stürzte zum Telefon.

Nachdem sie die Nummer des nächsten Polizeireviers gefunden hatte, wählte sie und hörte ein wehmutsvolles Klingeln. Schließlich knackte was im Hörer, und eine Männerstimme sagte: »...du wirst noch fliegen, zum Teufel noch mal... Hallo!«

»Ist das die Polizei?« fragte Vera so streng wie möglich. »Wir haben hier ein Kind.«

»Was für ein Kind?«

»Ein Kind, das sich verlaufen hat.« Sie hatte beschlossen, für alle Fälle nichts von dem betrunkenen Großvater zu sagen.

»Adresse?« Der Diensthabende am anderen Leitungsende nahm sich zusammen.

Vera nannte die Adresse.

»Gleich kommt jemand«, versprach die Stimme, und im Hörer erklang das Besetztzeichen.

Aus dem Schlafzimmer kam Mischa, angezogen und mit finsterer Miene.

»Wohin?« fragte er.

»Runter«, antwortete Vera kurz.

Vor dem Hauseingang war alles wie gehabt. Der Betrunkene saß mit gesenktem Kopf da, der Junge weinte, die danebenstehende Nachbarin ebenfalls. Vera nahm das Kind auf den Arm. Es weinte noch lauter.

»Weine nicht«, sagte Vera zu ihm. »Gleich kommt deine Mama.«

»Die Mama ist weggefahren«, weinte der Junge. »Nur die Oma ist zu Hause.«

»Dann eben die Oma ... Die kommt gleich. Bringt dir was zu essen und zu trinken, legt dich schlafen ...«, murmelte sie, während sie mit dem Kind auf und ab ging und es leise schaukelte.

Mischa beugte sich über den Betrunkenen und fragte: »Wo wohnen Sie?«

Der stammelte etwas.

»Wo?«

»W-weiß nicht...«

Mischa überlegte und hob den Betrunkenen mit der linken Hand hoch, während er mit der Rechten seine Taschen durchsuchte. Als er ihn losließ, fiel der wie ein Sack in den Schnee.

»So eine Schweinerei!« sagte Mischa. »Keinerlei Papiere.«

Der Junge weinte auf Veras Arm weiter, und sie stellte sich plötzlich mit Entsetzen vor, daß man ihn jetzt auf das staatliche, nach Stiefelwichse und Tabak riechende Polizeirevier bringen würde und er dort sitzenbliebe, bis sie seine Adresse herausbekämen.

Der Bezirkspolizist kam mit einer großen Frau vorbei,

die Inspektorin für die Angelegenheiten Minderjähriger war.

»Wer ist das?« fragte der Polizist und zeigte auf den im Schnee liegenden Betrunkenen.

»Das ist sein Großvater«, erklärte die Nachbarin. »Er weiß überhaupt nichts mehr. Völlig besoffen.«

»Bringt das Kind von hier weg«, befahl der Bezirkspolizist, und die Inspektorin streckte die Hand nach dem Jungen aus.

»Das mach ich selbst.« Vera ging mit dem Kind auf dem Arm auf die Straße zu.

»Opa!« heulte der Junge. »Mein Opa!«

»Magst du Autos?« fragte Vera ihn leise. »Guck mal, wie viele Autos.«

Der Junge sah mit verweinten Augen auf die vorbeifahrenden Wagen.

»Ja«, gab er leise von sich. »Ich mag Mercedes.«

Vera drehte sich verstohlen um. Der Bezirkspolizist machte sich gebückt an dem Betrunkenen zu schaffen. Der stieß unartikulierte protestierende Laute aus.

»Wo wohnst du?« fragte der Polizist monoton.

»Und was für Autos magst du noch?« fragte Vera lauter, damit der Junge den Polizisten nicht hörte.

»Moskwitschs«, antwortete der Junge mit heller Stimme. »Und Ladas.«

»Und was ist das für ein Auto?« Vera zeigte ihm einen ganz nah am Bürgersteig vorbeifahrenden dunkelroten Wagen.

»Ein Volkswagen«, brachte der Junge den schwierigen Namen mühsam heraus.

»Na, du bist ja ganz toll!« sagte Vera aufrichtig überrascht. »So klein und kennst dich schon so gut aus...«

Plötzlich stockte sie. In dem langsam an ihnen vorbeifahrenden Golf sah sie Xenia hinter dem Steuer. Selbst in dem schummrigen Licht erkannte Vera, wie unnatürlich blaß ihr Gesicht war. Hinter ihr, ganz nah an Xenia gelehnt, saß ein Mann.

Eine Zeitlang stand Vera mit offenem Mund da und sah dem Auto nach.

»Komisch...«, murmelte sie.

»Und das ist ein Audi«, kommentierte das fröhlicher werdende Kind. »Und das ist ein Mercedes.«

33

»Ich weiß, wo wir wohnen«, sagte plötzlich der Junge und riß Vera damit aus dem Zustand tiefer Nachdenklichkeit.

»Was?« fragte sie verwirrt, und als sie zu sich kam, schrie sie fast: »Was hast du gesagt?«

»Willst du, daß ich dir unser Haus zeige?« flüsterte der Junge ihr ins Ohr.

Vera vergaß Xenia augenblicklich.

»Warum hast du denn so lange nichts gesagt??!« freute sie sich. »Komm, zeig es mir!«

Sie winkte unmerklich die Inspektorin zu sich, die gleich angelaufen kam.

»Hier.« Vera versuchte der Inspektorin den Jungen zu übergeben. »Zeig der Tante dein Haus.«

»Nein!« schrie der Junge. »Ich zeige es nur dir!«

Die Inspektorin nickte, und Vera ging seufzend in die Richtung, in die der Junge zeigte. Nach kurzer Zeit kamen sie zu einem fünfstöckigen Haus, auf dessen Hof händeringend eine ältere Frau, in einem nur übergeworfenen Mantel, mit vom Schnee nassen Haaren und verweinten Augen, hin und her lief.

»Mischalein!« rief sie, stürzte sich auf den Enkel und überschüttete ihn mit tränenreichen Liebkosungen.

Vera war immer noch ärgerlich auf die nachlässige Oma, schob ihr schweigend das Kind zu, überließ beide der Fürsorge der Inspektorin und kehrte zu ihrem Haus zurück.

Jetzt standen ganze fünf Polizisten, die in einem Wagen mit der Aufschrift ›Stadtpolizei‹ gekommen waren, um den im Koma liegenden Großvater. Die Nachbarin hörte neugierig dem Streit der Ordnungshüter zu. Mischa stand frierend daneben und reckte sich den Hals aus auf der Suche nach Vera.

»Was zum Teufel sollen wir mit ihm anfangen?« fragte einer der Polizisten und versuchte, den Betrunkenen hochzuheben, um ihm ins Gesicht sehen zu können. »Der stirbt uns noch im Wagen, dann wirst du den Ärger nicht wieder los… Ihr hättet den Notarzt anrufen sollen.«

»Aber der nimmt den doch nicht«, widersprach zögerlich der Bezirkspolizist, der auch nicht wollte, daß in seinem Bezirk jemand starb. »Im Schnee stirbt er schneller.«

»Haben sie den zusammengeschlagen?« fragte der ›Städtische‹ und leuchtete ihm mit der Taschenlampe ins Gesicht. »Mein Gott, der ist ja ganz verrotzt…«

»Ja, ja«, sagte die Nachbarin. »Er niest auch die ganze Zeit.«

»Alles klar.« Vera wurde böse. »Er hat Schnupfen, hat sich einfach erkältet… Komm, wir gehen«, rief sie Mischa zu. »Jetzt sollen sie ihre Arbeit selber machen.« Sie ging ein paar Schritte, dann kehrte sie, sich an etwas erinnernd, um und wandte sich an den Bezirkspolizisten. »Bei uns im Flur sind etwa fünf Drogensüchtige mit Spritzen und Drogen.«

»Leise, still!« winkte der ab und schielte erschrocken zu den Stadtpolizisten hinüber. »Sei doch bloß still!«

»Wieso?« empörte sich Vera. »Der ganze Hof ist doch voller Bullen.«

Der Polizist zog sie beiseite und zischte: »Die beschäftigen sich doch nicht *damit*…« Und da ihn Vera immer noch böse ansah, erklärte er: »Das muß man auf andere Art erledigen.«

»Was heißt da ›auf andere Art‹?« wurde sie stutzig.

»Wir stellen ihnen eine Falle«, flüsterte der Polizist. »Wir werden sie durch einen Türspion beobachten…«

Vera war baff. Da sie keine Worte fand, schüttelte sie nur den Kopf und ging zurück zu Mischa.

»Ein Irrenhaus ist das hier«, antwortete sie auf seinen fragenden Blick.

Als sie nach Hause kamen, wanderte sie erst ziellos durch die Wohnung, dann ging sie ins Schlafzimmer.

»Weißt du«, sagte sie zu Mischa, der sich wieder schlafen legen wollte. »Ich habe eben Xenia gesehen.«

»Sehr schön«, sagte Mischa geduldig.

»Nein, gar nicht schön, eher irgendwie merkwürdig.« Vera setzt sich auf den Rand des Sofas. »Im Auto, mit einem Mann.«

»Das kommt vor.«

»Du verstehst mich nicht«, fuhr sie auf. »Sie hatte so ein seltsames Gesicht, und er saß so merkwürdig... Was meinst du, soll ich Sergej anrufen?«

Mischa, der schon begriffen hatte, daß man ihn heute nicht schlafen lassen würde, stützte sich auf die Ellbogen. »Und wenn sie mit einem Liebhaber unterwegs ist?« schlug er vor, um sich an der Lösung des Rätsels zu beteiligen. »Dann mischst du dich ungebeten in ihr Privatleben ein.«

»Bist du völlig verblödet oder was?! Xenia hat keinen Liebhaber.«

»Wieso glaubst du das?« äußerte Mischa ganz vernünftig. »Weißt du etwa alles von ihr?«

»Natürlich nicht.« Vera war verwirrt. »Nicht alles. Aber sie ist immer mit allem sehr streng und ordentlich...«

»Das ist kein Argument«, sagte Mischa und drehte sich, da er das Thema für erschöpft hielt, zur Wand.

Vera stand auf und ging in die Küche.

»Kein Argument«, wiederholte sie für sich. »Natürlich kein Argument. Aber man kann es ja mal probieren...«

34

Sergej saß in der Küche und starrte dumpf auf die Pfützen, die sich unter seinen Stiefeln bildeten.

»Denk nach, denk nach!« sagte er von Zeit zu Zeit zu sich selbst. »Denk nach, wohin sie gegangen sein kann.«

Vor einer halben Stunde war er, auf ein Wunder hoffend, nach Hause gefahren. In der Wohnung war es dunkel, und nur der leichte Duft von Xenias Parfum zeugte davon, daß sie vor gar nicht langer Zeit die Wohnung verlassen hatte. Auf dem Sofa lag die zerknüllte Decke, auf dem Boden das hinuntergeworfene Kissen. Der Schrank stand offen, unordentlich herumgeworfene Sachen...

Sergej war gleich zum Telefon gestürzt. In Xenias Büro antwortete niemand. Anja, die den Hörer bei den Großeltern abnahm, wußte von nichts. Sergej rief sogar bei sich im Büro an, weil ihm schien, daß sie dahin hätte fahren können, obwohl das nicht ihre Gewohnheit war. Dann suchte er das Notizbuch, in dem die Telefonnummern aller Bekannten standen, die seiner und Xenias Kollegen und die von früheren Schulkameradinnen. Nichts.

Er spürte, wie ihn die Panik überkam, und um sie niederzudrücken, trank er ein Glas Kognak in einem Zug aus.

Dann setzte er sich hin und starrte dumpf auf seine Stiefel.

Vera hatte er vergessen. Das war ganz normal, weil Vera ein unsteter Mensch war und man sie äußerst selten zu Hause antreffen konnte. Sergej hatte flüchtig davon gehört, daß sie auf irgendeiner Datscha wohnte, und es kam ihm gar nicht in den Sinn, auch sie anzurufen.

Deshalb erkannte er nicht einmal ihre Stimme, als das Telefon klingelte und sie sagte: »Hallo, ich bin's.«

»Wer?« fragte er nach.

»Was hast du denn, sitzt du auf der Leitung?« fragte Vera verärgert, und er wußte endlich, wer da redete. »Bei euch ist ständig besetzt... Warum sagst du kein Wort?«

»Vera...«, begann er, aber sie unterbrach ihn: »Außerdem rufe ich nicht einfach so an.« Sie machte eine Pause, aber nicht lange genug, als daß er etwas hätte sagen können. »Es geht mich natürlich nichts an, was bei euch los ist...«

Sergej dachte, daß sie einfach aus schlechter Laune heraus anriefe, und runzelte die Stirn: »Vera«, sagte er müde, »entschuldige, aber mir ist gerade nicht nach...«

»Aha«, sagte Vera aus irgendeinem Grund erfreut. »Das heißt, ihr habt euch gestritten.«

»Nein, wir haben uns nicht gestritten... das heißt, wir haben uns gestritten, aber nicht jetzt...« Er schwieg, dann sagte er leise: »Xenia...«

»Was?«

»Weißt du nicht, wo sie sein könnte?« fragte er ohne jede Hoffnung.

»Wieso?« fragte Vera angriffslustig, und er spürte plötzlich was.

»Weißt du es?!«

»Nun...« Vera konnte sich zu nichts entschließen.

»Rede schon!« ging Sergej in die Höhe. »Sag sofort, was du weißt!«

»Nein, sag du mir zuerst, was passiert ist«, beharrte Vera eigensinnig und fragte plötzlich absolut unpassend. »Du hast sie betrogen, ja?«

»Wie kann man nur so blöd sein!« entgegnete er aufgebracht. »Sie ist in eine böse Geschichte geraten, verstehst du?! In ein Unglück!«

»Mit diesem Mann, oder was?« fragte Vera vorsichtig nach.

Sergej lief ein kalter Schauder über den Rücken.

»Mit was für einem Mann?! Hast du sie gesehen? Wo?!«

»Wo, wo... in Xenias Auto, hier«, brachte Vera endlich heraus. »Sie sind vor einer halben Stunde an meinem Haus vorbeigefahren.«

35

Schanin kam völlig durchfroren, naß vom Schnee und übel gelaunt nach Hause. Der leichte Mantel, der ihm schon acht Jahre lang treu diente, taugte überhaupt nicht für das Winterende, die gräßlichste Zeit des Jahres. Und während ihm das alles in seiner Jugend nichts ausgemacht hatte – nasse Füße im muffigen Herbst und kältestarrende Hände im Winter –, so war jetzt das mindeste, was er nach einem dreistündigen Gang durch die Kälte erwarten konnte, eine beidseitige Bronchitis, mit Reizhusten und ekelhaften Schweißausbrüchen.

Seine Frau war noch nicht von der Arbeit zurück. Allein Abendbrot essen wollte er nicht, deshalb beschloß Nikolaj, sich zum Aufwärmen einen Tee zu kochen und so die Zeit bis zum Abendbrot zu überbrücken. Er stellte mit Getöse den Teekessel auf den Herd und streckte die Hand nach den Streichhölzern aus. Das Telefon lenkte ihn von dieser ehrenwerten Tätigkeit ab, und er lief mit den Streichhölzern in der Hand zum klingelnden Apparat, der auf einer Kommode im Flur stand.

»Nikolaj?« Das war Gurko. Seine Stimme klang angespannt. »Gott sei Dank.«

»Was willst du?« Nikolaj war gleich auf der Hut. Gurko rief nie einfach so an, um zu fragen, wie es ihm ging. Es war immer nur dienstlich. Und arbeiten wollte Schanin heute nicht mehr.

»Nikolaj«, sagte Gurko. »Ich weiß, wer es ist.«

Schanin schwieg und setzte sich auf den Schemel neben der Kommode.

»Hörst du, Nikolaj?«

»Ja. Ich bin's, Petja. Sonst ist hier keiner.«

»Ich meine diesen Irren.«

»Das denkst du, daß es ein Irrer ist. Aber in Wirklichkeit gibt es keinen Irren. Einfach einen Mord. Möglicherweise aus ganz banalen Gründen, einen Raubmord beispielsweise.«

In der Leitung herrschte Schweigen.

»Nikolaj?«

»Ja?«

»Kannst du mir nicht einfach einen Gefallen tun?«

»Hm.«

»Verhafte bitte Oleg Kowtun, den wissenschaftlichen Mitarbeiter der Gerichtspsychiatrie des Serbskij-Instituts.«

Schanin sprang auf.

»Bist du verrückt geworden?!«

»Ich bitte dich sehr darum. Halte ihn wenigstens für vierundzwanzig Stunden fest. Ich muß jemanden warnen...«

»Weißt du, was?« rief Nikolaj erbost. »Hör auf mit deinen Späßen! Du bist pensioniert, du kannst dir alles erlauben. Aber ich arbeite noch, und *ich* kriege eins auf den Deckel und nicht du.«

Gurko schwieg wieder lange. Dann fragte er: »Aber kannst du wenigstens überprüfen lassen, wo er ist? Zu Hause oder am Arbeitsplatz? Bei jemandem zu Besuch oder...«

»Na schön«, sagte Nikolaj plötzlich sanfter. »Aber nur deinetwegen. Ich schicke meine Leute. Sollen sie diesen wissenschaftlichen Mitarbeiter in die Zange nehmen.«

»Danke«, seufzte Gurko erleichtert. »Du bist ein echter Freund.«

»Nein!« rief Nikolaj wieder aufbrausend. »Ich bin kein echter Freund, und du rufst mich nicht mehr an!«

»Nie mehr?« fragte Pjotr leise.

»Nur wenn sie dich umbringen!« schrie Nikolaj in den Hörer und warf ihn mit Wucht auf den Apparat.

Mehr konnte er wohl nicht tun. Es blieb ihm nur übrig, neben Xenias Haus zu stehen und abzuwarten, wann sie erschiene. Gurko sah auf die Uhr: halb neun.

›Warum hat er ihre Patientin ermordet?‹ fragte er sich, während er vor dem achtstöckigen Haus hin und her lief. ›Eine, die den anderen nicht ähnlich sieht? Irgendwas muß ihm absolut nicht gepaßt haben, wenn er von seiner Regel abgewichen ist. Denn sicher hatte er die andere, diese Xenia, als nächstes Opfer ausgewählt, da sie den früheren ähnlich sah.

Überhaupt wäre es interessant zu wissen, wann ein Serienmörder von seiner Norm abweicht... Wenn er sich im Zustand einer gesteigerten Psychose befindet? Wodurch kann sie verursacht werden? Durch alles mögliche. Wer kennt sich da aus? Wie wird er weiter vorgehen? Am ehesten wird er versuchen, sein geplantes Opfer zu ermorden. Wieso hat er das bis jetzt nicht getan? Das ist die Frage. Vielleicht waren die Orte ungeeignet. In der Poliklinik kann er sie schlecht ermorden. Und dann ist sie Psychoanalytikerin, die weiß sicher, auf welchen Wegen sie nach Hause zurückgehen kann und auf welchen nicht.

Und was ist, wenn er diesen Mord ganz besonders sorgfältig vorbereitet hat? An einem besonderen Ort...‹

Gurko erstarrte plötzlich.

»Ort?« fragte er laut.

Dann ging er zur Straßenlaterne, zog die Kopie der Akte heraus, die er heute von Tatjana im Archiv bekommen hatte, und blätterte sie hektisch durch. Dann sah er auf die Uhr, nickte sich selbst zu und lief wieder zur U-Bahn.

›Niemand kann‹, beruhigte er sich selber, ohne zu spüren, daß er immer schneller ging, ›mich daran hindern, mir den Ort anzusehen, wo Kowtun mit seiner Schwester gelebt hat und wo der erste Mord seines Lebens stattgefunden hat... Um so mehr, da es ganz nah ist, im alten Tuschino...‹

36

Das Haus war baufällig, mit blinden Durchbrüchen, Fenstern ohne Scheiben, abbröckelndem Stuck und einem halbeingefallenen Dach. Es war ein dreistöckiges Haus mit mehreren Wohnungen, eins von denen, die die deutschen Kriegsgefangenen nach dem Krieg in Rußland gebaut hatten. Damals sah es sicher schick aus, dieses niedrige Standardhaus. Jetzt, wo es von einem in aller Eile zusammengezimmerten Bretterzaun umgeben und für den Abriß oder eine Sanierung vorgesehen war, wirkte es wie eine Ruine.

Xenias Bewußtsein spaltete sich gleichsam in zwei nicht miteinander verbundene Teile. Der eine Teil, der gewöhnliche, menschliche, wurde verrückt vor Entsetzen, suchte fieberhaft einen Weg zur Rettung und fand keinen. Der zweite, der nicht menschliche, kalte und leidenschaftslose Teil beobachtete das Geschehen fast mit Interesse, konstatierte nur die Fakten und analysierte sie.

›Schrei! Ruf um Hilfe! Tritt ihn! In die Hoden, mit dem Absatz auf die Kniescheibe, mit dieser Stange, über die er eben gestolpert ist! Gleich, sofort – schlag ihn nieder und lauf weg!‹ schrie der erste, menschliche Teil.

›Was ihn bloß mit diesem Haus verbindet?‹ fragte der zweite Teil mit eiskalter Ruhe.

›Hier und jetzt, schlag zu, in der Dunkelheit kann er nichts sehen! Jetzt los, bevor ihr an das Fenster gekommen seid, durch das der Lichtstrahl der Straßenlaterne fällt!‹ – ›Er wird wohl kaum seine anderen Opfer hierhergebracht haben – nicht alle hatten ja ein Auto ... Wie viele hat er außer Katja noch umgebracht?‹

Xenia war wie gelähmt von dieser Spaltung ihres Bewußtseins und von allem, was in den letzten Stunden passiert war, so zerschlagen, daß sie gehorsam, von der erbarmungslosen Hand des Mörders geführt, weiterging. Sie fühlte sich wie bei einer von Stalins legendären Erschießungen: Schritt links, Schritt rechts – Schuß!

Als sie an den Lichtstreifen kamen, der durch das Fenster fiel, warf Oleg Xenia auf den Boden, blieb aber selber im Schatten stehen, so daß sie nur seine in der Dunkelheit funkelnden Augen sah.

»Oleg...«, begann sie, nur um das unheilvolle Schweigen zu unterbrechen.

»Schweig!« schrie er, und seine Stimme hallte mit dumpfem Echo in dem leeren Gebäude wider. »Du kannst sowieso nichts mehr machen. Du hast deine Chance verspielt.«

»Was hatte ich denn für eine Chance«, gab sie leise von sich, trotz des Verbots zu sprechen. »Du hast mir ja nicht alles erzählt.«

Er lachte plötzlich in der Dunkelheit. »Ich war ja auch nicht verpflichtet, dir alles zu erzählen. Du bist die Analytikerin, du hättest selber –«

»Ich hatte nicht genug Zeit.«

Er stürzte abrupt auf sie zu, und sie sah seine Augen ganz nah an ihrem Gesicht. »Du hattest sehr viel Zeit«, zischte er. »Du hast sie nicht genutzt…«

Er verstummte plötzlich, seine Nasenflügel zitterten. Xenia sah, wie sich seine Pupillen weiteten, und eine Eiseskälte überfiel sie. Schwer atmend vor Erregung berührte Kowtun mit der Messerklinge ihr Gesicht. Xenia fuhr zusammen und schrie auf. Der Schmerz zuckte ihr über die Wangen. Zufrieden lächelnd, hielt der Irre das Messer an ihre Kehle und warf sich mit der ganzen Schwere seines Körpers auf sie, wobei er ihr mit der rechten Hand den Mund zuhielt. Plötzlich erstarrte er, hielt ihr aber weiter mit aller Kraft den Mund zu. Xenia winselte, und das Messer schnitt ihr leicht in die Haut am Hals.

»Sei still«, flüsterte Kowtun drohend, drehte sich etwas weg von ihr und horchte. »Noch einen Mucks, und ich schneide dir die Kehle durch.«

Xenia erstarrte vor Entsetzen, dann hörte sie das leise Geräusch von Schritten auf der Straße, direkt vor den Fenstern des unheilbringenden Hauses. Kowtun hörte die Schritte auch. Er nahm Xenia schnell ihren Schal ab, band ihn über ihren Mund, dann fesselte er mit seinem Schal ihre Hände. Er wandte sich ab und verschwand in der Dunkelheit.

Da sie in dem Lichtstrahl lag, konnte Xenia Kowtun nicht sehen, aber sie spürte seine Anwesenheit und ahnte seine Absichten.

Die Schritte vor dem Fenster verstummten, und weiter hörte Xenia nichts mehr. Aber sie spürte plötzlich, daß dort in der Dunkelheit, neben dem etwas helleren Türdurchbruch, Kowtun mit angehaltenem Atem stand. Im Gegensatz zu ihr hatte er etwas gehört. Irgend jemand schlich leise durch das Haus.

Xenia wollte schreien, aber der Schal hinderte sie, und sie gab nur ein gedämpftes Winseln von sich. Kowtun tat einen Schritt auf sie zu und erstarrte: In dem Durchgang erschien eine Gestalt.

Xenia wand sich mit allen Kräften, versuchte aufzustehen und winselte immer lauter. Der Mensch in dem Durchgang machte einen verhängnisvollen Schritt nach vorn, Kowtun stürzte sich auf ihn, als hätte er sich in einen Teil der Dunkelheit verwandelt, Xenia hörte einen dumpfen Schlag, und der Mensch fiel lautlos wie ein Mehlsack auf den Boden.

37

»Warum glaubst du, daß sie in Tuschino sind?« fragte Vera Sergej. »Vielleicht sind sie in Krasnogorsk oder in Chimki?«

Sie fuhren schon eine geschlagene Stunde in Sergejs kleinem Lada durch die Gegend und durchsuchten methodisch die Höfe in der Hoffnung, Xenias Wagen zu finden. Vera saß hinten, ab und zu stieß sie Sergej in den Rücken, womit sie ihn unwahrscheinlich nervte. Neben Sergej saß auf dem vorderen Sitz der finstere Mischa. Während der ganzen Zeit hatte er keine fünf Worte gesagt.

»Wenn sie an deinem Haus vorbeigefahren sind«, äußerte sich Sergej, »werden sie kaum nach Krasnogorsk gefahren sein. Chimki ist was anderes. Wenn wir Tuschino überprüft haben, fahren wir nach Chimki.«

»Und wenn sie ganz aus der Stadt rausgefahren sind?« Vera konnte sich nicht beruhigen. »In irgendein Urjupino-Dalneje oder Petrowo?!«

»Nun sei doch endlich still!« mischte sich plötzlich Mischa ins Gespräch ein. »Wir müssen schließlich etwas unternehmen...«

»Aha«, sagte Vera spöttisch. »Besonders du. Du machst hier unheimlich viel. Sitzt da wie ein Klotz... Wohin fährst du denn?!« rief sie Sergej zu, der plötzlich scharf um die Ecke bog. »Da wohnt niemand. Das sind Abrißhäuser.«

Plötzlich wollte sie furchtbar gern nach Hause. Es war eine Sache, wenn auch auf schlechten, aber doch auf beleuchteten Straßen zu fahren, eine andere, in dieses Elendsviertel einzutauchen, das mit dichten Zäunen abgegrenzt war und wo nur eine einzige Straßenlaterne brannte.

Sergej hielt neben einem Bretterzaun.

»Wir sehen uns hier mal um«, sagte er und stieg aus. »Vera, halt jetzt einfach mal den Mund.«

Xenias Golf stand genau dort, auf der anderen Seite des Zauns. Vera konnte noch nicht einmal so schnell aufschreien, wie Sergej ihr den Mund zuhielt. Mischa raffte sich ebenfalls auf und sah Sergej fragend an. Der winkte Vera in den Schatten des Zauns und Mischa zu sich und lief in Richtung des Hauses. Vor Verwunderung starrte Vera Sergej mit offenem Mund an. So hatte sie Xenias Mann noch nie gesehen. Seine Bewegungen wurden katzenhaft weich und lautlos, kein einziger Ast bewegte sich, kein Steinchen rollte davon, bis er völlig lautlos das Haus erreicht hatte. Mischa folgte ihm, so gut er konnte. Neben dem schwarzen rechteckigen Loch, dem Eingang ins Haus, befahl Sergej Mischa mit einer Geste stehenzubleiben und dort zu warten, während er selber sich in der im Haus herrschenden Dunkelheit aufzulösen schien.

In der Armee hatte Sergej gelernt, in fast völliger Dunkelheit zu sehen. Außer, daß sie täglich trainierten, hatten sie nur ein Kunststück zu lernen: alles rechts und links gleichzeitig zu sehen. Was auf dem Boden war, konnte man schwer erkennen, aber er hatte gelernt, die Hindernisse zu erfühlen und in der Dunkelheit lautlos in unbekannten Räumen zu laufen. Man mußte die Beine nur ein bißchen höher als gewöhnlich heben und die Knie abknicken.

Die Dinge waren in einiger Entfernung gut zu erkennen, wenn man nicht direkt darauf sah, sondern den Blick gleichsam streute: Das Blickfeld erweiterte sich, und die Gegenstände waren fast in allen Einzelheiten sichtbar.

Deshalb sah Sergej gleich, als er reinkam, einen in der Eckes des Raumes liegenden Menschen. Aus irgendeinem Grund war er überzeugt davon, daß es nicht Xenia war. Sicher deshalb, weil er so nicht denken durfte, das hätte ihn geschwächt, und der Feind war gleich nebenan, er spürte seine Anwesenheit in diesem Haus mit seinem gesamten Körper.

Lautlos schlich er zu der Wand, die den Raum von dem trennte, wo der Mensch lag. Sergej blieb starr stehen und horchte. Der Mensch, der auf dem Boden lag, lebte. Sein schwerer, heiser gluckernder Atem verriet, daß er verletzt war, vielleicht nur leicht verletzt. Dieses Geräusch, sein Atmen, hinderte Sergej daran, die anderen Geräusche zu hören, falls welche da waren.

»Sie sind nicht hier«, stöhnte der Mensch plötzlich auf.

Sergej bückte sich für alle Fälle und kroch, sich fast an den Boden drückend, zu dem Verwundeten.

Es war ein älterer Mann, fast ein Greis. Er lag auf dem Rücken, mit ungeschickt angezogenen Beinen. Die linke Hälfte seines Mantels war naß von Blut.

»Er hat sie irgendwohin gebracht«, flüsterte der Alte. »Vielleicht nach oben... Ich weiß nicht. Wer... sind Sie?«

»Ihr Mann«, sagte Sergej.

»Sie brauchen Verstärkung...«

»Ich kann das allein.«

»Nein. Sie brauchen Verstärkung.«

Stöhnend richtete sich der Alte auf und zog einen Zettel aus der Tasche.

»Da. Rufen Sie Nikolaj Schanin an. Sagen Sie, daß Pjotr verwundet ist. Die Polizei wird in fünf Minuten dasein...«

Mischa stand regungslos neben dem Hauseingang und starrte angespannt in die Dunkelheit. Plötzlich erschien Sergej, drückte Mischa was in die Hand und flüsterte: »Ruf die Nummer an, und sag, daß Pjotr verwundet ist«, und verschwand.

Ein Sekunde lang stand Mischa verblüfft da. Dann wiederholte er Sergejs seltsamen Satz, gab Vera ein Zeichen und lief zu dem Loch im Zaun. Vera folgte ihm schweigend.

Erst als sie in gebührender Entfernung vom Haus waren, fragte sie: »Wieso bist du von da weggegangen?«

»Da.« Mischa gab ihr den Zettel mit der Telefonnummer.

»Sergej hat gesagt... warte... Er hat gesagt: Ruf an und sag, daß Pjotr verwundet ist.«

»Das ist sicher ein Codewort«, sagte Vera überzeugt, die sich jetzt, nachdem sie Sergej *so* gesehen hatte, über nichts mehr wunderte. »Nur, von wo sollen wir hier anrufen? Hier gibt es bestimmt keine Telefonzelle.«

Sie trippelte eilig Mischa hinterher, der schnellen Schrittes voranging und die Umgebung nach einem Telefonautomaten absuchte.

»Wir haben auch keine Telefonkarte«, sagte Vera. »Und keine Jetons.«

»Wart's ab.« Mischa blieb stehen, horchte. Dann bog er scharf in einen kleinen Weg zwischen zwei fünfstöckigen Häusern ein.

Neben einem Eingang stand ein grabesschwarzer Jeep. Die vordere Tür stand offen, das Bein eines Mannes baumelte heraus, der lebhaft in ein Handy sprach. Er war allein im Wagen.

Mischa ging näher heran und musterte ihn abschätzend. Der Fahrer des Wagens schielte unzufrieden auf das merkwürdige Paar. Ohne ein Wort zu sagen, streckte Mischa seinen langen Arm aus, packte den Mann am Kragen und zog ihn aus dem Auto. Der Mann war so verblüfft, daß er nicht mal daran dachte, sich zu widersetzen.

»Entschuldige mal, Kleiner«, sagte Mischa fast gutmütig, als er ihm das Handy abnahm. »Ich muß dringend telefonieren.« Und ohne den unglückseligen Gesprächsteilnehmer loszulassen, hielt er Vera das Handy hin.

38

Sergej durchsuchte wie ein lautloser Schatten das ganze Erdgeschoß, stieg dann über eine brüchige Treppe in den ersten Stock hinauf. Die Räume waren voller Bauschutt, ab und zu ragten Deckenbalken heraus, Bruchstücke von Rohren und Armaturen, es war windig und dunkel. Als er etwas Hartes unter seinen Füßen spürte, hob Sergej eine Metallstange auf. Er wägte sie in der Hand ab und nickte befriedigt.

Als er in den ersten Stock kam, hörte er plötzlich ein neues Geräusch. Er erstarrte. Das Geräusch von herabfallendem Stuck. Weiter nichts. Sergej schlich wie eine Katze zur Treppe und ging, sich ganz nah an der Wand haltend, in den zweiten Stock hinauf.

Hier tobte ein echter Schneesturm. Ein Dach gab es praktisch nicht, und der Schnee konnte ungehindert auf den Boden fallen. Im Vergleich zu den unteren Etagen schien es hier, als wäre das Licht angeschaltet worden: Der Schnee versah alle Gegenstände mit deutlichen Konturen.

Mitten auf dem verschneiten Boden verlief ein formloser Streifen, der in den benachbarten Raum führte. Lautlos an der Wand entlangschleichend, folgte Sergej der Spur.

Er war noch nicht zum Türeingang gekommen, als er plötzlich erstarrte: Im nächsten Raum sah er Xenia. Sein Herz schlug wie rasend: Sie lebte!

Sie lag halb an die Wand gelehnt. Im Halbdunkel konnte er ihre Züge nicht deutlich erkennen, Sergej sah nur den bleichen Flecken des Gesichts, dessen unterer Teil mit etwas Dunklem verbunden war, und die schwarzen Höhlen der riesigen Augen.

Als sie ihn sah, wimmerte sie auf, versuchte zu schreien, und Sergej vergaß alles um sich herum und stürzte auf sie zu. In letzter Sekunde sah er aus den Augenwinkeln den auf ihn zukommenden Schatten. Wie ein kleiner Blitz glänzte die dünne metallene Schneide, Sergej sprang instinktiv zurück, und das Messer durchlöcherte seine Jacke. Der Mörder verlor das Gleichgewicht und fiel auf die Knie, im nächsten Augenblick sauste der wuchtige Schlag einer Eisenstange auf seinen Kopf.

Sie saßen auf dem eisigen Boden und umarmten sich. Nach einem ersten Anfall von Hysterie, den Xenia bekommen hatte, sowie ihr Sergej den Schal abgebunden hatte, liefen ihr jetzt nur noch still die Tränen über das vom Messer zerkratzte Gesicht.

Kowtun lag nicht weit entfernt da wie ein unförmiger Haufen.

»Hast du ihn getötet?« fragte Xenia.

»Ich hoffe«, antwortete Sergej.

»Dann kommst du ins Gefängnis.«

»Nein, das machen sie nicht.«

»Hat er dich verletzt?«

»Nein.«

Sie schwiegen.

»Warum bleiben wir hier sitzen?«

»Wir warten auf Nikolaj Schanin«, erwiderte Sergej.

»Wer ist das?« wunderte sie sich.

Er zuckte mit den Schultern.

»Ich habe keine Ahnung.«

39

»Kowtun wollte seine Schwester nicht umbringen«, sagte Pjotr und blinzelte in die grelle Sonne, die ins Zimmer des Krankenhauses schien. »Er wollte nur den Nebenbuhler loswerden.«

Nikolaj, der neben ihm feierlich, in Anzug und Krawatte, auf dem Stuhl saß, konnte sich nicht beherrschen und lachte auf: »Jetzt sagst du auch gleich noch, daß es ja seine Schwester war. Und daß er erst zwölf war.«

»Du lachst ohne Grund. Seit der Zeit, als Kowtun seine Eltern verloren hatte, war Olga der Sinn seines Lebens. Und jeder beliebige Mann oder jede beliebige Frau, die sie ihm wegnehmen konnte, wurde für ihn zum Gegner, zum unversöhnlichen Feind. Der junge Mann, in den sie sich verliebt hatte, stellte für ihn eine ernsthafte Bedrohung dar. Oleg war überzeugt, daß sie ihn verlassen würde, sowie sie ihn heiratete. Nach dem Tod der Eltern konnte er das nicht mehr ertragen. Deswegen wollte er den Bräutigam seiner Schwester ermorden…«

Nikolaj ächzte.

»Weiß der Teufel. Trotz allem noch ein Kind… Aber so ein raffinierter und tierischer Mord.«

»Er war ein kluger Junge, hat viel gelesen. Außerdem kam hier noch eine ganze Reihe von Zufällen dazu, die ihm einerseits zupaß kamen, andererseits dazu führten, daß er seine Schwester umbrachte. Na, und ihren Bräutigam gleich mit. Damals gab es keine Gnadengesuchskommissionen, an die Wand mit ihm und Schluß…

Weißt du, während ich hier lag, habe ich die ganze Sache

durchdacht. Und Xenia Pawlowna hat mir viel geholfen.« Pjotr sah Nikolaj an. »Wenn ihr so eine Analytikerin in eurer Abteilung hättet...«

»Schon gut, schon gut!« entrüstete sich Nikolaj. »Sie wäre ja fast selber zum Opfer geworden.«

»Dafür ist sie jetzt um eine Erfahrung reicher. Also: Der Junge hatte sich damals einen großartigen Plan ausgedacht. Er mußte nur in das Fenster des ersten Stocks zum Bräutigam seiner Schwester klettern, indem er das Vordach des Eingangs benutzte, was für einen Zwölfjährigen keine Schwierigkeit bereitet. Oleg war da mehrmals in der Wohnung, er wußte genau, wo sein zukünftiges Opfer schläft, mehr oder weniger kannte er dessen Tagesablauf. Notwendig waren nur Vorsicht, der geeignete Moment und ein Mordinstrument.

An diesem Tag hatte sich seine Schwester mit ihrem Bräutigam gestritten, und Oleg wußte das. Wer weiß, vielleicht hatte er das selber angezettelt. Außerdem, erinnerst du dich, hat er während des Verhörs ausgesagt, daß er davon überzeugt war, daß Olga zu Hause übernachten würde. Die Schwester versuchte oft, ihre nächtliche Abwesenheit zu verbergen. So war es auch diesmal. Sie legte zwei Decken auf das Bett, das Federbett obendrauf und ging zum Bräutigam, um sich mit ihm zu versöhnen. Aber der hatte sich nach dem Streit mit seiner Liebsten im nächsten Park still betrunken und war nicht nach Hause gekommen. Olga beschloß, auf ihn zu warten, zog sein Hemd an, in dem sie wohl meistens bei ihm zu Hause schlief und das Oleg sehr gut kannte, und legte sich in sein Bett.

Oleg stand in der Nacht auf, sah ins Zimmer seiner

Schwester, überzeugte sich davon, daß sie schlief, und verließ, bewaffnet mit dem Schraubenzieher, den er beim Freund der Schwester geklaut hatte, das Haus. Er kletterte über den Balkon, schlich zu dem im Bett schlafenden Menschen mit kurzgeschnittenen Haaren und dem karierten Hemd und stieß ihm den Schraubenzieher in die Gegend der Schlagader. Olga ist nicht einmal mehr aufgewacht, und er merkte nicht, wen er da ermordet hatte. In dem Moment befand er sich eher im Affekt und stach nur dumpf mit dem Schraubenzieher auf sein Opfer ein, ohne zu bemerken, daß es seine eigene Schwester war. Danach warf er den Schraubenzieher in eine Schüssel mit eingeweichter Wäsche, um keine Fingerabdrücke zu hinterlassen, und ging ruhig nach Hause, um zu schlafen. Sicher das erste Mal seit langer Zeit.

Der Tod der Schwester war ein Schock für ihn, und es war wohl eher seinem Selbsterhaltungstrieb zu verdanken als nüchterner Überlegung, daß er Aussagen machte, die den Verdacht auf seinen Nebenbuhler lenkten. Erstens hatten sie gestritten, zweitens war nicht klar, wo er in dieser Nacht gewesen war, und der Schraubenzieher war seiner. Und das war alles.«

Sie schwiegen.

»Und was weiter?« fragte Nikolaj.

»Was weiter?«

»Na, die anderen Opfer.«

»Er versuchte ganz sicher, das alles zu vergessen. Er hat sich nicht umsonst diesen Beruf ausgesucht. Mit Hilfe der Psychologie wollte er sich in den Griff bekommen.«

»Warum ist ihm das nicht gelungen?«

»Ich weiß nicht.« Pjotr zuckte mit den Schultern. »Vielleicht weil der Mensch unbewußt seine Strafe sucht, und wenn ihm das nicht gelingt, muß er immer wieder neue Verbrechen begehen. Verstehst du, ich meine trotzdem, daß man sich selber nicht richten kann. Man behandelt sich immer mit Nachsicht. Selbst wenn man sich mit der Faust auf die Brust schlägt, man findet doch immer eine Rechtfertigung für sich selbst. Kowtun zum Beispiel konnte zwei Dinge nicht ertragen. Er hat einer Frau nie verziehen, wenn sie zu spät kam... und dann ist da noch so eine merkwürdige Sache. Xenia hat mir das erzählt. Er benutzte ziemlich viel Eau de Cologne, und wenn jemand das bemerkte, wurde der sofort zu seinem Feind. Womit das zusammenhängt, weiß der Teufel. Xenia meint, da war irgendwas in der Kindheit. Irgend jemand, vielleicht sogar die Schwester, hat ihm gesagt, daß er schlecht riecht oder so was Ähnliches.

Es ist absolut möglich, daß diese beiden ›Mängel‹ Kowtun genügten, um einen Menschen umzubringen. Doch vielleicht gab es da auch noch was anderes. Die Psychiater müssen das herausfinden, denke ich.«

»Und wieso waren sich alle Opfer ähnlich?«

»Er suchte seine Schwester. Irischka erinnerte ihn an sie. Xenia Pawlowna sah ihr zu ihrem Unglück sehr ähnlich. Dazu war sie noch eine Kollegin, das heißt, sie hätte ihm möglicherweise sogar helfen können. Außerdem ist sie eine starke Persönlichkeit... Vielleicht hat er deshalb beschlossen, sie nicht gleich umzubringen, und ermordete eine andere... ihre Patientin, die ihn störte.

Das ist alles sehr kompliziert. Nur eins ist klar – das Unglück, das ihm in der Kindheit wiederfuhr, hat ihn in ein echtes Scheusal verwandelt. Wenn es nicht allzu zynisch klingt, dann kann man es noch ein Glück nennen, daß der Typ Frau wie seine Schwester selten anzutreffen ist. Er hat ›nur‹ alle paar Jahre einmal gemordet. Aber man sagt, daß diese Triebtäter mit der Zeit immer blutrünstiger und weniger wählerisch werden.«

Pjotr schloß die Augen und schwieg. Dann sah er wieder Nikolaj an und fragte: »Wann gehst du in Rente?«

»Ich habe noch drei Monate«, seufzte Nikolaj glücklich. »Wenn du wüßtest, Petja, wie mir das alles zum Halse raushängt.«

»Mir auch«, seufzte Pjotr genau wie er.

»Tja!« sagte Nikolaj lachend. »Warum hast du dich dann auf diese Sache eingelassen?«

»Reine Gewohnheit«, meinte Pjotr.

40

»Mama, du hast graue Haare...«

»Das sehe ich.« Xenia stand vor dem Spiegel und berührte eine weiße Strähne. »Ich muß das mit irgendwas übertönen«, sagte sie und schaute Sergej hilflos an. »Und damit kenne ich mich überhaupt nicht aus... Anja, du siehst doch dauernd fern: Was für Färbemittel gibt es da in der Reklame?«

»Récital performance«, zitierte Anja, die sich gerade die Schnürsenkel ihrer modischen Plateauschuhe zuband. »Natürliche Farbe und Spannkraft.«

»Brauchst du doch nicht.« Sergej ging zu seiner Frau und küßte die graue Strähne. »Mir gefällt es.«

»Furchtbar ist das!« sagte Xenia. »Was soll denn daran schön sein?... Ich bin eine alte Frau geworden.«

»Mama!« empörte sich Anja schließlich. Sie stand schon angezogen an der Tür. »Gehen wir oder nicht?! Die Visite fängt gleich an, und dann lassen sie uns nicht zu deinem Alten!«

»Dieser Alte hat mir das Leben gerettet«, sagte Xenia stirnrunzelnd und zuckte zusammen, als sie noch einmal in den Spiegel sah.

Jetzt verstand sie plötzlich, warum sie immer gemeint hatte, daß sie Kowtun schon früher einmal begegnet war: Sie hatte in ihm ihre eigenen Gesichtszüge wiedererkannt, dieselben hellen Augen, die kurze Nase, das kleine Kinn. Nur die Haare hatten eine andere Farbe.

Man hätte sie absolut für Bruder und Schwester halten können – den Mörder und sein nicht zur Strecke gebrachtes Opfer.

Viktorija Tokarjewa im Diogenes Verlag

Zickzack der Liebe

Erzählungen. Aus dem Russischen
von Monika Tantzscher

Die Menschen der Viktorija Tokarjewa rebellieren gegen ein Leben, das mit der Regelmäßigkeit eines Uhrwerks abläuft und keinen Raum für spontanes Glück läßt. Sie träumen vom Überschwang des Herzens und von leidenschaftlicher Liebe – zu deren Unbedingtheit sie sich dann doch nicht entscheiden können. Das Leben zu zweit erscheint wie ein spannender Kampf ›zwischen Wahrheit und Lüge‹. Ironisch und mit Herzblut erzählt eine selbstbewußte Autorin von den Partnerschaftsnöten russischer Frauen.

»Die große Kunst der Viktorija Tokarjewa besteht im äußerst sparsamen Gebrauch der erzählerischen Mittel. Überflüssige Details zu vermeiden und auf kürzestem Weg ins Herz der Dinge und der Menschen vorzudringen ist die Maxime der Autorin. Ihre Erzählungen sind von geradezu elementarer Wucht. Sie ist eine Meisterin.« *Frankfurter Allgemeine Zeitung*

Mara

Erzählung. Deutsch von
Angelika Schneider

Die ehrgeizige Mara hat nur zwei Ziele: Macht und Geld. Da sie beides mangels Ausbildung auf direktem Wege nicht erreichen kann, geht sie den Umweg über Männer. In *Mara* entwirft die Autorin das psychologisch feinfühlig gezeichnete tragikomische Bild einer modernen russischen ›femme fatale‹.

»Ihre Erzählungen führen sehr direkt an das Wesen der Menschen heran. Was sie sagt, sagt sie in äußerst gedrängter Form. Eine ›Vaterschaft‹ Čechovs scheint

vor allem im Umgang mit der Sprache, in der Beobachtungsgabe und im manchmal fast melancholischen Humor durchzuschlagen. Und obwohl Viktorija Tokarjewa in der Sowjetära lebt, sind ihre Figuren zeitlos, sieht man von den wenigen Tönen des Zeitkolorits ab. Wieviel klingt da mit.«
Regula Heusser/Neue Zürcher Zeitung

Happy-End

Erzählung. Deutsch von
Angelika Schneider

Aus purem Trotz heiratet Elja viel zu früh den sie naiv vergötternden Tolik und zieht mit ihm zu seinen Eltern in ein russisches Provinznest. Als sie an der Langeweile des Kleinstadtlebens zu ersticken droht, verliebt sich Elja in den Schauspieler Igor, der so wunderschön Lermontow rezitiert. Sie zieht mit ihm nach Moskau. Aber Igor ist Alkoholiker und hat seit Jahren keine guten Rollen mehr gespielt...

»Vor allem aber liegt der Zauber von Viktorija Tokarjewas Schreibweise in einem Čechovschen Humor, der das schwere Leben leichter macht, dazu in gelegentlichen Ausflügen ins Träumerisch-Phantastisch-Absurde, im Witz der Formulierung, der den Geist vom Druck der Verhältnisse befreit.«
Deutsche Welle, Köln

Lebenskünstler

und andere Erzählungen
Deutsch von Ingrid Gloede

»Viktorija Tokarjewas Geschichten sind seit je von großer Anmut, allesamt Kunst-Stückchen, die einem die Vorstellung von Leichthändigkeit suggerieren. Nicht jedoch von Leichtgewichtigkeit. Die Genrebilder aus dem sowjetischen Alltagsleben, die die Autorin in ihrem Kaleidoskop aufleuchten läßt, sind nichts

weniger als heiter, sie sind stellenweise sogar niederdrückend und bestürzend. Wenn sie uns dennoch ein Schmunzeln entlocken, dann liegt das daran, daß die Tokarjewa über einen ausgeprägten Humor verfügt und diese Gabe durchweg einsetzt. Es ist kein Humor der satirischen Art, eher eine sanfte Ironie, gewürzt mit einer Prise Traurigkeit und einem vollen Maß an mitmenschlichem Erbarmen.«
Sabine Brandt/Frankfurter Allgemeine Zeitung

»Sie erzählt von Menschen – erstaunlich emanzipierten Frauen –, die einem Ideal nachjagen, dauernd im Aufbruch begriffen sind und doch an den realen Bedingungen klebenbleiben wie an Leimruten.«
Die Weltwoche, Zürich

Sag ich's oder sag ich's nicht?

und andere Erzählungen
Deutsch von Angelika Schneider, Monika Tantzscher und Elsbeth Wolffheim

Sag ich's oder sag ich's nicht? lautet die bange Frage, die sich durch das Leben einer jungen Frau zieht wie ein roter Faden. Als reife Frau hält sie Rückschau auf alle Gelegenheiten, die sie durch ihr langes Abwägen verpaßt hat. Als sich eine letzte Gelegenheit bietet, wagt sie schließlich den Sprung ins Ungewisse.

Je suis, tu es, il est ist die Geschichte einer alleinerziehenden Mutter, deren ganzer Lebensinhalt ihr Sohn ist. Eines Tages bringt der Sohn ein junges Mädchen mit nach Hause. Die Mutter findet die junge Frau unsympathisch und wartet, daß ›der Besuch‹ wieder geht. Da teilt der Sohn ihr mit, daß das Mädchen seit ein paar Tagen seine Ehefrau ist.

Pascha und Pawluscha heißen zwei Freunde, die unterschiedlicher nicht sein könnten: Pascha, der Introvertierte, ist Lehrer in einer Sonderschule und geht in der Sorge um ›seine‹ behinderten Kinder auf.

Pawluscha, der Sunnyboy, interessiert sich vor allem für Autos und wie man sie gewinnbringend weiterverkaufen kann. Trotzdem verbindet die beiden eine lange Freundschaft – bis Pawluscha eines Sommers auf der Krim dem Freund die Freundin ausspannt…

Sentimentale Reise

Erzählungen. Deutsch von
Angelika Schneider

Auf einer Reise durch Italien verliebt sich die Kinderbuchillustratorin Romanowa in den unangepaßten Künstler Leonid, den sie so faszinierend-rätselhaft findet, daß sie ihn nur ›Raskolnikow‹ nennt. Raskolnikow macht der Romanowa den Hof, nutzt jede Gelegenheit, um mit ihr allein zu sein. Aber der Grund dafür ist ein anderer als der von der Romanowa vermutete, und die *Sentimentale Reise* nimmt ein überraschendes Ende.
Vier Geschichten über Hoffnungen und Sehnsüchte.

»*Sentimentale Reise* vereinigt vier Erzählungen, die das zentrale Thema der Liebe in eine ausdrucksstarke, manchmal groteske Bildlichkeit umsetzen. Die Tragik des Lebens bricht nicht mit Pauken und Trompeten eines Schicksalsschlags über den Menschen herein, sondern dringt als leises Scheitern in alle Ritzen der Existenz. Und hier liegt Viktorija Tokarjewas Wahrheit, in die sie ihre Leser mit einem lachenden und einem weinenden Auge einweiht.« *Neue Zürcher Zeitung*

Die Diva

Zehn Geschichten über die Liebe
Deutsch von Angelika Schneider, Monika Tantzscher
und Susanne Veselov

Mit fünfzehn sieht Trofimow sie auf der Leinwand. Die nächsten dreißig Jahre verbringt er damit, auf den Tag zu warten, an dem er die Frau seiner Träume persönlich kennenlernen würde. Ihr zuliebe lernt er

Italienisch, denn das ist ihre Muttersprache; ihretwegen wird er ein berühmter Journalist, denn nur den würde man zu einer Reportage über *Die Diva* nach Italien schicken. Doch als sie dann leibhaftig bei einem Filmfestival in Moskau erscheint, kommt alles ganz anders als geplant.
Zehn Erzählungen über die Liebe: die große und die kleine, die um ein Haar verpaßte, die unerreichbare, die alltägliche und die außergewöhnliche.

»Ich habe immer geschrieben, was ich wollte, und ich werde weiterhin genügend Stoff haben, denn die Liebe bleibt widersprüchlich.«
Viktorija Tokarjewa

»Gute Aussichten für eine russische – und wieder europäische – Literatur nach dem sozialistischen Realismus.«
Maria Deppermann / Frankfurter Allgemeine Zeitung

Der Pianist

Erzählungen
Deutsch von Angelika Schneider

Dem Star-Pianisten Igor, für den bisher nur Karriere und Familie zählten, begegnet eine Vamp-Frau, die sein Leben schlagartig verändert; die jüngst verwitwete Maskenbildnerin Lena verliebt sich in einen Photographen, der behauptet, nur sie könne ihn retten; der junge arbeitslose Schauspieler Nick läßt sich von einem alten Millionär für bestimmte Dienste anheuern; spannend bis zum Schluß bleiben sie allemal, diese drei leidenschaftlichen Geschichten über Liebe, Tod, Macht und Geld.

»Ohne Aufhebens und mit großer erzählerischer Kraft sagt Viktorija Tokarjewa die Wahrheit über Menschen, nichts als die schmerzliche Wahrheit.«
Matthias Rüb / Frankfurter Allgemeine Zeitung

Lampenfieber

Erzählungen
Deutsch von Angelika Schneider

Sie träumen davon, entdeckt zu werden, ein Star zu sein. Und vergessen, daß es für gute Schauspieler keine schlechten Rollen gibt, außer vielleicht das eigene Leben. Fünf hinreißende Künstlergeschichten über die Welt des schönen Scheins und die Menschen, die unbedingt dazugehören wollen.

»Viktorija Tokarjewa schreibt wie die Transsibirische Eisenbahn auf Ecstasy – mit Volldampf in die herrliche Katastrophe.« *Doris Dörrie*

»Ich habe ihre so schaurig-wahren, mitreißend komischen Geschichten mit höchstem Genuß gelesen.«
Alice Schwarzer

»Viktorija Tokarjewa erzählt ihre Liebesgeschichten mit einem solchen Witz und einer solchen Lebendigkeit, daß ich ganz entzückt davon bin.«
Elke Heidenreich

Andrej Kurkow im Diogenes Verlag

Picknick auf dem Eis

Roman. Aus dem Russischen von Christa Vogel

Als Tagträumer hat es Viktor schwer im Kiew der Neureichen und der Mafia: Ohne Geld und ohne Freundin lebt er mit dem Pinguin Mischa und schreibt unvollendete Romane für die Schublade. Doch eines Tages bietet ihm der Chefredakteur einer großen Zeitung eine gutbezahlte Stelle an: Viktor soll Nekrologe über berühmte Leute verfassen, die allerdings noch gar nicht gestorben sind. Wie jeder Autor möchte Viktor seine Texte auch veröffentlicht sehen, doch erweisen sich die VIPs als äußerst zählebig. Bei einem Glas Wodka erzählt er dem Freund seines Chefs davon. Als Viktor ein paar Tage später die Zeitung aufschlägt, sieht er, daß sein Wunsch beängstigend schnell in Erfüllung gegangen ist.

»Kurkow beweist, daß man auch in Rußland wieder frische Geschichten erzählen darf: intelligent, witzig, weder die Realität verkleisternd noch sie ausblendend, nicht angestrengt antirealistisch, aber auch nicht wirklich traditionell.«
Thomas Grob / Neue Zürcher Zeitung

Petrowitsch

Roman. Deutsch von Christa Vogel

Die Suche nach den geheimen Tagebüchern des ukrainischen Vorzeigedichters Taras Schewtschenko führt den jungen Geschichtslehrer Kolja in die kasachische Wüste, wo er in einen Sandsturm gerät. Ein alter Kasache und seine beiden Töchter retten ihm das Leben. Doch das ist erst der Anfang einer langen Reise – und einer zarten Liebesgeschichte.

»Viel russische Seele, viel Melancholie und Traurigkeit. Doch dann und wann blitzt auch ein Augenzwinkern durch, ein Funke Hoffnung – worauf auch immer.«
Jürgen Deppe/Norddeutscher Rundfunk, Hamburg

Ein Freund des Verblichenen

Roman. Deutsch von Christa Vogel

Tolja findet das Leben nicht mehr lebenswert, denn seine Frau betrügt ihn. Er würde sich am liebsten umbringen, aber er schafft es nicht. Da kommt ihm die Begegnung mit dem ehemaligen Klassenkameraden Dima gerade recht. Man trinkt auf die alte Freundschaft, erzählt sich sein Leben, und so ganz nebenbei fragt Tolja, ob Dima nicht Kontakte zu einschlägigen Kreisen habe, die einen ›ganz speziellen Auftrag‹ ausführen könnten. Dima, der glaubt, Tolja wolle den Liebhaber seiner Frau aus dem Weg räumen lassen, verspricht Hilfe. Aber da trifft Tolja Lena und hat plötzlich gar keine Lust mehr zum Sterben. Doch der Profi ist bereits unterwegs.

»Die Idee ist so verrückt, wie sie nur in einem Roman von Andrej Kurkow vorkommen kann, der hintergründige Komik und sarkastischen Witz auf die Spitze zu treiben versteht. Eine fesselnde Geschichte, zugleich traurig und komisch, nicht ohne Tiefgang, aber mit unglaublich leichter Hand präsentiert.«
Eckhard Thiele/Berliner Morgenpost

Anton Čechov im Diogenes Verlag

● Das dramatische Werk

Aus dem Russischen und mit Anmerkungen von Peter Urban

Der Kirschgarten. Komödie
Der Waldschrat. Komödie
Die Möwe. Komödie
Onkel Vanja. Szenen aus dem Landleben
Ivanov. Drama
Drei Schwestern. Drama
Die Vaterlosen [Platonov]. Das ›Stück ohne Titel‹
Sämtliche Einakter

● Das erzählende Werk

Anmerkungen und Nachweise von Peter Urban

Ein unbedeutender Mensch. Erzählungen 1883–1885
Gespräch eines Betrunkenen mit einem nüchternen Teufel. Erzählungen 1886
Die Steppe. Erzählungen 1887–1888
Flattergeist. Erzählungen 1888–1892
Rothschilds Geige. Erzählungen 1893–1896
Die Dame mit dem Hündchen. Erzählungen 1897–1903
Eine langweilige Geschichte/Das Duell. Kleine Romane I
Krankenzimmer Nr. 6/Erzählung eines Unbekannten. Kleine Romane II
Drei Jahre/Mein Leben. Kleine Romane III
Die Insel Sachalin. Reisebericht
Ein unnötiger Sieg. Frühe Novellen und Kleine Romane. Deutsch von Beate Rausch und Peter Urban. Herausgegeben, mit Anmerkungen und einem Nachwort von Peter Urban
Das Drama auf der Jagd. Eine wahre Begebenheit. Neu übersetzt von Peter Urban
Die Dame mit dem Hündchen/Herzchen. Zwei Erzählungen
Meistererzählungen. Ausgewählt von Franz Sutter

● Frühe Erzählungen

in zwei Bänden. Übersetzt und herausgegeben von Peter Urban

Er und sie
Frühe Erzählungen 1880–1885
Ende gut
Frühe Erzählungen 1886–1887

● Gesammelte Humoresken und Satiren

in zwei Bänden. Übersetzt und herausgegeben von Peter Urban

Das Leben in Fragen und Ausrufen
Humoresken und Satiren 1880–1884
Aus den Erinnerungen eines Idealisten
Humoresken und Satiren 1885–1892

● Briefe

in 5 Bänden. Die größte nicht-russische Briefausgabe in der Neuübersetzung und -edition von Peter Urban

● Freiheit von Gewalt und Lüge

Gedanken über Aufklärung, Fortschritt, Kunst, Liebe, Müßiggang und Politik. Zusammengestellt von Peter Urban

● Das Čechov Lesebuch

Herausgegeben, kommentiert und mit einem Vorwort von Peter Urban

● Wie soll man leben?

Anton Čechov liest Marc Aurel
Herausgegeben, übersetzt und mit einem Vorwort von Peter Urban

Doris Dörrie im Diogenes Verlag

Liebe, Schmerz und das ganze verdammte Zeug

Vier Geschichten

Vier großartige, liebevolle, traurige, grausame Geschichten: *Mitten ins Herz, Männer, Geld, Paradies.* Geschichten von befreiender Frische.

»Doris Dörrie ist eine beneidenswert phantasiebegabte Autorin, die mit ihrer unprätentiösen, aber sehr plastischen Erzählweise den Leser sofort in den Bann ihrer Geschichten schlägt, die alle so zauberhaft zwischen Alltag und Surrealismus oszillieren. Ironische Märchen der 80er Jahre – Kino im Kopf.«
Der Kurier, Wien

»Was wollen Sie von mir?«

Erzählungen
Mit Fotos von Helge Weindler

»Es ist vollkommen gleichgültig, ob Sie Doris Dörrie in der Badewanne, im Intercity-Großraumwagen, im Lehnstuhl oder in der Straßenbahn lesen, nur: Lesen Sie sie! Lassen Sie sich nicht irre machen von naserümpfenden Kritikern, diese sechzehn Short-Stories gehören durchweg in die Oberklasse dieser in Deutschland stets stiefmütterlich behandelten Gattung.«
Deutschlandfunk, Köln

Der Mann meiner Träume

Erzählung

»Ein schönes, trauriges Großstadtmärchen. Doris Dörrie stellt die gängige Frauenliteratur auf den Kopf.«
Hajo Steinert/Die Weltwoche, Zürich

»Doris Dörrie ist als Erzählerin Spezialistin in diffizilen Angelegenheiten der kleinen Rache und gezielten Ohrfeigen zum Zwecke der Unterstützung des eigenen Selbstwertgefühles. Sie ist eine sehr gute Kurzgeschichten-Schreiberin mit der erforderlichen Prise Selbstironie und mit stilistischer Eleganz.«
Annemarie Stoltenberg / Die Zeit, Hamburg

Für immer und ewig

Eine Art Reigen

»Doris Dörrie ist in diesem Buch auf der Höhe ihrer Männer- und Frauencharakterstudien. Ein Buch zum Lachen und zum Weinen. Zum genießerischen Wehmütigsein und zum sinnigen Nachdenken.«
Die Welt, Berlin

Love in Germany

Deutsche Paare im Gespräch
mit Doris Dörrie. Unter Mitarbeit
von Volker Wach

Liebe, mehr Liebe, noch mehr Liebe! Diesmal geht Doris Dörrie ihr Thema dokumentarisch an. Dreizehn Fotos und dreizehn Gespräche über heiße Themen wie Eifersucht, Vertrauen, Fremdgehen, Partnersuche, Nähe, Freiräume, Glück, Wut, Illusionen und Phantasien… Ein Buch zum Lachen und zum Weinen, aber auch ein Buch, in dem man sich wiedererkennen kann.

»Realität ist manchmal schräger als jede Fiktion.«
Mittelbayerische Zeitung, Regensburg

Bin ich schön?

Erzählungen

»Doris Dörrie beschreibt bissig und ironisch, zugleich mit liebevoller Nachsicht Sehnsüchte und Frustrationen der etablierten und doch seltsam verloren wirkenden Generation der Nach-Achtundsechziger. So nah

an der seelischen Wirklichkeit, daß ihre Erzählungen dokumentarischen Charakter gewinnen.«
Christa von Bernuth / Abendzeitung, München

Samsara

Erzählungen

Sie befragen das *I Ging*, versuchen es mit dem Buddhismus, lassen ihre Wohnungen auf gute oder böse Chi'is untersuchen, suchen ihr Glück bei Sushi-Dinners oder in Hollywood. Die Generation der heute Mittvierziger, die angetreten war, in Liebe, Familie, Beruf alles so viel toleranter, cooler, besser zu machen als ihre Eltern, sieht sich heute vor Fragen stehen, die sich nicht einfach mit einem lockeren ›think positive‹ lösen lassen.
Fünfzehn tragisch-komische Geschichten über Gestern und Heute, die gar nicht so weit auseinanderliegen, wie wir oft glauben.

»Dörrie schreibt knapp, präzise, ohne formalen Ballast. Uneitel schüttelt sie gelungene Formulierungen nur so aus dem Ärmel und entwickelt ihre Stories zielstrebig hin auf eine immer unerwartete Pointe, einen Knalleffekt am Ende aller Komik... Doris Dörries Geschichten sind Verzweiflungstaten, ihre Bücher Pflichtlektüre.« *Walter Vogl / Die Presse, Wien*

Was machen wir jetzt?

Roman

Wie weiter, wenn die Frau ihr Heil im Buddhismus sucht, die siebzehnjährige Tochter mit einem tibetischen Lama auf und davon will und einen selbst Geld und Erfolg nicht glücklich machen? Diese Fragen stellt sich nicht nur Doris Dörries Romanfigur Fred Kaufmann. Doch die Autorin zeigt uns mit einem lachenden und einem weinenden Auge: nur Mut, es gibt ein Leben über vierzig!

»Lange hat es keine Autorin mehr gewagt, so mutig in die Seele eines Mannes zu blicken. *Was machen wir jetzt?* ist ein mit Witz im besten Sinne durchsetzter, kluger Roman – ganz wunderbar.«
Volker Hage / Der Spiegel, Hamburg

Happy

Ein Drama

Drei befreundete Paare treffen sich zum Abendessen im schicken Apartment von Charlotte und Dylan. Doch die Fröhlichkeit, die solche Treffen in früheren Zeiten bei einer Pizza in der Kneipe um die Ecke hatten, will sich nicht mehr so recht einstellen: Emilia und Felix fühlen sich ausgestoßen, weil sie seit kurzem kein Paar mehr sind, zwischen Charlotte und Dylan knistert es unangenehm, einzig Anette und Boris sind noch glücklich verliebt. Und als Emilia plötzlich behauptet, daß die meisten Männer ihre Frauen im Dunkeln nicht erkennen würden, beginnt ein Experiment, das Folgen haben wird.

»Keiner seziert die Gefühlsk(r)ämpfe der Thirty-Something-Generation so bösartig, frech und witzig wie Doris Dörrie.« *Süddeutsche Zeitung, München*

Männer

Eine Dreiecksgeschichte

Dieses Kleine Diogenes Taschenbuch umfaßt eine Geschichte aus dem Band ›Liebe, Schmerz und das ganze verdammte Zeug‹.

»Doris Dörrie ist eine der wenigen deutschen Spitzenerzählerinnen. Sie hat die Leichtigkeit der US-Amerikaner und den Blick für die kleinen Absurditäten, die jeder tut, wenn er sich unbeobachtet fühlt. Sie schreibt über uns, und das mit einem sicheren Gespür für die Dramatik des Alltags.«
Neue Ruhr Zeitung, Dortmund

Das blaue Kleid

Roman

Eine Gedächtnismodenschau für Alfred, seinen vor einem Jahr an Krebs gestorbenen Geliebten, wollte Florian organisieren. Aus jeder Kollektion ein geniales Stück: das tomatenrote Wickelkleid von 1996, die schwarzen Kaschmirschlaghosen von 1998, das cremeweiße Satinetuikleid von 1999 – und natürlich das blaue Kleid vom Frühling 2000. Auf der Suche nach je einem der Modelle gerät Florian an Babette, die das blaue Kleid, ein Traum aus mittelmeerblauem Organza, gekauft hatte. »Das Kleid wird Ihr Leben verändern!« hatte Alfred ausgerufen, als er Babette damit zögerlich aus der Kabine treten sah. Und der Modeschöpfer hatte nicht zuviel versprochen: So vieles war seitdem geschehen.
Eine Geschichte über die Liebe und den Tod, die beiden Themen, die die Weltliteratur schon immer beschäftigt haben.

»Doris Dörrie versteht das Handwerk der Erzählerin, und sie schreibt Geschichten, für die ich jeden Fernsehabend sausen lassen würde.«
Annemarie Stoltenberg / Norddeutscher Rundfunk, Hamburg